LISE BOURBEAU

Auteure de renommée internationale

Arissiel

Série initiatique

ÉDITIONS E.T.C. INC

Autres livres de LISE BOURBEAU

ÉCOUTE TON CORPS, ton plus grand ami sur la Terre
(ce livre est traduit en anglais, espagnol, italien, allemand, russe, roumain, portugais, lithuanien et polonais)

ÉCOUTE TON CORPS, ENCORE! (Tome 2)
(ce livre est traduit en russe)

QUI ES-TU?
(ce livre est traduit en italien et en roumain)

JE SUIS DIEU, WOW!

TON CORPS DIT : "AIME-TOI!"
(ce livre est traduit en anglais, espagnol, allemand, russe et polonais)

LES 5 BLESSURES QUI EMPÊCHENT D'ÊTRE SOI-MÊME
(ce livre est traduit en anglais, allemand, russe et italien)

UNE ANNÉE DE PRISES DE CONSCIENCE

LE GRAND GUIDE DE L'ÊTRE

COLLECTION ÉCOUTE TON CORPS :

- Les relations intimes (Livre #1)
  (ce livre est traduit en russe)
- La responsabilité, l'engagement et la culpabilité (Livre #2)
  (ce livre est traduit en italien et en russe)
- Les peurs et les croyances (Livre #3)
  (ce livre est traduit en italien et en russe)
- Les relations parents et enfants (Livre #4)
  (ce livre est traduit en russe)
- L'argent et l'abondance (Livre #5)
  (ce livre est traduit en italien et en russe)
- Les émotions, les sentiments et le pardon (Livre #6)
  (ce livre est traduit en russe)
- La sexualité et la sensualité (Livre #7)
  (ce livre est traduit en russe)

LA COLLECTION ROUMA *(livres pour enfants)*

- La découverte de Rouma
- Janie la petite

Consultez le catalogue des produits Écoute Ton Corps à la fin de ce livre.

Remerciements

Merci à tous ceux qui m'ont encouragée à écrire ce récit initiatique : ma famille, mes amis et de nombreux participants d'ÉCOUTE TON CORPS. Ce défi fut très agréable à relever et me donne le goût de poursuivre.

Merci de tout cœur à ceux qui en ont lu les premiers chapitres, pour l'emballement qu'ils m'ont témoigné. Ce fut le coup de pouce qu'il me fallait pour me diriger vers cette nouvelle forme d'écriture.

Merci à mon compagnon de vie, Jacques Chevanelle, pour son enthousiasme face à ce livre et pour son acceptation inconditionnelle de mes heures de travail.

Merci à Jean-Pierre Gagnon, directeur des ÉDITIONS ETC. INC, pour son professionnalisme, son encouragement, ses conseils et pour toutes les recherches qu'il a effectuées pour moi.

Merci à ma fille, Monica Shields, directrice d'ÉCOUTE TON CORPS, pour sa grande capacité à me faciliter la vie, ce qui me laisse le temps nécessaire pour écrire. Merci pour ses couvertures innovatrices et la mise en page de tous mes livres.

Merci au dévouement, à la collaboration et aux excellents conseils de mes trois correctrices, Micheline St-Jacques, Édith Paul et Maryse Pelletier.

Merci à Isabelle Mori de Export'Up pour ses informations sur le commerce import-export avec l'Orient.

Merci aux innombrables romanciers que j'ai admirés; grâce à eux, j'ai pris conscience qu'une partie de moi désirait et pouvait s'exprimer sous la forme romanesque.

Prologue

Ce récit initiatique a pour but d'aider le lecteur à devenir conscient des conséquences de toutes ses décisions. L'histoire, ainsi que tous les personnages, sont fictifs. Toute ressemblance avec une personne vivante ou décédée n'est que pure coïncidence.

L'enseignement du guide MISHAËL est créé par l'auteure qui vous suggère d'y adhérer seulement s'il vous aide à améliorer votre qualité de vie. Qu'il soit valable ou pas pour vous, cela reste votre choix.

L'auteure a écrit en italique ce que pense ou ressent Arissiel quand il observe une situation ou une personne, et ce, dans le but de faire la différence entre ce qu'il vit et ce qu'il observe.

— 1 —

La surprise

(15 mars 1986)

Quel bonheur! Je l'ai enfin, la voiture dont je rêve depuis si longtemps, la grosse Mercedes 560SL. Pourquoi ai-je tant attendu pour me l'offrir? me demandai-je en sortant de chez le concessionnaire. Quand j'étais plus jeune, je croyais que seules les personnes bien nanties pouvaient se payer une telle voiture. Eh bien, je viens de me rendre compte que je suis assez riche pour me l'acheter. Mieux, en ce jour même où j'en prends possession, mes trois rendez-vous avec des clients sont annulés. Quel magnifique hasard! Je pourrai en profiter pour me promener et jouir de ma nouvelle acquisition!

Me voilà donc sur l'autoroute, où je me balade sans destination précise. Le vendeur avait bien raison de vanter ce modèle. Il est encore mieux que je l'imaginais. J'active un à un les boutons du tableau de bord afin de bien comprendre leur fonction. Ça m'amuse autant que les jeux d'ordinateur. Je me suis toujours payé les découvertes technologiques les plus récentes! Concernant les autos, cependant, j'accordais plus d'importance à l'aspect mécanique.

J'en connais plusieurs pour qui les nouvelles technologies ne sont que des jouets pour riches; ils sont envieux, tout simplement. Je voudrais bien que ma famille et mes amis me voient avec ce nouveau jouet.

Une heure plus tard, je suis revenu en ville et suis coincé dans le trafic sur la rue St-Denis. Il fait un temps magnifique pour cette période de l'année, alors je décide de stationner, de me balader à pied et de faire du lèche-vitrine. Devant les boutiques, une pensée me vient, soudain : depuis combien de temps as-tu flâné comme ça à regarder les vitrines, mon vieux? Elles sont plus originales les unes que les autres. Quelle créativité! Ah! que c'est bon de vivre tranquillement! Décidément, le bonheur est dans la liberté!

Je hume ce mélange de terre et de neige fondante qui, pour moi, est l'odeur caractéristique du printemps. Quelle saison ravigotante! Nos hivers sont tellement longs au Québec. Je m'étais pourtant promis de filer au soleil en janvier. Mais comme d'habitude, pris par mon travail, je suis resté à geler ici. Il faudra vraiment que je me reprenne l'hiver prochain!

J'aperçois au loin un endroit qui me rappelle quelque chose... Oui, voilà! C'est le restaurant où je suis venu avec Mona, mon ex-femme, à l'été 1978, pour son anniversaire. Il y a de cela presque 8 ans, mais je me souviens qu'elle m'avait avoué son désir d'aller manger en tête-à-tête sur cette jolie terrasse du 2e étage que nous avions repérée ensemble.

Déjà 13h... Pourquoi ne pas m'arrêter? Un bon repas est tout à fait compatible avec cette journée si bien commencée!

De plus, cet endroit m'attire; je ne vois pas pourquoi, le souvenir de ma dernière soirée avec Mona n'est pas des plus agréables. Malgré tous ses efforts, elle ne parvenait pas à dissimuler sa nervosité et cela, dès le début du repas. Puis, en dépit de sa résolution, elle s'était mise à parler des enfants, le sujet qui la bouleversait. D'un trait, elle m'avoua combien elle était malheureuse de voir la relation entre eux et moi se détériorer depuis quelques années. De mon côté, comme je n'avais aucune envie d'argumenter ou de me faire sermonner, je la laissais tout simplement se défouler. Devant mon silence, elle perdit bientôt contenance, cessa de parler et se sauva rapidement aux toilettes pour en revenir les yeux rougis.

J'ai essayé de lui changer les idées; je venais de faire une bonne affaire et je lui ai offert d'aller s'acheter quelque chose qui lui plairait vraiment, aussitôt le repas terminé. Découragée, triste, elle me souligna que, comme d'habitude, je faisais tout pour éviter les conversations importantes. Elle ajouta qu'elle ne se sentait plus d'humeur à fêter, encore moins à se retrouver dans les magasins. Nul besoin de dire que le repas se termina en vitesse.

Je me souviens m'être fait la réflexion qu'il est difficile pour un homme d'être sur la même longueur d'onde qu'une femme, surtout quand cette femme ne fait rien pour vous comprendre et se complique la vie à loisir. Aujourd'hui encore, je continue à penser que les femmes sont difficiles à saisir même si j'avoue que ce serait agréable de me retrouver en charmante compagnie ce midi. Tant pis! Je me commande une coupe de champagne pour célébrer ma liberté, ma détente!

En sirotant ma première gorgée, je sens une tristesse m'envahir.

Curieux! Il y a un instant, je nageais dans le bonheur... *J'ai pourtant tout pour être heureux : la santé, la prospérité et l'auto de mes rêves, payée comptant!! D'accord, je suis seul, mais où est le problème? Si je le voulais, je pourrais séduire n'importe quelle femme!* Allez, je fais un effort pour me raisonner.

Le décor romantique, l'odeur particulière et l'ambiance qui règnent sur cette terrasse font en sorte que je ne peux détourner mon esprit de Mona. Comment va-t-elle? Comment va sa vie? Cinq ans se sont écoulés sans que j'aie de ses nouvelles. La dernière fois, Ben, notre fils, m'a informé qu'elle déménageait en Colombie Britannique, à Vancouver. J'étais si préoccupé par mes affaires que je n'ai pas pris le temps de lui donner un coup de fil. J'aurais peut-être su pourquoi elle se sauvait aussi loin!

De fil en aiguille, ma pensée m'amène vers mes deux enfants. Ben – en réalité, il s'appelle Benani, mais je préfère Ben –, vient de fêter ses 30 ans et Carina, ses 28 ans. *Comment se fait-il que, tout à coup, je me souvienne aussi facilement de leur âge? Ils me manquent tous les deux. Étrange. Est-ce que je deviendrais sentimental? Que leur arrive-t-il?* Eux non plus, je ne les ai pas croisés depuis cinq ans. Je me souviens m'être dit, peu de temps après le départ de leur mère, qu'il serait temps qu'on se rencontre. J'ai donc appelé ma fille. J'ai à peine eu le temps de suggérer un rendez-vous qu'elle m'a lancé, sur un ton sans équivoque :

— Papa, Ben et moi ne voulons plus te voir. Tu nous appelles seulement parce que tu te sens obligé de jouer ton rôle de père. Mais tu n'as JAMAIS été un vrai père pour nous. Inutile de te forcer, maintenant; nous avons notre vie et tu as la tienne, alors fiche-nous la paix. Je parle aussi au nom de Ben qui est incapable de t'affronter.

J'ai balbutié une question, étonné de son attitude. Elle ne m'a laissé aucune chance.

— J'ai décidé de te dire la vérité une fois pour toutes. Ben et moi n'avons plus rien en commun avec toi. Tu ne t'es pas rendu compte que chacune de nos rencontres se terminait en dispute et que Ben et moi en sortions toujours plus bouleversés. Tu es le seul à avoir raison, et, les rares fois où tu écoutes, c'est pour essayer de nous faire changer d'idée. Au moins, maintenant, on ne se battra plus. Je t'en veux de nous avoir laissé tomber, mais je t'aime encore assez pour te souhaiter d'être plus heureux à l'avenir, et surtout plus humain.

Et BANG! elle a raccroché. Le message était clair.

Je l'avoue, leur attitude à mon endroit me faisait réagir, ce qui me portait, malgré moi, à leur faire des reproches, surtout au cours des rencontres qui ont eu lieu chez Mona, juste après notre séparation. Mais ils les méritaient, ces reproches. Tout m'énervait, chez eux, jusqu'à leur façon de s'habiller et de penser. Je détestais leur façon de parler à Mona, de la traiter en copine, et la pauvre se laissait faire. En plus, ils me manquaient de respect. Il fallait bien que je leur montre à vivre! Les parents devraient avoir le droit de dire à leurs enfants qu'ils font fausse route.

En tant que père, aurais-je pu agir différemment? J'ai fait tout ce que j'ai pu. Ils me reprochaient de travailler trop, mais ils aimaient mon argent qui leur permettait de se payer tous leurs caprices! *En fait, je crois que je les ai trop gâtés. Les enfants d'aujourd'hui sont ingrats. Ils n'ont aucune idée de la difficulté d'être parent. Ils ne s'en rendront compte que quand leur tour viendra.*

Une pensée surgit tout à coup dans mon esprit : se peut-il que Carina ou Ben aient eu un enfant durant ces cinq dernières années? Mais non, je suis sûr que non. Ils ne peuvent pas être aussi insensibles, s'ils s'étaient mariés ou s'ils avaient eu des enfants, ils me l'auraient dit!

Mais je n'en suis pas certain. Comment ôter ce doute de mon esprit? Demain, je trouverai leur numéro de téléphone et je les appellerai. Il serait temps que nous recommencions à nous fréquenter. Après tout, ils sont adultes! Ce sera sûrement plus facile de leur parler.

Pourquoi donc ai-je autant de difficulté à communiquer avec mes propres enfants?

Il est vrai que je ne les ai pas beaucoup écoutés, et cela, depuis qu'ils sont tout petits. Je ne comprends pas la génération dont ils font partie. J'ai toujours espéré que la communication avec eux se rétablisse, mais ils refusaient obstinément de comprendre mon point de vue. Ils manquaient de maturité. Qu'à cela ne tienne, aussitôt que je réussirai à les rejoindre, je leur fixerai un rendez-vous. Je me jure de vraiment les écouter cette fois, sans les critiquer. Je pourrais même préparer des questions; ainsi, je ne serais ni embarrassé, ni en colère s'ils ne sont pas d'accord avec moi. Si je les interroge et que j'écoute leurs réponses, nul doute que ça ira mieux!

Cela décidé, je me permets une délicieuse pointe de tarte aux pacanes chaude avec crème glacée, accompagnée d'un cappuccino. Et pour finir en beauté, je me commande un cognac que je déguste en ouvrant le journal apporté par le serveur. Mais je suis incapable de me concentrer sur ma lecture, alors je n'en parcours distraitement que la section « Spectacles ».

Mes pensées se bousculent. Comment approcher les enfants lorsque je les rejoindrai au téléphone? Serait-il préférable de les voir ensemble ou séparément? Tout dépendra de leur réaction. Je ne sais même pas s'ils vont accepter de me rencontrer.

Il est presque 15h quand je sors du resto. Je n'ai aucune envie de retourner chez moi seul alors je me dirige vers un cinéma. Le journal annonçait que le nouveau film d'Eddie Murphy, mon acteur comique préféré, est arrivé à Montréal. C'est là que je vais. Après la séance de cinéma, je me sentirai mieux, je serai plus détendu. Je n'aime pas du tout la tristesse qui m'a envahi depuis mon arrivée dans le restaurant, surtout à la pensée de mes enfants. D'ailleurs, je néglige trop souvent de prendre le temps de voir des films, surtout des comédies. Puisque c'est la journée des résolutions – *que se passe-t-il donc?* – j'en prends une autre, celle d'aller au cinéma au moins une fois par semaine, seul ou accompagné.

J'ai très peu d'argent sur moi, il faut donc que je fasse un saut à la banque. Justement, il y en a une tout près, au coin de la rue Rachel. J'y vais d'un pas leste, le cœur léger, heureux de marcher sans me presser, sans devoir surveiller l'heure du prochain rendez-vous.

Je suis plongé dans mes pensées quand mon attention est attirée par une... deux... trois autos de police qui foncent, leur sirène hurlant à pleine puissance! Elles s'arrêtent juste à côté de moi! Surpris, je fige sur le trottoir. Il se passe quelque chose à la banque! Absorbé par ce qui m'apparaît être un film d'action, je vois soudain trois jeunes hommes courir à toutes jambes hors de l'établissement, une mallette entre les mains, au moment où les policiers s'apprêtent à y entrer. Celui qui semble le chef sort une arme et se met à tirer un peu partout pour effrayer les policiers. Je suis pétrifié sur place, occupé à ne rien manquer.

À cet instant, le monde bascule. Ma poitrine explose! J'ai peur. Je ne comprends rien. Je ne sens plus rien, mes jambes se dérobent sous moi et ma tête frappe lourdement quelque chose de dur. Mon corps s'allonge sur une surface froide. Au loin, j'entends des voix. Une personne paniquée hurle :

— Vite, venez m'aider. Il y a un monsieur qui est blessé ici par terre.

Que se passe-t-il? Je découvre, stupéfié, que ce corps étendu est le mien. *Comment se fait-il que je le voie? Est-ce bien moi? Il me semble que je ne suis pas aussi vieux que ça. Où suis-je pour constater tout ça?*

Les deux policiers ont du mal à faire reculer les curieux. Je regarde tout le sang qui coule de ma poitrine vers le sol. *Comment se fait-il que je ne sente rien? C'est bizarre d'être au-dessus de ce spectacle, et en même temps, de tout voir et de tout entendre.* Un policier dit à son collègue :

— Je ne sens plus son pouls. Seigneur, je crois qu'il est en train de mourir.

— L'ambulance arrive. Enfin! Le pauvre, on peut dire qu'il était vraiment au mauvais endroit au mauvais moment. J'espère que les gars pourront faire quelque chose pour lui.

Un médecin, petit de taille, se précipite vers moi. Il est nerveux. Sa démarche est rapide et son regard veut tout capter autour de lui. On dirait qu'il ne fonctionne que sur l'adrénaline. Il ressemble plus à un politicien qu'à un médecin. Il se concentre cependant, m'examine et annonce son verdict aux policiers près de moi. La balle a percé mon poumon droit, il ne peut donc que constater mon décès.

Moi, je crie à tue-tête : « Non, c'est impossible que je sois mort. Bon sang! Vous ne m'entendez pas? Moi, pourtant, je vous vois et je saisis tout ce qui se passe! » J'essaie de secouer les policiers l'un après l'autre, mais ils ne réagissent pas. On dirait que je passe à travers eux. L'un d'eux regarde dans ma direction comme s'il sentait ma présence, mais il se retourne et continue en direction de sa voiture.

Je ne peux pas le croire, JE SUIS MORT! Qu'est-ce qui va m'arriver maintenant?

Je suis envahi par une angoisse et une insécurité terribles. J'étais persuadé qu'après la mort, il n'y avait que le néant, que tout était terminé. Je me suis trompé. Même si le docteur et les policiers sont d'accord avec le fait que je sois décédé, je me sens encore terriblement vivant. J'ai vu, avec Mona, un film dans lequel un homme tué dans un accident flottait au-dessus de son corps; c'est exactement ce qui m'arrive à l'instant. Elle croyait que c'était ce qui se passait après la mort et moi, je prenais un malin plaisir à me moquer d'elle. Je lui disais que tout ça n'était que du cinéma. *Si elle me voyait maintenant, elle serait fière d'avoir eu raison.*

Je flotte, beaucoup plus léger qu'auparavant. C'est étonnant parce que, lorsque j'étais vivant, je n'avais pas l'impression d'être lourd. *Comme c'est étrange! Je peux en même temps regarder mon corps que les autorités se préparent à transporter dans l'ambulance, et me voir avec mon corps, que je perçois bien normal, ici, où je suis.* Cependant, je suis différent de ce corps par terre. Étonnamment, je ne souffre plus d'arthrite aux mains et aux genoux. C'est bon de ne plus avoir mal. Je m'étais tellement habitué à vivre avec cette douleur que je ne savais plus ce que c'est que d'être bien.

Mais que va-t-il m'arriver maintenant? Moi qui ai toujours ridiculisé les personnes qui, comme Mona, disaient qu'on ne meurt pas vraiment. Si je les avais écoutées, je comprendrais peut-être ce qui vient de se passer et ce qui va m'arriver!

Je déteste me sentir impuissant et ignorant. Moi, le spécialiste de la prévention contre les coups fourrés, j'ai l'impression que quelqu'un quelque part m'a bien eu; je me sens pris au piège.

Mon regard est attiré par tout ce qui se passe autour de moi. Des agents de police, postés partout dans la banque, s'occupent des clients et des employés. Le type qui m'a tué est parvenu à se sauver, car il était le seul à porter une arme. Il s'est faufilé à toute vitesse dans une ruelle avant de disparaître. Les deux autres voleurs ont été rattrapés par des agents.

Les ambulanciers restent sur les lieux pendant un moment, ils veulent s'assurer qu'il n'y a aucun autre blessé dans l'établissement. Pendant ce temps, un des deux agents qui s'occupent de moi m'enlève mon portefeuille et mes cartes d'identité.

— ARISSIEL LABONTÉ, entrepreneur, domicilié à Laval. Aucune mention d'une personne à contacter en cas d'accident.

— Pas étonnant. Personne ne pense à ces détails-là, remarque son collègue.

Il sort son portable et signale le numéro indiqué sur ma carte. Aucune réponse, évidemment. Son camarade s'empresse de lui dire, en récupérant mes clés dans une de mes poches :

— Regarde-moi ça, une belle clé de Mercedes, toute neuve! La voiture ne doit pas être bien loin. Cette autre clé ouvre son domicile, probablement. Il faudra vérifier les 'entreprises' de cet entrepreneur, si tu vois ce que je veux dire, ajoute-t-il d'un ton sarcastique.

— Il n'y a peut-être pas de hasard! Après tout, il se trouvait sur la scène d'un vol. En tout cas, nous ne devons rien négliger, renchérit le premier.

Est-ce que j'entends bien? Ils pensent que MOI, j'aurais pu avoir une connexion avec les voleurs? Incroyable! Est-il possible que les policiers en arrivent à ne plus faire confiance à personne? Ils doivent en voir de toutes les couleurs dans une grande ville comme Montréal. Quel boulot que leur métier! D'un jour à l'autre, ils ne peuvent jamais prévoir ce qui va se passer, encore moins à qui ils auront affaire. Ça doit être difficile, et pas seulement pour les policiers, pour les coroners aussi, pour les médecins chargés de se retrouver sur les lieux d'accident et pour tous ceux qui doivent face à des situations d'urgence…

Comment se fait-il que je pense à cela? J'ai vu des policiers toute ma vie et je ne me suis jamais arrêté à leurs difficultés! Est-ce parce que je suis mort?

Non, je ne peux pas croire que je sois MORT. Qu'ai-je fait au bon Dieu pour mériter une fin aussi tragique? Pour une surprise, ç'en est toute une! Un ins-

tant je marche en savourant l'air du printemps et l'instant d'après, je suis un cadavre. Bon sang! Au moins, j'espère que les agents vont trouver ce fou qui m'a tiré dessus et l'enfermer pour longtemps.

En pensant à mon assassin, je vois immédiatement la ruelle où il s'est faufilé. Et l'appartement où il s'est réfugié. Aussi bizarre que cela puisse paraître, je peux observer tout ce qui se passe dans ce petit logement au sous-sol d'une vieille maison bleu délavé à la peinture tout écaillée. *On peut encore vivre dans des endroits aussi lugubres dans notre beau Québec?* Mon voleur converse avec un homme qui lui ressemble étrangement, son frère, probablement, aussi beau et bien bâti que lui, mais avec un visage plus dur. Très agité et à bout de souffle, le voleur raconte péniblement son aventure :

— J'étais tellement nerveux que je tirais n'importe où. Il y avait du monde sur le trottoir, j'espère que je n'ai blessé personne. Je ne sais pas qui a sonné l'alarme. La police est arrivée juste au moment où on sortait de la banque. Les copains n'ont pas été aussi chanceux que moi, sinon ils m'auraient suivi jusqu'ici. Heureusement que je ne leur avais pas dit où nous allions!

— Arrête de parler, Hector, le coupe l'autre. Tu me raconteras tout ça plus tard. Dépêche-toi de te changer et d'enlever ta perruque et filons d'ici au plus vite! Il ne faut pas qu'Hélène te voie. Si elle apprend que j'ai fait un double de sa clef, que je viens ici pendant qu'elle travaille, et ce qui se passe aujourd'hui, elle va me virer, c'est certain.

— Es-tu fou Harvey? halète Hector, en révélant son crâne rasé, tu veux vraiment qu'on parte tout de suite? Les policiers sont sûrement en train de fouiller toutes les rues et les maisons aux alentours!

— Ne t'inquiète pas petit frère, j'ai pensé à tout. Tu as demandé à faire partie de ma gang, eh bien, je suis en train de te donner des leçons. Ce n'est pas parce que j'ai seulement deux ans de plus que toi que je ne peux pas t'en montrer, hein? J'ai de l'expérience, moi, j'ai commencé jeune à faire ce métier-là!

À toute vitesse, il sort d'un sac deux robes noires de religieuses, en enfile une pendant qu'il fait signe à son frère d'enfiler l'autre. Ainsi vêtu, Hector se regarde dans le miroir et ne peut s'empêcher de rire :

— On a l'air de deux bonnes religieuses qui ne crèvent pas de faim, hein!

En effet, grâce à ces vêtements amples, ils paraissent avoir un bon surplus de poids.

Je les regarde et je suis abasourdi. *Cet espèce d'énergumène vient juste de voler et de tuer et il peut rire? C'est vrai qu'il ne sait pas encore qu'il m'a assassiné. Quand il l'apprendra et se retrouvera en prison, il ne rira pas longtemps*.

Les deux complices quittent l'appartement d'un pas mesuré, la tête basse, afin d'échapper aux regards. Harvey ne cesse de répéter à Hector d'éviter de tourner la tête en tous sens pour se fondre dans le personnage d'une religieuse qui vaque tranquillement à ses occupations. Le plus calmement possible, les deux frères se dirigent donc vers la rue Drolet. À deux reprises, ils aperçoivent des agents de police qui, s'entretenant avec des piétons, jettent un regard vers eux, mais n'insistent pas, rassurés. Ils atteignent l'auto de Harvey, stationnée tout près, et réussissent à y monter.

— Ouf, soupire Hector en refermant la porte, nous l'avons encore échappé belle.

— Je te l'avais dit, que tout se passerait bien. Fie-toi à moi, j'ai de l'expérience.

Et Harvey démarre le moteur tranquillement pour éviter d'attirer l'attention.

Et moi je les regarde encore, furieux. *C'est incroyable! Ils s'en sauvent impunément, bon sang! On sait bien, les policiers sont derrière vous quand on roule un peu trop vite, mais introuvables quand il s'agit de rattraper de jeunes voyous et de faire justice.*

L'instant d'après, je reviens sur les lieux du drame au moment où l'ambulance s'en éloigne. Je crie à tue-tête pour tenter de raconter l'histoire de mon assassin, mais personne ne m'entend. Pourtant, j'ai l'impression de hurler.

Que se passe-t-il? Ils disent que je suis mort, mais je me sens tellement vivant!

Je suis du regard l'ambulance qui se dirige vers la morgue. Quelques instants plus tard, je suis glissé dans une sorte de tiroir. Le préposé en charge des défunts note mes coordonnées sur la carte d'identité et me laisse.

C'est tellement impersonnel de se retrouver dans un compartiment, avec un numéro. C'est infiniment stérile et froid. Je n'aurais jamais imaginé finir aussi seul, aussi isolé, plus que je l'étais durant les dernières années de ma vie. À part mes collègues de travail, je n'ai pas eu de véritables amis. *Avec le genre de boulot que j'avais, c'est normal.* N'importe qui d'autre aurait vécu la même chose, j'imagine. Quand on voyage autant, on ne peut pas entretenir d'amitiés. Je manquais de temps même pour ma famille. De toute façon, si c'était à recommencer, je ferais la même chose. Je suis fier de moi. J'ai très bien réussi et c'est ce qui compte; c'est d'ailleurs ce que je voulais le plus au monde. Mona ne serait pas d'accord; pour elle, c'est anormal de faire passer son travail en premier, elle me l'a tellement rabâché qu'elle a fini par m'en casser les oreilles.

À présent qu'elle vit à Vancouver, va-t-elle apprendre ce qui vient de m'arriver? Et mes enfants? Je ne sais même pas s'ils lisent les journaux. D'ailleurs, si on raconte mon histoire dans un coin de journal, je serais étonné qu'ils devinent que c'est la mienne. Et même s'ils me reconnaissaient, ça ne ferait pas une grande différence dans leur vie. Depuis longtemps, je suis en quelque sorte mort pour eux. Ils sont sans-cœur. Après tout ce que j'ai fait pour eux!

— Et toi, Arissiel, tu n'as pas été sans-cœur avec tes parents?

Quoi? Quelle est cette voix? D'où vient-elle?

Peu importe, je me défends, je réponds: « Avec mes parents, ce n'était pas la même chose. Ils étaient terriblement vieux jeu. Et c'était normal que je parte pour faire ma vie. »

Mais qu'est-ce qui se passe? Pourquoi est-ce que tout à coup défilent devant moi toutes ces images de mon passé?

J'ai dix-neuf ans, je quitte la maison familiale et je ne veux plus jamais y retourner, plus jamais me retrouver en présence de mes parents. À quelques reprises après mon mariage, j'ai dû revenir sur ma résolution, mais seulement parce que Mona insistait. Pour elle, nos enfants devraient connaître leurs grands-parents, c'était anormal de refuser les liens familiaux.

Et le même scénario revenait plusieurs fois par l'année. Je m'y vois comme si j'y étais à l'instant même.

Quand elle veut me convaincre de quelque chose, son corps se tend et elle me fixe de ses beaux yeux marrons. Même si je sais que je n'aimerai pas le message qu'elle veut me transmettre, je ne peux m'empêcher de la trouver belle. Ses magnifiques cheveux roux et ondulés encadrent parfaitement son visage, frôlent ses épaules et s'agitent dans tous les sens. Son mouvement de tête et son regard me parlent autant que ses mots. Elle m'annonce :

— Voilà plusieurs mois que nous n'avons pas vu tes parents. Ta mère a encore appelé cette semaine pour s'informer de la date de notre prochaine visite. J'ai pensé que le week-end prochain serait une bonne occasion, étant donné que tu n'es pas en voyage.

— Ah non, pour une fois que j'avais l'intention de me reposer tranquille à la maison. Trois cents kilomètres de route, six cents kilomètres aller-retour en deux jours, c'est beaucoup J'aimerais mieux remettre ça à plus tard. Pourquoi est-ce qu'ils ne viennent pas, eux, plutôt?

— Arissiel Labonté, dit-elle en appuyant sur chaque syllabe, tu n'es qu'un sans-cœur! Tu devrais avoir honte. Tu passes ton temps à remettre cette visite. Je t'en ai parlé il y a un mois, et tu m'as répondu exactement la même chose. Tes parents pourraient mourir d'un jour à l'autre et ils n'ont que toi. Pour l'amour du ciel, quel genre d'homme es-tu? Tu ne penses jamais à leur faire plaisir. Qu'est-ce qu'ils t'ont fait pour que tu sois aussi indifférent? Je ne peux pas m'habituer à ton comportement. Quand ils seront partis, ce sera trop tard. Est-ce que tu ne pourrais pas être gentil avec eux pour une fois?

Déçue et frustrée du fait que je ne réagisse pas, elle ajoute :

— Tu trouves ça long, faire la route? Et tes parents alors! À leur âge, c'est encore beaucoup plus difficile.

Elle prend une pause, réfléchit, puis suggère :

— On devrait les inviter une semaine, ils auraient le temps de se reposer avant de repartir!

— Une semaine? Qu'est-ce qu'ils vont faire ici pendant toute une semaine? Ils sont tellement ennuyants. Ils n'ont aucun sujet de conversation. En plus, je ne suis pratiquement jamais ici. Ni toi, d'ailleurs, avec tes activités. Et les enfants ne voudront pas demeurer à la maison tous les soirs pour rester avec leurs grands-parents, c'est certain. Ben et Carina sont comme moi, ils trouvent leurs aïeux vieux et endormants, et le voyage au nord de Mont-Laurier insipide. Le village où ils demeurent est d'un ennui mortel, sans intérêt pour des jeunes; ils préfèrent grandement rester à Laval, qui leur offre toutes sortes d'activités.

— Cette fois-ci, j'insiste, rétorque Mona d'un ton sans réplique. J'arrive rarement à gagner mon point, c'est toi qui décrètes tout pour tout le monde dans cette famille. Mais aujourd'hui, c'est à mon tour de décider. Nous y allons ce week-end, un point c'est tout.

À la vue de cet incident, je me souviens que pour avoir la paix et en finir avec sa morale, j'ai fait l'immense effort d'accepter. Je me suis dit qu'après ce séjour-là, j'allais avoir la paix pour un bon bout de temps. Sauf que je savais, dans le fond, que ma femme avait raison et que mes parents allaient être ravis de notre visite.

Mes enfants, eux, ne peuvent pas se plaindre d'avoir eu des parents trop vieux. Mona et moi les avons eus jeunes et c'est beaucoup mieux. En plus, contrairement à mon père qui était toujours à la dernière cent, je me suis assuré de réussir ma vie et d'amasser beaucoup d'argent pour ma famille. Lui, toute sa vie, il a gagné juste assez pour nous faire vivre, sans jamais avoir de surplus. On devait sans cesse faire attention et économiser.

Au fait, que va-t-il arriver de tout cet argent que je me suis efforcé d'accumuler? Je ne pensais jamais mourir si vite – cinquante-cinq ans, c'est jeune pour partir –, et je n'ai pas rédigé de testament. J'étais convaincu de vivre encore bien des années, malgré mon arthrite.

Dieu que la vie est fragile et inattendue. Elle nous réserve de ces surprises...

MAIS OÙ SUIS-JE? N'Y A-T-IL PERSONNE ICI POUR ME DIRE CE QUI SE PASSE? Bon sang! Je ne me souviens pas d'avoir eu autant la trouille!

— 2 —

La rencontre avec Mishaël

Sitôt ma question posée, je me sens aspiré dans une sorte de tunnel lumineux dont je ne sors que pour être enveloppé d'une lumière intense et éblouissante. Puis, une forme se dessine devant moi. Est-ce celle d'un homme ou d'une femme, je ne saurais le dire. Un mystère émane d'elle et m'attire inexplicablement. Quelle présence! Son regard profond, qui se superpose à la lumière vive, m'intimide. Je me sens nu et effrayé. J'essaie de distinguer les contours de l'être en face de moi, mais je n'y arrive pas, trop fasciné par ce regard. Malgré tout, il me semble que c'est un « lui ».

Après ce qui me paraît être d'interminables minutes, la présence s'exprime :

— Tu es décédé, oui. Tu vis désormais dans le monde de l'âme que vous, les humains, appelez ciel, purgatoire, enfer ou monde astral. Mais seul ton corps physique est mort; ton âme, qui s'est détachée de lui, vient d'arriver dans le monde astral. Tu es étonné de penser et de réagir comme avant ton accident, n'est-ce pas? C'est dû au fait que tes autres corps plus subtils, l'émotionnel et le mental, ne sont pas morts et ne mourront jamais. Voilà pourquoi tu continues à penser, à raisonner, à analyser et à sentir ce qui se passe ici ou sur Terre.

Je dois avoir l'air totalement abasourdi, malgré mon absence de corps. L'être lumineux poursuit :

— Tous les humains se retrouvent à de multiples reprises dans ce monde durant la vie de leur âme. Ils ont besoin de ces répits pour enrichir la conscience de leur progression et parvenir à vivre dans l'amour total sur leur planète. Au fil du temps, tu te rendras compte que tu as besoin de cette phase de ton existence dans laquelle tu entres en ce moment. Pour connaître le parfait bonheur, tu devras apprendre à développer ta conscience. Veux-tu découvrir ce qu'est la félicité de l'âme, de l'être tout entier?

— Je ne comprends rien à ce que vous me dites. D'abord, est-ce que le ciel existe? Et pourquoi suis-je mort?

— Comme la majorité des hommes, tu crois qu'après la mort, tout aboutit dans le néant total. À moins que, au contraire, tu présumes que tes souffrances cessent quand tu arrives au ciel, et que tu y vis en état de béatitude jusqu'à la résurrection. La vérité, c'est que, même si ton corps physique s'est évanoui, tout continue.

— Mais… rétorquai-je, vous me dites que je retournerai sur Terre? Je n'y crois pas. Et vous osez me parler de bonheur? À quoi faites-vous référence? On veut tous être heureux. Mais être totalement bien voudrait dire, à mon sens, que tout va selon nos désirs, ce qui est utopique. Et vous semblez prendre pour acquis que je n'ai jamais été heureux… Vous vous trompez! Mon bonheur a été de très bien réussir en affaire. D'accord, du côté personnel, mon résultat est moins reluisant, mais quand je me comparais aux autres, je m'estimais beaucoup plus heureux qu'eux. Qui êtes-vous pour vous adresser ainsi à moi?

L'être demeure calme, apaisant.

— Je m'appelle MISHAËL. Mon rôle est de t'aider à découvrir l'AMOUR VÉRITABLE pour toi-même et les autres. Tu t'appelais Arissiel dans ta dernière incarnation, alors c'est ainsi que je vais te nommer. Tu détestes que les autres te connaissent, mais rassure-toi, je n'utiliserai mon savoir que pour t'aider. Tu parviendras à me faire confiance, je l'espère. Tout ce que je peux te dire maintenant, c'est que tu franchiras plusieurs étapes avant de parvenir à l'éveil de ta conscience. Par la suite, il te sera plus facile de parvenir au VÉRITABLE AMOUR, qui, à son tour, te conduira au bonheur. Tu affirmes avoir été heureux? Les petits bonheurs vécus dans le monde terrestre ne sont rien en comparaison du bonheur vécu par le cœur.

Les connaissances de cet être semblent intarissables. Il poursuit :

— Tu croyais que tout était terminé parce que ton corps s'est retrouvé sans vie? Tu t'es trompé, tu t'en rends compte maintenant. Ici, dans le monde de l'âme, non seulement ta vie continue, mais elle se prolongera aussi sur Terre, où tu retourneras un jour pour terminer ce que tu as laissé inachevé. C'est un besoin fondamental de ton âme. Bientôt tu te rendras compte que ce qui t'arrive est un privilège. Pour le moment, cependant, ce n'est pas toi qui décides des étapes à franchir. Mais tu as deux possibilités : tu peux continuer à errer, impuissant et ignorant de ton avenir, ou choisir de te soumettre à quelques expériences dans le monde de l'âme… Que préfères-tu? Si tu es ouvert, tu pourras cheminer plus rapidement.

Je ne suis pas vraiment mort? En plus, je devrai retourner sur Terre et tout recommencer? Ah non! Ça, jamais! S'attend-il à ce que je le croie? D'ailleurs, comment sait-il que je me sentais impuissant? Je déteste que les autres me connaissent. Je suis déconcerté, mais j'avoue que quand il m'offre de sortir de mon impuissance, il me tente. Bon, puisque j'ai toujours eu le sens du risque dans ma vie, je tente le tout pour le tout encore une fois. Je verrai où ça me mènera! Au point où j'en suis, je n'ai plus rien à perdre. Mais pourquoi me parle-t-il d'amour véritable?

Je n'ai pas besoin de lui répondre. Il semble avoir lu mes pensées car il me sourit et répond aussitôt :

— En temps et lieu, je t'expliquerai tout, y compris ma volonté de t'aider, et les raisons de ma présence à tes côtés.

Il disparaît. Un grand vide m'envahit. Je me rends compte que sa présence lumineuse m'était agréable.

Tout à coup, je suis transporté, mais privé de la vue terrestre. Je me sens mal. Je vois dans le monde où je suis des gens de tous les âges et de toutes les races qui se pourchassent. Il y a des créatures effrayantes, bizarres, des maisons macabres qui bougent, enflent, puis désenflent. Je vois les maisons, les objets, les gens d'une manière différente, multidimensionnelle. J'entends, non pas avec mes oreilles, mais à l'intérieur de moi, des hurlements angoissants.

Pourquoi suis-je ici? Je veux en sortir, mais comment faire? Est-ce une des étapes dont parlait MISHAËL?

À cet instant, un homme s'adresse à moi.

— ARI LABONTÉ? Tu es ici, toi? Je vais te tuer! C'est à cause de ta drogue que je suis mort! C'est de ta faute si je suis emprisonné dans ce monde de fou!

À la façon dont cet homme s'adresse à moi, je sais qu'il me connaît; toute ma vie, puisque je n'aimais pas mon prénom, j'ai demandé qu'on m'appelle Ari.

Je me retourne. Effectivement, cet être en face de moi, je l'ai fait travailler il y a de cela très longtemps, à une époque où j'étais accablé de dettes. Pour m'en sortir, j'avais décidé de vendre de la drogue. Je ne voulais prendre aucun risque, je débutais une carrière que je voulais florissante, alors j'ai

« embauché » cinq jeunes hommes pour faire les transactions à ma place.

C'est bizarre que je le reconnaisse!

C'est plus fort que moi, je l'examine des pieds à la tête. Il porte un vieux jeans délavé et déchiré aux genoux, il est pieds nus et ses ongles d'orteils sont longs et crasseux. Ses cheveux sont longs et sales, et, dans son visage défait, ses yeux me fixent sans ciller. S'ils étaient deux pistolets, ils me tireraient dessus.

Je l'affronte sans gêne :

— Fiche-moi la paix! Ce n'est pas de ma faute si tu te défonçais. J'avais accès à la drogue moi aussi, mais j'ai eu l'intelligence de ne pas y toucher. Je te payais pour vendre, pas pour consommer. Je ne suis pas responsable de ta stupidité.

— Si je n'avais pas gagné autant d'argent, j'aurais consommé moins. C'est toi qui avais les connexions pour m'approvisionner. En plus, tu connaissais ma faiblesse et tu en as profité. Tu vas payer cher le mal que tu m'as fait.

Hein? Il ose me rendre responsable de ses malheurs? Dieu sait que je ne l'ai jamais encouragé. Au contraire, je l'ai prévenu à maintes reprises : la dépendance à la drogue, c'est de l'esclavage. Après tout, il n'était qu'une relation d'affaires, je n'avais pas à me mêler de sa vie privée.

Je lui réponds le plus sèchement possible :

— Va te faire foutre! Je refuse d'en écouter davantage. Tu ne réussiras pas à me culpabiliser. Si tu avais vraiment voulu arrêter, tu aurais pu; tu n'avais qu'à te faire aider si tu en étais incapable tout seul.

— J'ai tout essayé, tout! Ça n'a servi à rien, je retombais sans arrêt. Je t'en veux, je t'en veux plus que tout ce que tu peux imaginer. Toi et tous les autres vendeurs, vous faites un argent fou en profitant de tous ceux qui, comme moi, sont dépendants. Il devrait y avoir un enfer spécialement conçu pour des gens comme toi.

Il n'a pas aussitôt terminé, qu'une autre voix me fait sursauter.

— ARI LABONTÉ! Enfin, je te revois. Tu n'en as pas fini avec moi! Ça fait longtemps que je rêve au jour où je te reverrai.

Je reconnais la voix de mon ex-associé Jean-Louis, dont j'ai décidé de me séparer un jour. Nous étions partenaires à 50 %, mais j'avais travaillé deux fois plus que lui et je ne voulais pas qu'il empoche la moitié des profits. Alors, en le quittant, je me suis fait justice moi-même : j'ai récupéré le gros contrat que je venais de décrocher, ainsi que les dossiers de tous mes clients. J'ai appris plus tard, via mon réseau de connaissances, qu'il m'en voulait et me souhaitait tout le malheur du monde.

Il est dans un état consternant. Il a le même âge que moi, mais paraît beaucoup plus vieux. Sans doute à cause de l'accablement lisible sur son visage sans énergie, sans vie. Lui qui était si fier, qui coiffait toujours ses cheveux noirs avec soin, qui portait ses vêtements avec une telle élégance, il affiche aujourd'hui un laisser-aller lamentable. Ses cheveux sont devenus gris et ternes, à l'image de toute sa personne. Qu'est-ce qui a pu lui arriver?

L'atmosphère devient chargée, soudainement. Trois personnes se sont avancées près de Jean-Louis pour le supporter. Tous ensemble, ils s'apprêtent à m'attaquer. Je décampe en vitesse, mais ils me poursuivent. Ils sont derrière moi, ils me collent au talon. Je suis affolé. *Combien de temps ce cirque va-t-il durer? Bon sang! Ils sont fous!* Jean-Louis me rattrape; avec ce qu'il lui reste d'énergie, il réussit à m'empoigner et à me crier :

— Te rends-tu compte de ce que tu m'as fait quand tu m'as laissé tout seul?

Je hurle à mon tour :

— Tu as été chanceux toute ta vie : tu venais d'une famille riche, tu vivais comme un millionnaire avec ta grosse auto et ton abonnement au club de golf le plus cher, et tu n'as jamais été obligé de travailler. C'est moi, bon sang, qui faisais tout, et j'en avais assez de partager les profits. Et tous les clients que j'ai apportés, je les avais trouvés moi-même. Je t'ai laissé tes clients, ceux que tu avais toi-même dénichés. Une fois pour toutes, je ne te dois rien!

— Espèce de lâche! Hypocrite! Tu n'avais pas le droit de partir en me laissant seulement les miettes. Si tu n'étais plus satisfait de notre association, il fallait m'en parler, on serait arrivés à une entente.

— Tu n'étais jamais disponible. Pire, tu ne venais pas à nos rendez-vous. Combien de fois m'as-tu appelé à la dernière minute en invoquant je ne sais quelle excuse pour te décommander! J'en ai eu assez! Et franchement, je me demande pourquoi tu es si enragé! Tu as toujours eu ton père pour t'aider…

Il me coupe la parole :

— Qu'est-ce que tu en sais? Mon père avait le même problème que moi. L'un comme l'autre, on faisait semblant d'être riches. En réalité, on était bourrés de dettes. Après que tu sois parti, je me suis mis à boire. Puis, un jour j'ai décidé d'en finir avec ma vie de misère et je me suis tiré une balle dans la tête. Tout ça est de ta faute!

— Il n'est pas question que j'accepte le blâme pour tes actions. Tu n'avais qu'à travailler un peu et tout se serait replacé. Et puis, tu aurais pu me rejoindre et on aurait négocié un arrangement.

— Ce n'est pas vrai et tu le sais. Quand tu prends une décision, tu ne reviens jamais en arrière. Je t'ai vu faire avec d'autres.

Il fait signe à ses trois comparses de s'avancer et, d'un seul mouvement, les quatre m'entourent dans le dessein de m'administrer une bonne raclée. Je m'enfuis en courant à perdre haleine. Ils me poursuivent, ils veulent vraiment ma peau.

Ils finissent par me rattraper et me frappent. C'est étrange, je n'éprouve aucune douleur physique. Mais je sens leur colère s'imprégner en moi, et c'est cela qui est douloureux. Ce n'est pas ce qu'ils prévoyaient, sans doute, alors ils finissent par m'abandonner.

Pourquoi s'acharnent-ils à m'accuser, tous? Ce n'est pas de ma faute si l'un se drogue et l'autre se suicide. Ah… je me sens mal. J'étouffe! Tous ces cris, ces gémissements, je n'en peux plus. À l'aide!

Tout se bouscule. Depuis quand suis-je ici, je n'en sais rien. Je me rappelle soudain cet être appelé MISHAËL. Je crie : « Je veux partir d'ici, MISHAËL! Ou êtes-vous, aidez-moi! »

MISHAËL apparaît aussitôt et sa présence me calme.

Un souvenir me revient en mémoire et je lui en fais part.

— Un client thaïlandais m'a raconté un jour une histoire étrange. Il avait subi un grave accident; pendant qu'un chirurgien l'opérait à la tête, il est mort quelques secondes. Il s'est vu parcourir un long tunnel lumineux dans lequel l'attendaient plusieurs membres de sa famille déjà décédés. Il a alors ressenti pour eux un amour d'une intensité supérieure à tout ce qu'il avait connu. Il a été très déçu que les médecins le réaniment. Moi, je l'ai écouté poliment, croyant que son histoire était une totale élucubration. Est-ce vrai, ce qu'il a raconté? Et si oui, pourquoi n'est-ce pas la même chose qui m'arrive? Ce serait tellement plus agréable.

— Ce dont tu parles s'appelle une « mort clinique », qui n'est pas la vraie mort que tu viens de subir. C'est très fréquent. Ça se présente surtout chez les personnes qui n'ont pas terminé leur cheminement sur Terre. Après ce genre d'expérience, un humain est transformé, en général, et a beaucoup plus de facilité à poursuivre sur Terre son apprentissage de l'amour véritable.

Devant mon regard interrogateur, MISHAËL poursuit :

— Ta route n'est pas celle-là. Chaque âme a une nature différente et un destin en propre. Tes rencontres désagréables font partie des diverses étapes dont je te parlais plus tôt. Tout ce que tu traverses dans le monde astral a sa raison d'être et t'aide à comprendre ce qui se passe au plus profond de toi. Je vais te donner plusieurs explications au fur et à mesure des expériences auxquelles tu seras soumis. Il n'est pas important que tu me croies, je te demande seulement d'écouter. Puis, un jour, ce que je te raconte prendra son sens précis. Par exemple, tes rencontres récentes t'aident à te rendre compte qu'en réalité tu te sens coupable du malheur de ces gens avec qui tu as été en relation.

Qu'est-ce qu'il dit? Pourquoi perd-il son temps à expliquer des choses auxquelles je ne comprends toujours rien?

Il s'empresse de répondre :

— Il y a des raisons pour lesquelles j'interviens et me tiens à tes côtés, mais tu n'es pas prêt à les entendre. Si tu ne veux plus m'appeler ou me faire signe, je respecterai ta décision. Par contre, tu ne peux pas échapper aux étapes que toutes les âmes doivent franchir ici. Tu reverras plusieurs événements de la vie que tu viens de quitter, ceux qui te seront utiles pour plus tard.

Sur ces paroles, il disparaît.

Crédit Mutuel

RELEVE D'IDENTITE BANCAIRE

CM HEYRIEUX
Tél 08-20-82-56-33
40 AVENUE GENERAL LECLERC
38540 HEYRIEUX

Ce relevé est destiné à être remis, sur leur demande, à vos créanciers ou débiteurs, français ou étrangers, appelés à faire inscrire des opérations à votre compte (virements, paiements, etc...)

This statement is intended to be delivered, to those of your creditors or debtors who have transactions posted to account (credit, transfers, payments, etc.....)

Identifiant national de compte bancaire - RIB

Code Banque	Code Guichet	Numéro de Compte	Clé RIB
10278	07367	00020168140	52

Domiciliation
CM HEYRIEUX

Identifiant international de compte bancaire

IBAN (International Bank Account number)
FR76 1027 8073 6700 0201 6814 052

BIC (Bank Identification Code)
CMCIFR2A

TITULAIRE DU COMPTE
ACCOUNT OWNER ▶ M OU MME J PELLEGRINI

58 RUE LOUIS AUGUSTE BLANQUI

69600 OULLINS

200908601102244 031chq/G MIMP4

— 3 —

La rencontre avec les parents

Me voici transporté dans une ville où s'entassent diverses habitations de toutes les formes, où fourmillent des milliers de personnes d'âges divers. L'endroit est étrangement calme. *Il y a énormément de gens ici! Et tout bouge et se transforme constamment. Et quelles couleurs! Bon sang! mais je vois mes grands-parents! … et deux de mes anciens professeurs, Monsieur Talbot, du primaire et Mademoiselle Nicole, du secondaire. C'est étrange que je me rappelle d'eux aussi précisément… Ah, mon oncle Fernand. Quel âge j'avais quand je l'ai vu pour la dernière fois? Douze ans, peut-être? J'ignorais même qu'il était mort. Où vont-ils, tous? Ils ont l'air si préoccupés; est-ce qu'ils me voient? Dieu, mais c'est maman et papa là-bas qui s'approchent de moi. Que leur dire? J'ai l'estomac complètement noué.*

Mon père paraît avoir cinquante ans alors qu'à son décès, il en avait près de soixante-dix. C'est un homme court, mince, voire maigre, aux cheveux blancs. À la fin de sa vie, il avait les yeux au fond de leur orbite, cernés, ce qui le vieillissait encore davantage - par bonheur, je n'ai hérité ni de ses yeux ni de son regard. Aujourd'hui, son visage est moins émacié et ce qui émane de lui est très différent de ce que j'ai connu. Il me regarde en face, alors que, quand j'étais adolescent, il n'osait pas le faire; je pense même qu'il me craignait. Il faut dire qu'à quatorze ans, j'étais déjà plus costaud que lui et que je lui tenais tête.

Maman, elle, paraît plus jeune que dans mon souvenir. Elle est toujours aussi démodée, avec sa robe rayée et ses souliers lacés. Si elle s'était habillée de façon plus moderne, elle aurait pu être très attirante. Sans doute dû au fait que ses parents, très obéissants à leur religion, ont été très sévères avec elle, elle ne s'autorisait pas être séduisante, féminine; par exemple, elle ne portait rien qui aurait pu l'avantager, ni vêtements ni maquillage. Quant à sa coiffure, d'aussi loin que je me souvienne, elle a toujours été la même : cheveux noués et attachés à la nuque. Je n'ai pu apercevoir ses magnifiques cheveux longs que les rares fois où, à cause d'une urgence, elle n'avait pas eu le temps de les attacher.

Aujourd'hui, elle est moins corpulente que la dernière fois où je l'ai vue. Durant mon enfance, elle a toujours été grassouillette, mais un jour, à cause de la cinquantaine et de la ménopause, a-t-elle prétendu, elle s'est réellement mise à grossir. Par chance, je n'ai pas hérité de sa propension à l'obésité, je ne l'aurais jamais accepté! En revanche, je suis fier que mes yeux et mes cheveux bruns ressemblent aux siens, et ma taille élancée à celle des hommes de sa famille.

Les deux s'approchent, qu'est-ce que je fais? Ils perçoivent mon malaise. Leurs yeux semblent m'aspirer. *Décidément, tout est différent ici. C'est bizarre, on s'embrasse avec les yeux!*

Maman prend la parole.

— Tu es étonné de nous voir, Arissiel. Ton père et moi t'avons observé depuis que nous sommes décédés.

— Ce n'est pas nouveau, vous m'épiez depuis que je suis enfant! C'est indiscret!

Maman sourit :

— Te sentirais-tu coupable de quelque chose par hasard? Ne crains pas notre jugement. L'unique raison pour laquelle nous t'avons observé, c'est notre inquiétude à ton sujet. Ton père et moi, on se reproche de n'avoir pas su te comprendre comme tu l'aurais souhaité. On aurait voulu agir autrement, mais on était souvent impuissants et désemparés.

— Votre première erreur a été d'avoir un enfant à un âge trop avancé. Vous auriez dû y penser plus tôt!

Je suis incapable de dire à papa que je lui en voulais d'être trop âgé, faible et sans initiative, et à maman, d'être vieux jeu comparativement aux mères de mes amis.

Sans attendre de réponse, je replonge dans mes souvenirs. Maman avait trente-cinq ans et mon père quarante et un à ma naissance. Je trouvais très difficile d'être enfant unique avec des parents aussi âgés et très démodés. Vers l'âge de dix ans, je me suis fait un ami qui était le cadet d'une famille de six enfants; il avait des parents à peu près du même âge que les miens, mais qui paraissaient beaucoup plus jeunes. Chez lui, il y avait beaucoup d'action et de rires, de telle sorte que je détestais rentrer chez moi, où l'atmosphère était triste, sombre et silencieuse.

En plus, mes parents me restreignaient l'écoute de ma musique préférée en me défendant d'en hausser le volume. Maman craignait de déranger les voisins tandis que mon père affirmait que ce genre de musique pouvait rendre fou et sourd. Quelle idée! Ils allaient jusqu'à affirmer que cette interdiction ne visait que mon bien : je n'étais pas assez intelligent, semble-t-il, pour prévoir toutes les conséquences de mes gestes, et j'étais extrêmement chanceux de les avoir comme parents. En réalité, c'est à eux qu'ils pensaient, sinon ils m'auraient laissé faire. C'était ma vie et j'en avais ras le bol de leurs sermons et de leur morale.

Aussi, ils auraient voulu que je leur raconte mes sorties avec mes amis. Les seules fois où je l'ai fait, ils m'ont sermonné. Ils refusaient de comprendre qu'il est normal pour des jeunes de mon âge de « faire des mauvais coups », comme ils disaient, alors qu'il ne s'agissait pour nous que de jouer des tours à des gens. Heureusement que j'ai eu des copains tout au long de ma vie scolaire, sinon je serais probablement devenu rabat-joie comme eux.

Quant à mon nom ARISSIEL, je le dois à ma mère. Elle avait été tellement touchée par un personnage de film qu'elle avait décidé d'attribuer son nom au premier garçon qu'elle mettrait au monde. Elle aurait dû réfléchir! C'est insensé de donner un nom pareil à un enfant. Mais elle était trop heureuse d'être mère, mon père n'a pas osé la contredire. C'est lui, le premier, qui me surnomma Ari. Par la suite, tout le monde l'imita, sauf maman qui s'entêtait à m'appeler Arissiel. Sans doute exprès pour me mettre en colère.

Quel drôle d'air ils ont! Contrairement à moi, ils semblent très heureux de me voir. Moi, depuis leur décès il y a vingt ans, je n'ai pas souvent pensé à eux.

Ils sont morts à trois mois d'intervalle. Ma mère est partie la première, emportée par une crise cardiaque. Elle était incapable de suivre les recommandations de son médecin concernant son embonpoint et ça l'a tuée. Moi j'étais en voyage d'affaires à l'autre bout du monde et je ne pouvais pas revenir. Mona était là pour me représenter, et j'en étais fort aise; j'ai pu éviter d'être exaspéré par les pleurs des gens.

À mon retour, j'ai téléphoné à papa, lui annonçant ma visite aussitôt que j'en trouverais le temps, mais j'ai trop tardé; il est décédé trois mois après, sans que je l'aie revu. Le pauvre vivait seul avec son chagrin. Un voisin, qui s'était inquiété de son absence, l'a retrouvé dans son lit, quelques jours après sa mort. Cette fois j'étais tout près de chez moi, à Québec, et Mona m'a rejoint en m'ordonnant de revenir sur-le-champ. Elle déclara, d'un ton irrité : « Ton père était trop mal en point pour organiser les obsèques de ta mère et il a fallu que je m'occupe de tout. Ça suffit! C'est à ton tour, Arisisel Labonté. Le corps de ton père est à l'hôpital de Mont-Laurier et les autorités veulent savoir quand tu vas le récupérer. »

Je suis donc revenu. Quand j'ai appelé à l'hôpital pour aviser de ma venue et remplir les formalités, on m'a conseillé de ne pas regarder sa dépouille, vu son état de décomposition. Cela m'a soulagé. Je ne peux pas tolérer les hôpitaux ni les gens malades, encore moins les morts. Les pompes funèbres m'ont suggéré de le mettre dans un cercueil fermé, ce que j'ai accepté. Tout s'est très bien déroulé. Le lendemain, sur l'insistance de Mona, un prêtre a prononcé les prières d'usage, puis mon père fut enterré près de ma mère.

Je les observe tous deux. *Que s'est-il passé depuis qu'ils sont morts?* Cette pensée m'a à peine traversé qu'ils s'empressent de me raconter qu'ils ont beaucoup appris grâce à leur guide et qu'ils sont heureux d'avoir retrouvé leur famille. Leur plus grand regret me concerne : ils se sentent coupables de n'avoir pas su m'aimer comme je l'aurais souhaité, et honteux de ma déception à leur égard.

C'est ma mère qui m'en parle la première :

— Même si tu ne le disais pas, je savais que tu avais honte de nous; nous étions plus vieux et pas aussi à la mode que tu l'aurais souhaité. En plus, tu me trouvais trop grosse, je le voyais dans ton regard. Je me sentais humiliée. J'avais beau me dire que tu étais jeune et qu'avec le temps, les choses changeraient, mais plus tu vieillissais et plus tu t'éloignais de nous.

Et mon père ajoute :

— Moi je lisais tes pensées, je connaissais tes sentiments envers ta mère et je savais aussi combien elle en éprouvait du chagrin. Je t'en voulais tellement que je t'aurais battu. Mais j'aimais mieux me taire, de peur de perdre mon contrôle. Tu étais tellement ingrat! Heureusement, depuis que nous sommes ici, nous avons appris la compassion; nos guides nous ont amenés à reconnaître que nous t'avons aimé de notre mieux, en dépit du fait que nous nous sentions impuissants à te plaire.

Il poursuit du même souffle — *on dirait qu'il compense pour toutes ces années où il a eu de la difficulté à exprimer sa pensée.*

— Voilà pourquoi nous t'avons observé depuis que nous sommes ici. Nos guides nous conseillaient de lâcher prise, de nous occuper plutôt de notre évolution, mais, jusqu'à ce jour, nous en avons été incapables. Ta mère et moi pouvions constater ton désenchantement. Avec tout ce que nous avons vu et appris depuis que nous sommes ici, nous savons que le fait de chercher le bonheur au mauvais endroit est le lot de la plupart des humains. Toi, tu accumulais les réussites financières; nous sommes fiers de tes réalisations, mais d'ici, nous savons que ta fuite dans le travail était un moyen d'éviter d'être en contact avec ce qui se passait au plus profond de toi, où ton âme était et demeure souffrante.

— Mais comment osez-vous me parler ainsi? Comment pouvez-vous affirmer que je n'étais pas heureux? Moi je considère avoir bien réussi ma vie. Chaque fois que je faisais un coup d'éclat en affaires, j'étais fier de moi. Quand je me retrouvais dans ma belle maison, quand je pouvais me permettre des voyages en première classe, j'étais heureux. Quand j'avais les moyens de m'acheter tout ce que je voulais, j'étais heureux. Et quand je rencontrais une femme ravissante qui acceptait de sortir avec moi, j'étais le plus heureux des hommes. J'étais privilégié face aux autres.

Tous deux, à tour de rôle, m'expliquent que dans le monde de l'âme, on ne voit pas les gens dans leur corps physique, on les perçoit plutôt à travers d'autres corps que l'on nomme « corps subtils », c'est-à-dire à travers tout ce qui émerge des plans émotionnel et mental. « En plus, ajoutent-ils, ici on ne peut pas se mentir comme sur Terre, tout le monde est à nu, transparent. Nous t'avons bien observé et grâce à cela, nous avons pris conscience de plusieurs réalités. Nos guides auraient bien voulu nous amener dans une autre dimension, encore plus salutaire pour nous; ils nous l'ont même fait visiter en nous expliquant que le fait de rester attaché à toi nous empêchait de l'atteindre. Car, tu pourras le constater aussi : du plan où nous sommes actuellement, nous pouvons observer tout ce qui se passe sur Terre alors que sur les autres plans, on apprend plutôt à se créer une vie meilleure lors de notre retour sur Terre. »

Ma mère ajoute :

— Tu viens de nous dire à quel point tu étais heureux, mais tu dégages plutôt tristesse et colère contre toi-même. Étais-tu vraiment bien quand tu te retrouvais seul dans ta belle maison? Avant ta séparation, tu as peut-être vécu de bons moments en famille, mais ils étaient de plus en plus rares, non? Tu ne t'en souviens pas? Es-tu fier de toi quand tu penses au fait que tes enfants refusent de te parler depuis plusieurs années? Et quand tu te rappelles ta façon de traiter Mona et les autres femmes de ta vie, es-tu heureux?

Ça y est, ils croient me connaître mieux que moi-même!

Mon père reprend :

— Ces biens et cet argent qui te rendaient si heureux, à quoi te servent-ils maintenant? Ta famille n'en profite pas. Juste avant ton accident, lorsque tu étais seul au restaurant, as-tu en mémoire ce que tu pensais, ce que tu ressentais? Tu étais tellement triste et plein de remords. À présent tu es dans le monde de l'âme pour te rendre compte de ce que tu as vécu et pour apprendre à agir différemment dans une prochaine vie. Nous avons tous besoin de prises de conscience pour pouvoir nous transformer.

Je proteste :

— Ce n'est pas parce que vous vous sentez coupables que je dois me sentir comme vous. J'ai fait de mon mieux et ce n'est pas de ma faute si les femmes de ma vie et mes enfants sont ingrats. Ils ne se sont jamais rendu compte de ce que j'ai sacrifié pour eux et ils m'auraient voulu à leur entière disposition.

Mon père sourit :

— Tu es encore sur la défensive, fiston. Si tu le veux bien, on pourrait s'aider mutuellement à l'avenir. Moi j'ai cru que ma culpabilité m'aiderait à me sentir meilleur, à agir différemment... Pourquoi ne pas avouer que toi aussi, parfois, tu te sens coupable?

Ma mère s'adresse à mon père :

— Tu te souviens, mon chéri, des innombrables fois où nos guides nous ont répété combien la culpabilité nuit dans le cheminement vers la libération... Nous sommes comme notre fils : il résiste à ce que tu lui dis et nous, nous résistons aux conseils de nos guides. Plutôt que de suivre de nouveaux enseignements, nous avons préféré rester en contact avec lui. Heureusement, il n'est jamais trop tard pour changer ses habitudes. Je suis prête à apprendre, mais je tiens à le faire avec toi. Crois-tu que c'est possible de continuer à cheminer ensemble?

MISHAËL apparaît et nous révèle que, tant que nous avons l'intention de nous améliorer, il reste l'espoir que quelqu'un sur notre route nous tende une main secourable. Il explique à mes parents qu'ils pourront décider, éventuellement, de retourner sur Terre en même temps que moi. Ce serait une façon pour nous trois de s'entraider pour atteindre l'amour véritable.

Il ajoute : « Vous avez parlé de culpabilité. Pour vous aider, je vous suggère ceci : aussitôt que vous vous sentez coupables, demandez-vous quelle était votre intention. Vouliez-vous faire du mal ou du tort à quelqu'un ou étiez-vous en train d'agir au meilleur de votre connaissance, de vos capacités et, surtout, de vos limites? »

Il termine sur cette note : « Le jour où l'humain cessera de se sentir coupable de tout et de rien, ce sera le paradis sur Terre. Tous pourront en profiter et vivre dans l'amour véritable. »

Encore cet amour véritable! MISHAËL est aussi borné que mes parents. C'est quoi, cet amour véritable, bon sang? Quand va-t-il me ficher la paix avec ça? Et pourquoi me regarde-t-il avec cette insistance? Je vais devoir être plus perspicace. Pourquoi sourit-il alors que je le traite d'entêté?

Devant mon regard incrédule et interrogateur, MISHAËL conclut : « Avec le temps, tout ce que je te dis aura du sens pour toi. »

Puis il disparaît, me laissant une fois de plus déconcerté.

— 4 —

Les deux enfants

À présent, je n'ai plus accès aux activités du plan astral et je suis attiré vers les événements terrestres. Je découvre tout en même temps. Je commence à m'habituer à cette nouvelle façon de percevoir les gens et les choses. Mes parents avaient raison, je n'ai qu'à diriger mon regard ou ma pensée vers ce que je veux et je le vois

C'est étrange, une sorte d'ombre, de halo, parfois irisé, émane des objets, des personnes surtout. C'est peut-être « l'énergie qui se dégage des gens » dont j'ai entendu parler. Ah! voilà, mon malaise revient. Une seconde, je me sens bien, l'instant d'après, je me sens totalement bouleversé, comme si une catastrophe était sur le point de m'arriver. C'est si inattendu! *Que faut-il faire? Personne ne nous prépare à ces choses-là durant notre vie; pourquoi?*

Mon attention se tourne vers ma maison abandonnée, mon avion et mon yacht. *Qu'adviendra-t-il de ce pour quoi j'ai tant travaillé? De mes investissements à l'étranger? Ils doivent valoir plus d'un million, sans compter mes comptes bancaires! C'est surtout l'argent déposé aux îles Cayman qui m'inquiète. Quand j'étais jeune, on nous disait que DIEU était juste et bon, mais tout me prouve que c'est faux. La vie est tellement injuste que DIEU ne doit pas exister. Que va-t-il arriver? Mes enfants pourront-ils profiter de ma fortune? J'aurais dû écouter le notaire pour mon testament.*

À l'instant, mon attention est attirée vers Ben et sa compagne Diane. Dans un petit meublé bon marché, ils terminent leur repas du soir en discutant de l'avenir. Comme ils ont l'air heureux! Ben a encore son allure d'adolescent attardé et il vient de s'écraser dans le fauteuil comme une pâte molle. *Combien de fois lui ai-je répété de se tenir droit! Il a les cheveux comme les miens et les yeux marrons de sa mère, mais je me demande de qui il tient tout le reste. Il est beaucoup trop maigre. Il a toujours été mince, mais en vieillissant les corps changent, non? Il néglige sa tenue, comme auparavant, et sa femme accepte cela? Hein? je viens de dire « sa femme »? J'ignorais qu'il était marié. D'ailleurs, je m'en rends compte, je n'ai pas reçu d'invitation à son mariage. Ah! quel ingrat!*

Ils n'ont aucune conscience du fait que je les « épie ». *Heureusement que, de mon vivant, j'ignorais qu'on pouvait être observés à notre insu!* Ben enlace tendrement sa Diane, qui lui renvoie un regard plein de tendresse. Elle est bien, cette femme. Ses yeux verts et ses cheveux blonds encadrent un visage plutôt rond, de telle sorte qu'elle ressemble à une poupée. Elle est vêtue et coiffée simplement et ses cheveux sont rattachés à la nuque comme ceux de ma mère. Elle serait plus attrayante si elle s'arrangeait avec plus de goût.

Elle est enceinte, je le sais, même si ce n'est pas encore apparent. Elle porte un long t-shirt sur un pantalon jeans, ce qui lui donne une allure très jeune. Je remarque tout à coup une présence, une forme, qui tourne autour d'elle. On dirait un petit nuage blanc qui, parfois, se rapproche de Ben, mais revient toujours près d'elle. *Serait-ce le bébé? Bon sang! les surprises se multiplient!* Je suis un peu contrarié, mais je ne peux m'empêcher d'être attiré par ce qui se prépare chez mon fils.

Diane est avocate et travaille dans un cabinet. Ben, lui, est sans emploi, ce qui ne m'étonne pas. Il exprime son désir, sa hâte de trouver un boulot. Il ajoute qu'il ne veut plus être serveur et qu'au fond, c'est excellent qu'il ait été mis à pied en raison de la saison tranquille. Il souhaite un travail où il pourrait utiliser ses talents d'artiste, mais ne sait pas où arrêter son choix.

Des excuses! Il devrait avoir honte de se faire vivre par sa femme. Je n'aurais jamais osé agir ainsi avec Mona. Je n'en reviens pas d'avoir engendré un être aussi paresseux! Si je pouvais, je lui secouerais les puces. Ce n'est pas comme ça que je l'ai élevé!

Malgré tout, sa femme a l'air bien; elle, pendant ce temps, poursuit sa carrière. C'est vraiment le monde à l'envers. Au surplus, elle est d'accord pour qu'il n'accepte qu'un travail qui le rend heureux. Ils ne nagent pas dans l'argent – il n'y a qu'à voir leur logement –, mais cela ne semble pas les affecter.

Ben exprime à Diane :

— Dès que tu as su pour le bébé, nous avons décidé de déménager. Il n'arrive qu'au début d'août, nous avons donc assez de temps pour organiser sa venue. Ce qui presse, c'est de se trouver un appartement pour juillet. J'ai donc décidé d'aller en visiter pendant ton absence et j'en ai déniché un dans Rosemont qui, je crois, te plaira. Veux-tu venir le voir avec moi demain? C'est un cinq pièces, pas trop récent, mais la propriétaire me paraît très gentille. En plus, elle m'a avoué qu'elle aimerait loger une jeune famille. Elle et son mari n'ont jamais eu d'enfants, ils pensent que ça leur ferait du bien d'en entendre un dans les parages. Eux demeurent au rez-de-chaussée et nous habiterions à l'étage. Elle nous offre même l'usage de sa cour arrière.

— Un cinq pièces! Mais ça doit coûter cher?

— Non, non, pas trop; j'ai fait les calculs. On arriverait assez juste, mais je pourrais m'organiser un studio dans une des pièces. Maman me prêterait peut-être de l'argent pour m'installer et je me trouverais des contrats de peinture ou de sculpture. Qu'en penses-tu? Je pourrais rester à la maison avec le bébé, comme on l'a planifié.

Diane le regarde avec amour et admiration et lui répond avec une pointe d'insécurité dans la voix :

— Benani chéri, tu m'étonnes vraiment. Toi qui détestes prendre des décisions et encore plus t'occuper d'un budget! Es-tu sûr de n'avoir rien oublié? Tu me permets de revoir tes calculs? J'ai confiance, mais comme c'est moi qui m'en occupe habituellement, j'aimerais y jeter un petit coup d'œil…

Tiens, sa femme, comme sa mère, l'appelle Benani. Il a affirmé un jour que son prénom n'était accep-

table que dans la bouche de sa mère et que, pour toutes les autres personnes, il préférait s'appeler Ben... Tel père, tel fils.

Après avoir vérifié les calculs, Diane semble satisfaite; elle embrasse Ben et, enthousiaste, lui déclare :

—Juste à voir tes yeux, mon chéri, je sais que c'est ce qui te ferait le plus plaisir. Tu as tellement de talent, c'est une bonne idée d'avoir un studio à la maison! Allons visiter cet appartement tout de suite. Rosemont n'est qu'à une demi-heure de métro.

—Ah! je suis content que l'idée te plaise. Tu verras, tu ne le regretteras pas.

Radieux, il s'empresse de téléphoner à la propriétaire pour annoncer leur venue, après quoi lui et Diane sortent.

Quand je pense à ma grande maison luxueuse, confortable, et meublée avec tant de goût! Et à ma superbe collection de toiles. Ils seraient fiers de voir tout ce que j'ai accumulé. Peut-être que Ben se rendrait compte qu'il pourrait posséder beaucoup plus s'il le voulait. J'espère de tout cœur que mes biens aillent à ma famille. Ça me crève le cœur de penser qu'ils pourraient se retrouver dans une quelconque oeuvre de charité. Qui sait ce que ces organismes font avec les dons qu'ils reçoivent!

Les instants qui passent ont, ici, une nature différente... Je me rends compte, soudain, que, contrairement à ce que je faisais sur Terre, je n'ai plus le réflexe de regarder ma montre. Est-ce que je perdrais la conscience du temps?

Mon regard est attiré vers ma fille Carina. Elle est célibataire et habite un appartement chic du centre-ville de Montréal. Si on en juge par la façon dont elle est vêtue, ses affaires sont florissantes. Elle ferme la porte de chez elle et se dirige vers son auto. *Quelle coïncidence! Elle a une Mercedes, elle aussi, sauf que la sienne est d'un modèle plus ancien, moins spacieux. On dirait une auto d'occasion. C'est tout de même un modèle assez dispendieux pour une jeune femme qui vit seule.* Carina a de la classe. Au moins, elle me fait honneur. Elle porte un magnifique tailleur turquoise, dont la couleur rehausse celle de ses beaux yeux bruns. Une écharpe en soie deux tons, nouée au cou et flottant dans son dos, complète son ensemble. Ses cheveux châtain clair sont parsemés de mèches blondes; cette couleur et sa coupe mi-longue lui vont à ravir. Elle tient de sa mère un goût très sûr et un bon sens des couleurs. Elle n'a qu'à mettre un trait de crayon sur ses yeux et un soupçon de poudre pour égaliser son teint de pêche, et la voilà resplendissante! *Je ne suis pas étonné que les hommes se retournent sur son passage.*

J'ai toujours été sensible à la beauté, et sur ce point, j'ai toujours été satisfait de Mona. Partout où je vais, j'examine les femmes, c'est plus fort que moi, et j'avoue que Carina répond aux critères avec lesquels je les juge.

À présent, elle cherche ses clés, en faisant mine de ne pas voir deux hommes qui l'observent. Elle semble habituée aux regards masculins. Elle monte dans sa voiture en se disant : « Les hommes sont tous pareils; ils ne pensent qu'à une chose, le sexe. Je le sens, je le vois dans leur regard. Je ne veux surtout pas les encourager. » Ah, voilà pourquoi elle fait l'indifférente avec eux.

Elle est très jolie, mais son regard est triste. Elle arrive au restaurant où elle et Barbara, son amie et collègue, ont rendez-vous. Après avoir commandé deux martinis, Barbara entame la conversation :

— Tu n'as pas l'air dans ton assiette; on dirait que tu as passé une nuit blanche. As-tu un problème?

Carina hoche la tête. Elle observe sa bague, qu'elle s'occupe à tourner en tous sens.

— Veux-tu en parler? insiste Barbara

Carina hésite, ouvre son sac, en sort une cigarette et prend le temps de l'allumer. *Elle fume encore, ça m'étonne.* Elle voulait arrêter parce que ça nuit à la santé, c'est du moins ce qu'elle nous affirmait. Mais elle repoussait sans cesse le moment fatidique, prétextant que la cigarette l'aidait à diminuer son stress. Pas étonnant qu'elle fume nerveusement. Sa mère, son frère et moi étions très déçus de la surprendre à seize ans avec ses premières cigarettes. *Au fait, pourquoi a-t-elle commencé?*

Après ce qui me paraît être une pause interminable, elle décide de s'ouvrir :

— Si je te raconte tout, promets-moi de n'en parler à personne au bureau, surtout pas aux hommes. Tu les connais, on ne peut pas leur faire confiance. Ce qui m'arrive, c'est que Christian m'a quittée.

Elle prend une pause puis enchaîne, les larmes aux yeux :

— Je n'arrive pas à le croire. On faisait des projets d'avenir, on devait même emménager ensemble dans une maison qu'on achèterait...

— Je suis désolée pour toi, compatit son amie.

Carina fait de gros efforts pour ne pas pleurer. Elle respire à fond, s'assèche les yeux et respire à nouveau; puis, ressaisie, elle poursuit son histoire.

— Imagine! Un soir, il dort chez moi et le lendemain, pendant que je suis en rendez-vous, il fait ses bagages et détale. Tout ce que j'ai trouvé en revenant, c'est la clé sur la table avec un petit mot.

Elle fouille dans son sac à main et remet un bout de papier froissé à son amie.

— Tiens, lis!

Après une seconde d'hésitation, Barbara s'exécute.

— « Chère Cari, je suis désolé, mais je ne me sens pas prêt à m'engager définitivement pour le moment. S'IL TE PLAÎT, ne me contacte pas, j'ai besoin de réfléchir. Je te rappellerai dans trois mois pour te donner des nouvelles. Je te remercie pour les deux belles années passées avec toi. Je t'embrasse et te souhaite beaucoup de bonheur, car tu le mérites. Christian. xxxx . »

Barbara relève la tête et, observant que son amie se retient encore pour ne pas pleurer, déclare :

— Le salaud. Et quel lâche, incapable de t'affronter, de te dire en face ce qu'il pensait. Les hommes d'aujourd'hui sont tous pareils. C'est pour ça que je ne veux plus rien savoir d'eux. J'ai été mariée une fois et ça m'a suffi. Heureusement que je n'ai pas d'enfants, la séparation a été plus facile.

Quelle sorte d'amie fréquente-t-elle? Pourquoi cette Barbara ne cherche-t-elle pas à l'aider, plutôt? Elle n'aime pas trop les hommes, semble-t-il. J'espère que Carina ne se laissera pas influencer. Ça ne l'aidera pas si elle veut rencontrer quelqu'un d'autre ou se réconcilier avec son Christian.

— Barbara, je t'en prie, ne me décourage pas! Je veux vraiment me marier un jour, fonder une famille avec un homme que j'aime! Mais sapristi qu'ils sont rares ceux sur qui on peut compter, hein?

Elle dit encore « sapristi! »; ça me faisait bien rire quand elle était plus jeune.

— J'ai 28 ans, poursuit Carina. Es-tu sûre que les hommes sont tous pareils? Je continue à espérer que ce n'est pas vrai. Par contre, j'ai eu plusieurs relations et elles ont toutes fini de la même façon : ces messieurs ont eu peur de s'engager, de le regretter ou de faire une erreur, ou bien ils ont ressenti soudainement le besoin de repenser leur avenir… Pour ce qui est de Christian, j'aurais dû m'en douter. Depuis quelque temps, quand je discutais de notre déménagement, il changeait de sujet ou me donnait des réponses vagues. Le dernier soir, j'ai bien vu qu'il était préoccupé. Et quand je lui ai demandé ce qui se passait, il m'a répondu que c'était dû à son travail et qu'il préférait ne pas en discuter pour ne pas gâcher notre soirée…

… Je me suis dis : je vais parler de notre projet, ça lui changera les idées. Je lui ai donc suggéré d'envoyer sa lettre recommandée pour la cessation de son bail. Il ne nous restait que trois mois pour nous trouver un appartement ou une petite maison, il fallait faire vite. J'ai même offert de me faire remplacer au bureau pour visiter des endroits, entre autres, des maisons intéressantes dont une de mes collègues m'a parlé… Je lui proposais de m'accompagner, tu sais. J'étais prête à faire des plans. J'étais si heureuse à la perspective de construire un petit nid avec lui que je n'ai pas porté attention à sa réaction. Il a hésité, il n'était pas certain de pouvoir se libérer, mais il me rassurait, me rassurait encore…. Puis il s'est empressé de me raconter les problèmes matrimoniaux de son frère, qui vient d'entreprendre une thérapie avec sa femme…

— C'est ça! Quand il t'a vue prête à t'engager au point d'acheter une maison, ça lui a fait peur et il a pris la poudre d'escampette. Ce n'est pas ta faute. Au fond, il vaut mieux que ça arrive maintenant; imagine s'il était parti au moment où vous auriez eu des obligations, des enfants… La catastrophe aurait été pire. Sans parler que ta déception d'avoir perdu l'homme idéal serait plus grande que maintenant! Après toutes tes expériences, tu veux toujours te marier?

Carina s'allume une autre cigarette, toujours aussi nerveuse, puis lui répond en fixant le plafond.

— Pas tout de suite, mais un jour, oui! Je veux vivre une vie différente de celle de maman. Papa et elle ont été très heureux au début de leur mariage, mais peu de temps après, c'est le travail qui est devenu le grand amour de papa. Il l'a fait passer avant sa famille, ses parents, sa femme et même avant nous, ses enfants. Maman me dit que les hommes ne sont pas tous les mêmes, et qu'il ne faut pas désespérer. Tu savais qu'elle vit à Vancouver maintenant? Avec un homme merveilleux. Leur relation dure depuis trois ans et s'améliore encore, paraît-il. Nous nous sommes rendu visite plusieurs fois. Son compagnon Peter a beaucoup aimé le Québec…

Carina soupire, regarde Barbara avec des yeux tristes et continue :

— Je trouve ça frustrant d'avoir à tout recommencer. Christian est sensé me téléphoner dans trois mois, mais je n'y compte pas. Même s'il voulait reprendre la vie commune, j'hésiterais à lui faire confiance à nouveau.

Bon sang! elles exagèrent. Ce n'est pas parce que les hommes sont réfléchis que les femmes ne peuvent plus leur faire confiance. Ils font preuve d'intelligence, justement. Et peut-être que si les femmes avaient plus confiance, les hommes les traiteraient autrement. Dommage pour Carina, si belle et si douée; les hommes devraient se rendre compte à quel point elle est un bon parti. Vraiment, la nouvelle génération est difficile à comprendre. Dans mon temps, on se mariait, un point c'est tout. Mon union n'a pas duré, mais c'est normal qu'il y en ait qui cassent - l'humain a le droit de se tromper. Mona et moi avons tout de même tenu le coup vingt-cinq ans, c'est une excellente moyenne pour un couple qui n'a pas réfléchi à sa décision.

Ah, j'arrête de regarder, tout ça me met en colère. Le pire, c'est de ne pouvoir rien faire.

Quand je pense à tous mes biens sur Terre et à ces beaux voyages que j'aurais pu faire! Si j'avais su, j'en aurais profité davantage. La vie est vraiment d'une injustice criante.

Il y a quelques mois, j'ai rencontré une très charmante jeune femme du nom de Luisa. Avoir pu prédire l'avenir, je l'aurais invitée plus souvent pour des voyages. Nous avions des affinités. Même au lit, elle était merveilleuse. Si je n'avais pas eu si peur qu'elle ne s'intéresse à moi que pour mon argent, j'aurais pu me laisser aller à entretenir une belle relation. Mais j'y ai rapidement mis un terme quand j'ai appris l'existence de ses trois enfants, dont deux étaient aux études et en plus, sa difficulté à joindre les deux bouts. Elle n'a jamais eu d'aide financière de son ex-conjoint, disparu de sa vie il y a de nombreuses années. Et puis, je refusais de m'embarquer avec une autre famille.

Ah! je la vois. Elle se promène dans un sentier, radieuse, respirant l'air printanier; un soleil ardent fait fondre la neige qui brille d'un éclat aveuglant. Je ne suis nullement étonné de la voir dehors, elle m'a raconté à quel point elle aimait se balader; ces moments privilégiés l'aident à se calmer. *Je ne saisissais pas ce qu'elle voulait dire, mais maintenant je connais mieux. Plus je vois des choses et plus je vais de surprise en surprise.*

Elle porte un pantalon noir et une veste en lainage noir sur blanc; sa silhouette est vraiment jolie. Elle s'arrête au bord d'un petit lac et s'assoit sur un banc. Puis, de son fourre-tout, elle sort un livre. *Comme elle semble paisible. Je n'aurais jamais pu m'imaginer flâner comme elle en plein milieu de la semaine. Je ne connais pas la paresse, moi, sinon je n'aurais sûrement pas aussi bien réussi.*

Il me vient le souvenir que Mona aimait également s'allouer du temps pour observer la nature. Les levers et couchers de soleil, particulièrement, la ravissaient. Moi, à l'époque, je la sermonnais :

— Comment peux-tu juste t'asseoir et fixer en face de toi? Tu ne donnes pas un bon exemple aux enfants. C'est de ta faute s'ils ne font rien à la maison, tu les habitues à la paresse.

Ces paroles avaient le don de la mettre hors d'elle. Elle répliquait aussitôt :

— Tu aurais grand intérêt à apprendre à relaxer et à observer la nature toi aussi. Tu serais moins robotisé. Mes périodes de silence et d'oisiveté m'aident à me calmer et à avoir des idées pour mes toiles et mes arrangements de fleurs. Ce que tu appelles de la paresse, moi j'appelle ça des moments de ressourcement.

Hélas! Normalement, j'arrivais à trouver les arguments pour lui faire comprendre mon point de vue, mais pas dans ce cas-là. En contrepartie, il faut ajouter qu'elle ne m'a jamais fait changer d'idée sur les paresseux moi non plus.

Ma pensée revient à Luisa. Elle va des pages de sa lecture à la contemplation des arbres. Quand elle fixe les nuages, elle paraît réfléchir. Elle continue de respirer à fond et de sourire. Elle ne semble pas pressée de faire demi-tour. *Heureusement que j'ai refusé de m'engager avec elle, j'aurais vécu la même chose qu'avec Mona. Elle aussi aurait cherché à me convaincre de vivre à sa façon et celle qui pourrait me convaincre de ça n'est pas encore née. Il y a un instant, je regrettais de n'être pas allé plus loin avec elle, mais à présent, je suis sûr d'avoir pris la bonne décision.*

Qu'est-ce qui va m'arriver maintenant? Quelle vie! Suis-je condamné à regarder les autres sans pouvoir changer quoi que ce soit? Si c'est le lot qui m'est réservé pour l'éternité, je n'en peux déjà plus. C'est ça que les prêtres appelaient l'enfer? Ou le purgatoire? Ce n'est certainement pas le ciel en tout cas. Ils m'ennuyaient tellement avec leurs histoires de religion. Je suis bien content d'y avoir coupé court quand j'étais jeune. Peut-être y avait-il un peu de vérité là-dedans après tout? Maintenant, il est trop tard, je ne me souviens pas trop de ce qu'ils disaient. Si j'avais écouté, ça me servirait peut-être aujourd'hui?

Puisque je pense aux prêtres, j'aperçois une église à proximité de l'appartement de mon fils et son épouse. Cette dernière vient d'y entrer et prend quelques instants pour remercier la Vierge Marie de les avoir aidés dans leur choix d'appartement. Cela se déroule après la signature du bail, le lendemain de la visite du logement. Elle et Ben ont tout de suite sympathisé avec les propriétaires. La voilà maintenant qui demande à la Madone de la soutenir au cours de sa première grossesse et surtout de l'aider à être une bonne maman.

Quoi! les jeunes prient encore?? Je n'en reviens pas. Et il y a encore des lampions! Elle en allume un et récite une autre prière. Ma mère faisait ça et j'ai toujours pensé que tous ces rituels risibles étaient réservés aux vieux. Diane semble bien aimer la Vierge, elle a choisi un lampion juste sous sa statue. Puis, elle sort de l'église, sereine et souriante, fredonnant un air qui ne la quitte pas sur tout le chemin du retour.

Aussitôt que je pense à quelqu'un, la personne se manifeste. Hm! de plus en plus intéressant. À quoi d'agréable pourrais-je penser? Autant en profiter et vé-

rifier jusqu'où ça marche! Champagne et jolie demoiselle au bord de la mer à Acapulco, pourquoi pas?

Me voilà à la terrasse de ce luxueux hôtel où j'ai séjourné il y a trois ans. Une femme splendide est assise dans le restaurant qui surplombe la mer. Elle surveille les environs, impatiente, vérifiant l'heure à sa montre. Une bouteille de champagne gît dans un seau où la glace fond. *C'est moi qu'elle attend et elle a deviné que j'aime le champagne. WOW! quelle veine! Mais qu'est-ce qui se passe? Est-elle sourde et aveugle? J'ai beau crier, la toucher, elle n'a aucune réaction. Elle continue à regarder vers la mer. Tiens, la même chose qu'au moment de mon accident où j'essayais de contacter les policiers. Bon sang! à quoi sert de tout voir, tout entendre et tout désirer?*

— 5 —

L'annonce de l'accident

Quelques heures à peine se sont écoulées depuis mon décès, et pourtant... *C'est étrange ce qui se passe avec le temps. Par exemple, le coucher et le lever de soleil, la nuit et le jour sont différents. Pourtant, sur la Terre, le temps va à son rythme. Je ne comprends pas...*

Ma pensée revient vers mes biens. Je vois aussitôt deux policiers s'affairer dans ma maison; ils cherchent à savoir s'il existe un lien entre les voleurs et moi. Ils font état du fait qu'ils ont trouvé mon véhicule non loin de la banque. Ils veulent rejoindre un membre de ma famille pour l'informer de la tragédie. Un des policiers réussit à extraire mon carnet d'adresses de mon ordinateur; il lance :

— Ce Labonté n'est pas pauvre... As-tu vu son ordinateur? Je ne connais pas beaucoup de monde qui en a un pareil. Et toi?

Puis, sans attendre de réponse, il poursuit :

— Heureusement que je viens d'apprendre comment m'en servir... Il aurait fallu demander un spécialiste, et ç'aurait été encore plus long. Eh!, regarde-lui la maison. Je me demande qui va en hériter. On dirait qu'il vit seul. Tiens, voilà un petit mot...

Il lit en marmonnant, la feuille trouvée sur une table, puis se tourne vers son comparse :

— C'est la femme de ménage qui, contrairement à l'habitude, n'a pas trouvé son chèque. Je vais l'appeler pour lui annoncer ce qui se passe. Elle pourra peut-être nous éclairer.

Ils partent. Les voilà à présent au commissariat, l'oreille accrochée au téléphone. Ils rejoignent d'abord la femme de ménage et lui demandent des informations au sujet de Monsieur Labonté qui, disent-ils, a eu un accident. Malheureusement, elle ne sait rien de la vie personnelle de son patron, excepté qu'il vit seul et qu'il reçoit souvent la compagnie de personnes de sexe féminin.

— Une femme peut tout de suite reconnaître, par le parfum et par ce qui traîne dans l'appartement, que d'une fois à l'autre, les personnes changent, même si c'est déjà arrivé que la même personne vienne plusieurs fois, confie-t-elle. Je travaille pour lui seulement depuis six mois, mais je sais qu'il est souvent en voyages d'affaires. À part un petit peu de poussière, je retrouve sa maison exactement comme je l'avais laissée la semaine d'avant. Il est très généreux; il me paie un prix fixe par mois, que j'aie beaucoup à faire ou non. Il ne lui est arrivé rien de grave, j'espère?

— Nous ne pouvons pas vous en dire plus pour le moment, nous devons parler à un membre de sa famille. En tout cas, merci Madame. Est-ce qu'on peut vous rappeler au besoin?

— Je suis à votre disposition. Mais qui va me payer pour mon travail?

— On s'en occupe, vous en aurez des nouvelles dès que possible.

C'est bizarre d'entendre parler de soi. Est-ce que j'aurai de mauvaises surprises?

Les agents contactent ensuite mon avocat, qui leur apprend que j'ai une ex-femme et deux enfants. Ils trouvent leurs numéros dans mon carnet, mais les gens rejoints répliquent qu'ils ne connaissent personne du nom d'Arissiel Labonté.

Peu importe. Grâce à leur ordinateur et à l'énorme banque de données de la police, les agents retrouvent rapidement Ben et Carina. Ils rejoignent d'abord mon fils.

— Vous êtes bien Benani Labonté?

Après une réponse affirmative, le policier poursuit :

— Le fils d'Arissiel Labonté qui demeure à Laval?

Je le vois clairement, sans doute seulement en m'entendant nommer Arissiel et non Ari, Ben pressent déjà une mauvaise nouvelle. Il a le ventre en nœuds, il respire à peine, tout devient sombre, comme si la clarté autour de lui avait été aspirée ailleurs.

Il répond :

— Oui. Pourquoi cette question? Est-ce qu'il est arrivé quelque chose de grave?

— Est-ce qu'on peut vous rendre visite maintenant? On aimerait mieux vous parler de vive voix! dit le policier, prudent.

Ben, encore sous le coup de la surprise, accepte.

Les deux policiers sont maintenant assis dans son salon; lui, nerveux, ne dit rien et se mord les lèvres en attendant qu'ils parlent.

— Je suis désolé, dit finalement l'un d'eux, mais je dois vous annoncer une mauvaise nouvelle. Il y a deux jours, sur la rue St-Denis, trois voyous ont commis un vol de banque. Ils étaient en fuite quand l'un d'eux s'est retourné et a tiré au hasard. Malheureusement, votre père était sur la trajectoire de la balle, il a été mortellement atteint au poumon droit. Il est décédé sur-le-champ. Si ça peut vous consoler, il n'a pas souffert. Je vous offre toutes mes sympathies ainsi qu'à votre famille. Auriez-vous l'obligeance de prévenir votre mère et votre sœur?

Mon fils, en état de choc, ne sait que répondre. Il arrive à balbutier :

— Oui, oui, je vais les appeler tout de suite.

Tout devient totalement noir. Il est incapable de poursuivre la conversation, pas même de poser une question. Devant son silence, le policier ajoute :

— Nous avons apporté sa dépouille à la morgue et j'ai besoin de savoir qui viendra l'identifier...

Ben est trop en état de choc devant l'ampleur de la tragédie pour fournir une information décente. Il lui reste juste assez de maîtrise pour demander les coordonnées des policiers et promettre de les rappeler dès qu'il aura des nouvelles. Il les raccompagne à la sortie, puis revient à son fauteuil et s'y rassoit. Il y reste longtemps sans bouger, comme paralysé.

Tout à coup, il se lève, se dirige vers le téléphone dans la cuisine et compose le numéro de sa sœur. Il se bute à un répondeur, ce qui le met en colère. Il déteste ces machines. *Encore une différence avec moi; j'avais toujours hâte de connaître les nouveaux produits sur le marché.* Il se dit que, auparavant, c'était beaucoup plus facile de rejoindre les gens. Il trouve le numéro de l'agence où travaille Carina et demande à la rejoindre de toute urgence. On lui promet de transmettre le message dès que possible, et on lui demande de ne pas s'inquiéter.

Dans l'attente, Ben fait les cent pas et pense à appeler Diane au travail ou sa mère à Vancouver, mais il ne veut pas bloquer la ligne au cas où Carina rappellerait.

Que d'émotions différentes il ressent! Un instant, il veut crier, l'instant d'après, pleurer; ensuite, il souhaiterait être réconforté ou brûle de colère. Il est littéralement bouleversé. Il donnera la nouvelle à sa sœur tout d'abord, il l'a toujours considérée comme la plus forte; elle saura quoi faire. Il regarde sa montre. Il a l'impression qu'un siècle s'est écoulé depuis la conversation avec la secrétaire de l'agence. Le téléphone sonne enfin.

— Le bureau m'a rejoint, je m'apprête à faire visiter un immeuble… lui dit Carina. Qu'est-ce qui se passe? Diane a fait une fausse couche?

Quand elle a entendu le mot « urgence », ça a été sa première pensée, puisque Diane a perdu du sang à deux reprises depuis sa grossesse. Elle ignore que tout est entré dans l'ordre de ce côté.

— Non, ce n'est pas Diane, l'informe son frère.

Après une courte pause, il enchaîne :

— Es-tu bien assise, ce que j'ai à te dire n'est pas facile…

Malgré ses efforts pour se contenir, il fond en larmes.

— Ben, qu'est-ce qui se passe? Je ne t'ai pas entendu pleurer comme ça depuis des années. Écoute-moi, fais ce que je te dis. Prends de bonnes respirations en même temps que moi. Allons-y, tu inspires, tu retiens et tu expires… encore une fois.

Ensemble ils respirent ainsi plusieurs fois. Ben se calme et poursuit :

— Je ne sais pas comment te dire ça...

— Vas-y, je suis une grande personne, je suis capable d'en entendre de toutes les couleurs.

Ben, prenant son courage à deux mains, lui défile d'un trait :

— Papa est mort accidentellement il y a deux jours, il est à la morgue.

Il est incapable d'ajouter quoi que ce soit. Un silence lourd s'installe. Cette fois, il parvient à retenir ses larmes. Sa sœur a toujours prétendu qu'un homme qui pleure est un faible, alors il veut se montrer fort.

Il serait étonné de voir sa sœur au bout du fil. Tout comme lui, elle absorbe le choc dans son corps et sa respiration s'arrête quelques secondes. Mais elle se ressaisit et se redresse. Une sorte de mur prend forme autour d'elle. *Il y a des moments où je n'aime pas voir ce qui m'était caché sur Terre, ce mur, par exemple. Même s'il est transparent, c'est un mur.*

Après un long silence, elle demande :

— Accidentellement? Qu'est-ce que tu veux dire?

Ben lui raconte tout ce qu'il vient d'entendre et se remet à sangloter. Carina saisit une cigarette et, d'un mouvement sec, l'allume :

— Inutile de pleurer, expire-t-elle en lâchant la fumée, ça ne le ramènera pas. Pour moi, de toute façon, il était déjà mort, et ça ne changera pas grand-chose à ma vie. As-tu appelé maman? Il n'y a jamais eu de divorce, donc, légalement, elle est encore sa femme.

— Non, je voulais t'en parler d'abord. Il faut que quelqu'un aille identifier son corps à la morgue. Le policier ne croit pas l'autopsie nécessaire, mais c'est à nous de décider. Qui s'occupera des funérailles? Ah! que je déteste ça! Pourquoi ça nous arrive?

— Cesse de te plaindre. Personne n'aime ce genre de situation. Séparons-nous les tâches, d'accord? Toi, tu vas à la morgue et moi, j'appelle maman. On décidera ensuite ce qu'on fait de son corps.

Comme d'habitude, Carina prend la situation en main. Même si Ben est rassuré, il est abasourdi par son ton froid et impassible. Puis, il pense à la morgue.

— J'aurais préféré que ce soit toi qui ailles là-bas. J'ai mal au cœur juste à imaginer l'état dans lequel il sera. Ça fait déjà deux jours qu'il est mort.

— Les corps sont placés dans des frigos, à présent. N'aie pas peur, il ne sera pas décomposé.

— Pourrais-tu t'arranger pour venir ici quand Diane sera de retour? Je voulais l'appeler au boulot, mais elle a deux réunions importantes aujourd'hui. Tu pourrais souper avec nous et on en profiterait pour tout organiser.

Carina accepte et referme l'appareil.

« Quel grand bébé! se dit-elle. Ah les hommes! Il faut toujours que ce soit les femmes qui les rassurent et qui prennent tout en charge. Quand je pense qu'ils se font appeler LE SEXE FORT. Ça doit être un homme qui a inventé ce terme-là pour cacher sa faiblesse. »

Puis, comme si de rien n'était, elle retourne vers son client en se promettant d'appeler sa mère dès qu'elle en aura fini avec lui. Elle cherche à cacher son état, mais je la sens nerveuse. Comme elle ne peut s'empêcher de fumer, elle s'assure auprès de lui que ça ne l'importune pas. Mais elle s'en veut, fumer en compagnie d'un client est contraire à ses principes.

Elle entreprend la tournée du grand édifice en vente, elle ne voudrait surtout pas rater la transaction. Si son client l'acquiert, elle réalisera un très bon bénéfice. L'immeuble compte quatre étages, il abrite quatre magasins au rez-de-chaussée et six appartements aux étages supérieurs.

J'adorerais être à la place du client. Je négocierais jusqu'au bout... Même avec ma fille? Je ne sais pas. Ah, quel plaisir j'ai eu à acheter et vendre des maisons! J'en ai négocié au moins une cinquantaine. Puis, comme j'étais prêt pour de plus grosses transactions, il a fallu qu'arrive ce misérable accident. Bon sang! la vie est injuste. Mais qui donc décide de la mort de quelqu'un? Moi qui ai toujours détesté qu'un autre décide pour moi, je me suis fait avoir d'aplomb.

Je reviens à ma fille. Même si je la considère comme brillante, professionnelle et jolie, je ne m'attendais pas à ce qu'elle réagisse ainsi. Je suis d'accord avec son frère, elle est devenue très froide.

Mais je suis son père! Elle n'a donc aucun sentiment pour moi? Si elle en a, elle les cache bien. Elle n'a même pas offert à son frère de l'accompagner. À bien y penser, moi aussi, les gens malades et les hôpitaux m'ont toujours déprimé, la visite des morts encore plus. Si je trouve ma fille froide et égoïste, est-ce que ça veut dire que je l'étais moi aussi? À sa place, qu'est-ce que j'aurais fait? Ah! je déteste ce genre de questions. Je se-

rais retourné au boulot, comme elle, en me disant que la vie doit continuer. Je comprends mieux Mona qui me traitait de sans-cœur quand je ne voulais pas m'occuper de toutes ces réactions sentimentales.

Je vais à présent rejoindre mon fils en route vers la morgue. Avant de partir, il a contacté le policier et tous deux se rencontreront au triste endroit. Il est debout dans le wagon du métro, et ne s'aperçoit pas qu'il se fait bousculer. *Le pauvre, il n'a pas d'argent pour s'acheter une auto. À son âge, j'en avais une depuis longtemps. Comment peut-il accepter d'utiliser les transports en commun?*

Finalement, il se retrouve à la morgue pour la première fois de sa vie. Il est très mal à l'aise. La jeune femme qui l'accueille l'avise qu'il devra attendre, car le policier tarde à arriver. *Ah! qu'il est nerveux. Il regarde de tous côtés. Enfin, il finit par se trouver une chaise. Mais, qu'est-ce qu'il fait là, les coudes sur les genoux et la tête entre ses mains, est-ce qu'il va se mettre à pleurer? Le pauvre, il a tellement de chagrin qu'il ne se rend pas compte de l'inconfort de la chaise sur laquelle il est assis.*

Dix minutes plus tard, le policier arrive en courant, essoufflé. Il s'excuse de son retard et invite Ben à le suivre. Il le prépare en vue de ce qui l'attend. Une fois dans la pièce, Ben faiblit en voyant mon visage.

C'est moi, ça? Incroyable! Je comprends qu'il ait un choc. C'est à peine si je me reconnais. Au moins, il n'y a pas de sang.

Le policier, habitué à ce genre de situation, se tient près de Ben, saisit son bras et lui conseille de respirer en lui offrant de l'eau. Ça aide à se remettre de grandes émotions, dit-il. Mon fils revient à lui peu à peu. L'agent lui demande s'il souhaite se retrouver seul avec moi, Ben acquiesce et remercie. Laissé seul, il s'effondre à mes côtés et se laisse aller à pleurer tout son soûl. Puis, il me parle comme si je pouvais l'entendre :

— Papa, pourquoi on n'a pas réussi à s'entendre? J'aurais tellement souhaité que tu t'intéresses à moi, que tu parles avec moi de ce que je vivais. J'aurais tellement voulu que tu sois fier de moi, mais je ne t'arrivais pas à la cheville. Il suffisait que j'aie des idées ou des projets qui mettent tes valeurs en cause pour que tu ne m'écoutes plus. Le pire c'était de voir à quel point tu étais déçu de moi. J'en souffrais, mais je ne pouvais pas t'en parler…

… Tu m'as tellement manqué. Il n'y a pas une journée où je n'ai pas pensé à toi. J'aurais aimé te le dire, mais ça t'aurait donné un prétexte pour me critiquer et me rejeter. J'ai tout fait pour que tu m'aimes pour ce que je suis, et non pour ce que je fais. Diane me dit que je n'arrive pas à rester moi-même parce que je suis trop en réaction contre toi, mais j'ai si peur de devenir égoïste comme toi que je ne connais pas d'autres moyens d'agir. Elle m'a dit aussi que je devrais dépasser ma peur et trouver un moyen de faire la paix avec toi, elle a raison. J'étais d'accord, mais je remettais toujours à plus tard. Et maintenant, c'est trop tard. La vie est terriblement injuste.

Pourquoi ce jeu? Il exagère. Il souffre vraiment, ça fait mal à entendre. Qu'est-ce qui m'arrive? Mes bras s'allongent, malgré moi, avec le désir de l'enlacer. Mais c'est impossible! J'ai une boule dans la gorge et les yeux qui me piquent.

Voilà Ben qui se penche vers moi, pose un baiser sur mon front, rabaisse le drap jusqu'à ma taille et dépose sa tête sur mon épaule. Ses larmes se mettent à couler tout doucement sur moi. *Cette couleur rose qui se dégage de lui, qu'est-ce que c'est? Est-ce que ça provient de ses larmes? Ce rose est en train de m'envelopper aussi, et me fait l'effet d'un baume réchauffant;*

c'est bon, ça fait du bien. Vraiment, je n'y comprends rien.

Épuisé et à bout de larmes, Ben se relève et me recouvre avec beaucoup de douceur. Avant de quitter, il lance un dernier « adieu papa ». Il se dirige vers la toilette, s'éponge le visage et se rend à la salle d'attente où le policier l'attend pour lui rappeler qu'il a besoin d'une décision concernant l'autopsie. Ben réfléchit vite; il a oublié d'en parler à sa sœur, mais aucun doute n'existe quant à la cause de ma mort; il reconnaît par ailleurs qu'une autopsie n'aidera personne, et conclut : « Ça ne fera aucune différence pour maman et Carina. Je n'aime pas prendre cette décision seul mais il vaut mieux en finir au plus vite. Papa a été assez abîmé, inutile de le mutiler davantage. » Il fait part de sa décision au policier qui s'occupe aussitôt de faire préparer les papiers nécessaires.

Il sort de la morgue avec l'impression d'y être demeuré une éternité quand, en réalité, il n'y est resté qu'une heure. Il erre au hasard un bon moment. Finalement, il retourne chez lui à temps pour accueillir sa femme. Il ne s'est pas rendu compte qu'il n'a rien avalé de la journée. Quand Diane arrive, elle découvre son mari écrasé sur une chaise de la cuisine, un verre d'eau à ses côtés, fixant le mur. Il ne l'a pas entendue arriver, et son regard en dit long sur son état.

— Qu'est-ce que tu as, mon chéri? On dirait que tu viens de voir un fantôme ou d'apprendre la mort de quelqu'un…

Les yeux de Ben se mouillent, sans plus; il a versé déjà toutes les larmes de son corps.

— Quelle intuition tu as! Viens, mon amour, que je te raconte. Je n'aime pas t'annoncer une si mauvaise nouvelle, dans ton état et après une journée de travail qui a dû être fatigante, si elle s'est passée comme tu le prévoyais… Es-tu certaine d'être prête?

— Oui, mon chéri, vas-y, ça te fera du bien de parler. Tu es dans un état terrible!

Ben la conduit au fauteuil du salon où ils s'installent pour le récit douloureux. C'est au moment où il termine son histoire que sa sœur apparaît sur le seuil de la porte. Fidèle à elle-même, elle est impeccablement mise et maquillée. Ben l'observe; il la connaît, il la sait très capable de cacher ses sentiments. Quelle différence avec lui, beaucoup plus sensible et expressif! Il l'invite à s'asseoir face à eux et relate les événements survenus à la morgue.

Selon qu'il s'adresse à sa femme ou à sa sœur, il n'a pas la même façon de raconter. Avec Diane, c'était simple et facile, il y a tellement d'amour entre eux.

Avec sa sœur, il est incapable de parler de sentiments, elle s'arrange toujours pour changer de sujet quand ça devient trop émouvant. « Elle est froide, pense-t-il, pas étonnant qu'elle ait de la difficulté avec les hommes. En plus, elle semble se complaire à passer pour une insensible. Elle me fait de la peine, je l'aime tellement que je lui souhaite de devenir plus vulnérable, plus humaine. Elle aussi est en réaction contre papa, même si c'est d'une façon différente; elle se ferme, tout comme lui. Est-ce que je pourrai comprendre ce genre de comportement un jour? Je m'estime très chanceux d'avoir rencontré une femme douce et compréhensive comme Diane, avec qui c'est facile de parler. »

— Carina, je ne peux pas accepter que papa soit parti aussi vite. J'aurais aimé avoir le temps de le connaître mieux, particulièrement depuis que je sais que je vais devenir père. Je voulais le rencontrer pour lui annoncer la bonne nouvelle, mais j'avais peur d'être encore traité comme un petit garçon et je remettais toujours à plus tard. Quoi que je fasse, quoi que je dise, il a toujours eu le don de me faire sentir inadéquat.

Devant son frère aussi ému, Carina se refait une carapace; elle ne veut pas se laisser attendrir ou influencer. Elle réplique d'un ton sec :

— Arrête de t'en faire Ben. Tu ne peux rien changer et ça ne donne rien de t'en vouloir; il est parti, un point c'est tout. En tout cas, moi je ne verserai aucune larme pour lui, il n'en vaut pas la peine. Il a eu ce qu'il méritait : il est mort seul, sans personne pour lui tenir la main.

Quelle froideur! Moi qui ai fait mon possible! Et franchement, je n'ai jamais demandé à mourir aussi jeune.

Carina a essayé vainement durant l'après-midi de rejoindre sa mère, elle décide de se reprendre. « Il y a trois heures de moins à Vancouver, maman sera sans doute revenue chez elle, se dit-elle. » D'un geste nerveux, inconscient, elle s'allume une cigarette pendant qu'elle attend la communication. Mon décès la stresse plus qu'elle veut l'avouer.

Mona répond immédiatement. À sa fille qui lui demande des nouvelles elle répond, joyeuse, qu'elle était en train d'ouvrir une bouteille de vin et de préparer des petites bouchées pour deux amies qui s'amènent.

Carina la laisse finir, puis reprend :

— Je suis désolée maman, mais j'ai une mauvaise nouvelle à t'annoncer. Je déteste avoir à le faire au téléphone, mais je n'ai pas le choix.

— Que se passe-t-il? Est-il arrivé quelque chose à Benani ou à Diane?

— Non, non maman, rassure-toi, ils sont avec moi et ils vont bien. La mauvaise nouvelle est au sujet de papa.

Elle fume sans arrêt pendant qu'elle lui annonce les événements de la journée. Au bout du fil, Mona a le souffle coupé. Elle venait d'entrer chez elle, où elle vit depuis trois ans avec son compagnon. Située en montagne avec panorama sur la ville, sa vaste propriété est entourée d'arbres. *Elle qui aime la nature doit se sentir comblée.* Elle est plus jolie qu'avant, radieuse même. Ses cheveux roux sont courts et bouclés. Elle porte un ensemble pantalon vert en soie. Elle arrive de son travail – j'ignore comment je le sais –; trois fois par semaine, elle donne des cours de créativité en utilisant différents médiums de peinture. Visiblement, sa vie et son travail la rendent heureuse.

C'est bizarre, je vois simultanément Montréal et Vancouver. En plus, cette seule scène m'informe tout à fait bien sur Mona. À certains moments, je sais ce qui se passe, et à d'autres non. Pourquoi?

Une fois le choc amorti, elle demande plus de détails et Carina l'informe au sujet du corps.

— Ben et moi pensons que ça devrait être toi qui décides quoi faire pour le corps de papa. Tu es encore sa femme, légalement en tout cas.

— Oui, tu as raison ma chérie, ça a été une négligence de ma part. Mais ton père me disait toujours qu'il s'en occuperait, je ne sais pas pourquoi il ne l'a jamais fait d'ailleurs. Ça a dû être difficile pour toi et Benani d'apprendre l'affreuse nouvelle! Comment te sens-tu?

— Ne t'inquiète pas pour moi, maman, je suis une grande fille. Et comme ça fait déjà plusieurs années que je n'ai pas vu papa, j'y pensais rarement. Ça ne fait donc pas beaucoup de différence. Ben a plus de difficulté. Il essaie d'être brave, mais il est infiniment triste.

— J'arrive dès que je peux. Je réserve immédiatement le premier vol pour Montréal et je vous communiquerai l'heure de mon arrivée. À nous trois, nous pourrons nous acquitter plus facilement de toutes les formalités. Laisse-moi parler à Benani, s'il te plaît. Je t'embrasse et j'ai bien hâte de te revoir, malgré les circonstances.

Elle fait encore la brave, la belle Carina. Même avec sa mère, elle refuse de se laisser aller. Décidément, elle veut que personne ne sache combien ça l'a touchée. Que dirait-elle si elle savait que je suis témoin de tout?

En attendant que Ben vienne lui parler, Mona se ressaisit, se verse un verre de vin et avale deux gorgées. Lui, de son côté, se sert un autre verre d'eau, ce qu'il a fait à maintes reprises depuis la suggestion du policier.

— Bonjour maman, dit-il d'une voix tremblante. C'est épouvantable ce qui vient d'arriver.

Ainsi isolé dans la cuisine, il échappe au regard de sa sœur. Malgré les bienfaits des respirations et de l'eau, malgré aussi le fait qu'il croyait être au bout de ses larmes, il éclate en sanglots.

À son tour, Mona se met à pleurer tant l'émotion de son fils est palpable. Elle arrive à articuler :

— Pleure, Benani, je te comprends. Apprendre la nouvelle de la mort d'un de ses parents d'une façon aussi brutale serait difficile pour n'importe qui. Au moins toi, tu es capable de laisser sortir ta peine. Toi qui aimais tellement ton père, qui aurais tellement souhaité une meilleure relation avec lui.

Elle prend un temps pour se calmer, puis enchaîne :

— Veux-tu qu'on en parle maintenant ou préfères-tu attendre que je sois là?

Ému par la compassion de sa mère, Ben lui avoue préférer attendre qu'elle soit à ses côtés.

Sa mère conclut :

— Au revoir, mon grand, et bon courage. J'ai très hâte de te revoir. Je vous embrasse tous, incluant Diane. Je suis certaine que sa présence est un vrai réconfort pour toi.

Ben pose l'appareil, se sauve à la salle de bains et prend quelques instants pour se recomposer.

Bon sang! Je ne savais pas qu'un homme pouvait autant pleurer. À cause de moi, en plus! Je ne suis pas d'accord avec Mona; il ne devrait pas se laisser aller devant tout le monde. S'il a absolument besoin de pleurer, ce grand pleurnichard qu'il le fasse seul! En tout cas, il ne tient pas de moi.

Pendant ce temps, Diane et Carina se regardent et, sans un mot, s'entendent pour faire semblant qu'elles ne se sont aperçues de rien. Ben revient. Quand il constate que sa sœur fume en présence de Diane, il éclate :

— Pour l'amour du ciel, Carina, tu fumes, c'est ton affaire. Sauf que quand tu le fais à côté de Diane enceinte, c'est inacceptable. Tu ne pourrais pas te retenir?

Carina regarde sa cigarette avec stupéfaction, comme si elle ne s'était pas rendu compte de son geste. Ne sachant où l'éteindre, elle court aux toilettes et revient en s'excusant auprès de Diane, tout en avouant que son frère a raison.

La situation gênante est rompue par la sonnette d'entrée. C'est le livreur qui apporte la pizza commandée en route par ma fille. *Décidément, même si elle est ingrate et insensible, je suis fier d'elle. Dans les situations difficiles, elle arrive à penser à tout.*

Carina apporte la pizza dans la cuisine :

— Aurais-tu du vin, Ben? demande-t-elle, j'aime bien un verre de vin avec de la pizza.

Ben et Diane ont rarement du vin chez eux. Sauf que, par le plus grand des hasards, Diane a gagné une bouteille au travail.

— On la conservait pour une occasion spéciale, dit Ben en la sortant. J'aurais vraiment préféré que cette « occasion spéciale » soit différente… Mais ça ira.

Ils s'installent à table. Ce repas pris ensemble leur fait du bien. Sur la suggestion de Carina, ils s'abstiennent de parler de leur père. Elle annonce être sur le point de conclure une transaction importante. Diane, de son côté, raconte les décisions prises lors des réunions de la journée. Elle paraît heureuse de partager les activités professionnelles qui la passionnent.

Ben regarde sa femme tout à coup et lui dit :

— Moi je pourrais raconter mes plans au sujet de l'appartement, non?

Elle le regarde les yeux remplis d'amour, et acquiesce d'un signe de tête. Pendant qu'il raconte tout à sa sœur, il se détend de plus en plus. Ce qui se dégage de lui est beaucoup plus léger, plus coloré. *Ses projets le rendent heureux, à ce que je vois.*

Le téléphone sonne, interrompant leur conversation. Ben décroche. Sa mère l'informe de son arrivée le lendemain à 11h30 par *Air Canada*. Il vérifie si sa sœur peut se libérer; elle lui répond dans l'affirmative. Heureux, il annonce donc à sa mère qu'ils seront à l'aéroport pour l'accueillir.

Mona note que sa voix est meilleure et lui suggère de se coucher tôt avant de refermer l'appareil. Après les salutations, il jette un coup d'œil à sa montre : déjà minuit. Carina les quitte en signalant qu'elle sera sur place le lendemain vers 11 h.

— 6 —

Les biens d'Arissiel

Mona arrive à Montréal et mes enfants courent à sa rencontre. Ils la voient peu depuis qu'elle vit à Vancouver, alors ils sont très heureux de la voir. Les trois s'embrassent chaleureusement. J'ai un pincement au cœur. *Comme ils ont l'air bien ensemble. Jamais mes enfants ne m'ont embrassé comme ça.* Je me ravise, ce n'est pas vrai. Plus jeune, Carina adorait se retrouver sur mes genoux. Ça me plaisait pendant quelques instants, mais j'avais tant à faire en arrivant de mes voyages. Il fallait, en plus, que je transige avec Mona qui se plaignait de mes absences prolongées. Quant à Ben, il était peu affectueux. En revanche, il aurait aimé me raconter ses prouesses à l'école et avec ses copains. Il me fournissait tellement de détails que je ne n'arrivais plus à le suivre et que je finissais par perdre l'intérêt.

— Papa, tu ne m'écoutes pas, comme d'habitude, disait-il, au bord des larmes.

Il se ressaisissait vite – je peux encore voir ses petites lèvres trembler – et il se sauvait en courant. Il m'apparaissait trop émotif et je craignais que s'il continuait à extérioriser ainsi sa sensibilité, les gens profiteraient de lui. Les années ont passé et nos conversations ont cessé peu à peu.

Mona est toujours aussi jolie, même si son visage est fatigué. Elle est vêtue d'un deux pièces pantalon couleur tan en lainage, assorti d'un foulard de soie aux couleurs vives. Ces couleurs semblent aider à camoufler ses traits tirés. Elle a gardé l'habitude d'acheter des vêtements de qualité, et des coupes qui avantagent sa silhouette. *Mmm elle a pris du poids depuis la dernière fois que je l'ai vue, alors qu'elle demeurait encore à Laval. Elle est encore attrayante, mais j'espère pour elle qu'elle ne continuera pas sur cette lancée. Je ne pourrai jamais aimer, ni accepter une grosse personne, encore moins une femme.*

Mon fils n'est pas d'accord avec moi puisqu'il complimente sa mère :

— Maman, tu es de plus en plus belle. Tu as pris quelques kilos et ça te va très bien.

À mon grand étonnement, Mona n'est aucunement offensée par cette remarque. Pourtant, il fut un temps où elle détestait qu'on fasse état de son poids. Au contraire, elle renvoie un sourire complice à Ben. Elle leur partage qu'elle a dû tout organiser à Vancouver en prévision de son absence et qu'elle a peu dormi la nuit dernière. Elle ajoute que si elle doit rester plus qu'une semaine, son conjoint viendra peut-être la rejoindre. Ben s'occupe de ses bagages et tous les trois se dirigent vers l'auto de Carina.

Tout en conduisant, ma fille raconte à sa mère :

— J'ai réussi à contacter la femme de ménage de papa grâce à un des policiers. Elle a la clé de la maison, elle viendra nous ouvrir vers 14 h. On a le temps d'aller prendre une bouchée. Ben et moi on n'est jamais entrés dans son appartement-condo. Tu te souviens, il l'a acheté après que tu aies quitté la maison, qu'il s'est d'ailleurs empressé de vendre. Le policier m'a dit que c'était un beau et grand condo. Sais-tu s'il a fait un testament?

Mona n'en a aucune idée, mais se souvient m'avoir entendu dire, déjà, que notre notaire insistait pour que je me décide à en faire un. Elle ajoute :

— Je ne m'intéressais pas du tout à ces questions. L'argent, c'était l'affaire de ton père. Comme il a toujours été généreux avec nous tous de ce côté-là, je n'avais pas à m'inquiéter!

— Cette générosité financière, c'était pour se déculpabiliser de son peu de générosité affective, affirme Carina, surtout pour compenser ses absences. Moi, j'aurais préféré vivre plus modestement, mais avec un père à mes côtés.

Sa conduite devient agressive, soudainement. Elle prend un virage avec raideur. Mona et Ben n'osent dire un mot et se regardent : ils connaissent la raison de son emportement.

— Je suis d'accord, Carina, fait Ben. Moi aussi, j'aurais préféré un père qui s'intéresse à ce que je faisais. J'avais l'impression que plus il réussissait en affaires, plus ses critiques envers moi augmentaient. Dernièrement j'ai beaucoup pensé à lui et au rôle qu'il aurait pu jouer en tant que grand-père; je me demandais s'il serait différent. Maintenant qu'il n'est plus là, je n'aurai jamais de réponses à mes questions.

Heureusement qu'il ne sait pas que j'entends. J'ai encore de la difficulté à m'habituer à ça. Toute cette his-

toire me bouleverse et me fait réfléchir. Moi, grand-père? Moi, à quatre pattes, à faire le cheval? Non merci! Je suis trop jeune et trop gauche avec les enfants. J'ai essayé avec les miens, mais je me lassais vite. Ce n'est pas donné à tous les hommes d'être paternels. D'après moi, on est paternel ou on est homme d'affaires. Les deux rôles sont impossibles à assumer en même temps. Je préfère largement être homme d'affaires. Pour un homme, il est plus normal de travailler et de gagner de l'argent que de changer la couche des bébés, de les faire manger et de leur chanter des berceuses. Pourquoi vouloir prendre la place des femmes? C'est leur rôle, non?

Je suis presque heureux d'avoir évité le rôle de grand-père, je suis sûr que j'aurais été incapable de répondre aux attentes de Ben. Ç'aurait été un sujet additionnel de déception pour lui.

— Cesse d'avoir des regrets, Ben, demande Carina, exaspérée. Ça ne changera rien et tu te fais mal inutilement. Moi, je n'ai qu'un désir : que toutes ces démarches finissent au plus vite et qu'on retourne à nos vies normales.

Elle se faufile dans le stationnement d'un restaurant italien qu'elle fréquente régulièrement, sur le boulevard La Concorde à Laval, non loin de ma résidence. Elle arrête brusquement, toujours en colère. Elle débarque de voiture et, d'un pas accéléré, se dirige vers le resto. *Comme elle est impatiente d'en finir!* Ben et Mona ont peine à la suivre.

Une fois les repas commandés, Mona prend la parole :

— J'ai une faveur à vous demander : serait-ce possible d'être moins durs envers Arissiel? Il n'a pas été le père que vous auriez souhaité, sans doute, mais il ne pouvait pas faire mieux. Le pauvre était tellement en réaction contre son propre père qu'il cherchait à être différent. Grâce à plusieurs livres et à certains ateliers, je comprends mieux la nature humaine et je sais maintenant que, tant que vous lui en voudrez, vous vous ferez du tort, à vous beaucoup plus qu'à lui.

Elle enchaîne en parlant de ses propres réactions.

— Je m'étais promis qu'à mon prochain séjour au Québec, je lui demanderais une rencontre. Je voulais lui dire que je n'ai plus aucun ressentiment à son égard, que je reconnais qu'il a fait du mieux qu'il a pu. Mes reproches à son endroit étaient ceux que je faisais à mon père quand j'étais jeune, qui n'étaient qu'une répétition de ceux que ma maman lui adressait. En fait, j'aurais souhaité qu'Ari me donne ce que je n'avais pas reçu. J'ai appris qu'on doit éviter ces attentes, à moins que les partenaires aient une entente pour se donner eux-mêmes ce qui leur a manqué dans leur jeunesse…

… Finalement, je suis en train de vous dire que c'est grâce à la relation que j'ai eue avec votre père que j'ai cherché à mieux me connaître et à guérir les blessures de mon enfance. J'aurais aimé lui faire part de tout ça, mais je devrai désormais m'adresser à lui dans l'invisible. Je souhaite sincèrement que vous puissiez faire la paix dans votre cœur. Si vous saviez à quel point ça libère.

Elle qui me trouvait sans-cœur, égoïste, égocentrique et orgueilleux, est-ce possible qu'elle ne m'en veuille plus? C'est difficile à croire. Elle dit ça pour aider ses enfants, c'est sa spécialité! Mais quelle belle lumière rose se dégage d'elle tout à coup, pareille à celle qui se dégageait de Ben à la morgue, et j'en ressens le même effet réconfortant. À parler de cette façon aux enfants, Mona devient rayonnante. Faudra t-il m'habituer à toutes ces couleurs? Je m'informerai à MISHAËL.

Je remets cela à plus tard, car je ne veux pas manquer ce qui se passe au restaurant. Mes enfants ne semblent pas emballés par les propos de leur mère. Ils l'examinent avec des points d'interrogation dans les yeux. Ils se regardent, muets. Finalement, Carina ose :

— Merci, maman, de vouloir nous encourager et nous aider. Tu as raison, il était ce qu'il était, il ne pouvait pas faire mieux, peut-être, mais je reste convaincue que s'il avait eu pour nous la moitié de l'amour qu'il avait pour son travail, il aurait fait des efforts pour changer. Tous les trois, nous le trouvions sans-cœur, c'est nous qui avions raison, c'était donc à lui de changer! Il faudrait un miracle pour que je change d'idée.

Mona la regarde et lui dit avec douceur :

— Eh bien! Moi, je crois aux miracles et je vais prier pour qu'il s'en produise un pour toi.

L'arrivée du garçon de table interrompt la conversation. Mona offre du vin, Ben accepte du rouge pour accompagner ses pâtes tandis que Carina refuse.

— Ça m'aiderait à me détendre, mais je dois être raisonnable, explique-t-elle, c'est moi qui vous ramène à la maison. Je vois que Ben en prend à ma place.

Et, se tournant vers son frère :

— Tu dois vraiment être dans tous tes états, je t'aurai vu prendre du vin deux fois en deux jours!

Ben ne relève pas la remarque de sa sœur. Il est songeur. Il mange nerveusement. Il s'interroge sur la véracité de ce que vient d'affirmer sa mère, c'est-à-dire sur la possibilité d'arriver un jour à ne plus en vouloir à quelqu'un. Je peux lire ses pensées :

« Ah, si ce miracle pouvait m'arriver! Mais je ne sais pas comment faire, surtout que papa est mort. Je n'aurai plus d'occasion de faire la paix, de constater s'il a changé ou de changer d'opinion à son sujet. Le pire, c'est qu'il n'a fait aucune démarche pour me revoir après sa conversation avec Carina. C'est elle qui lui a raconté que je ne voulais plus le voir, pas moi! Il aurait dû vérifier. En un sens, elle n'a pas eu tort, je préférais couper les liens plutôt que de souffrir. Mais j'ai affirmé ça quand j'étais en colère et triste, sans me rendre compte de la puissance de ce que je disais. Il aurait dû comprendre que nous étions blessés par son attitude. Heureusement que ma vie avec Diane est agréable, et elle va sûrement s'améliorer encore avec la présence du bébé. »

Il est tiré de sa réflexion par sa sœur, qui pose des questions à Mona sur sa vie. En dépit de leurs fréquents échanges téléphoniques, les trois ne se sont pas vus depuis bientôt un an. Mona raconte avec enthousiasme les épisodes de sa vie et le plaisir que lui procure son travail. Elle a beaucoup de bonheur à raconter les découvertes qu'elle fait sur elle-même. Elle s'est liée d'amitié avec une femme qui donne des ateliers de développement personnel, qui enseigne l'art de se connaître, et cela, au même local où Mona reçoit des élèves en peinture.

C'est sur cette note que se termine le repas. À un moment, Carina devient tendue, elle sent le besoin de fumer. Elle demande l'accord de ses compagnons. Sa mère lui dit sur un ton qui frôle le reproche :

— C'est tellement peu ton genre de te promener la cigarette aux lèvres. Je ne comprends pas que tu sois incapable d'arrêter, surtout que tu ne fumes pas beaucoup.

— Maman, je m'excuse, mais je suis une adulte et je ne t'ai pas demandé ton avis. Si je vous dérange, dites-le-moi et je vais fumer ailleurs.

Son frère, compréhensif, la regarde et lui signale son accord. Sa mère fait de même, en s'excusant de ne pas s'être mêlée de ses affaires.

Ben en profite pour changer de sujet, et raconte à sa mère sa décision concernant l'autopsie. Comme il s'en excuse presque, sa mère le rassure :

— Ta décision est la meilleure, mon grand. J'aurais fait comme toi. Les autopsies sont parfois nécessaires, mais vaut mieux les éviter quand c'est possible.

Le serveur apporte l'addition, que Mona s'empresse d'acquitter. Les trois retournent à l'auto et prennent la direction de mon appartement. En route, ils expriment leur malaise de se retrouver chez moi. Ils vont devoir fouiller, bien qu'ils n'en aient nulle envie. Ils n'ont pas le choix, il faut bien que quelqu'un le fasse.

Rendus à destination, la femme de ménage les accueille et Carina se présente :

— Je suis Carina. Et voici maman, Mona Leduc, ainsi que mon frère, Benani Labonté.

Puis s'adressant à ces derniers, elle enchaîne :

— Mme Nicole Fournier s'occupe de l'appartement de papa depuis six mois.

— Je vous offre mes sympathies. Je ne connaissais pas beaucoup Monsieur Ari – c'est ainsi qu'il me demandait de l'appeler – car il était souvent absent. Tout ce que je sais, c'est qu'il me payait très bien. Et il a été très gentil et très respectueux les quelques fois où je l'ai croisé.

C'est une dame d'une quarantaine d'années. J'étais satisfait de ses services, elle était très discrète et gardait la maison impeccable. Elle est intimidée devant ma femme et mes enfants. Comme elle se rend compte qu'ils examinent les lieux avec attention, elle veut savoir si c'est la première fois qu'ils viennent au condo. Devant la réponse affirmative, elle s'offre à faire visiter les lieux.

Ils s'exclament devant la beauté et la grandeur des lieux, devant le panorama ouvert sur la rivière des Prairies. Leur émerveillement est à son comble quand ils découvrent le vaste balcon avec jardin pour moi tout seul. Ils se rendent compte que j'habite tout le dernier étage. Voilà pourquoi il y a une si belle vue. Après avoir fait le tour et expliqué certaines choses qu'elle juge importantes, madame Nicole termine en disant :

— Aurez-vous encore besoin de mes services? Si oui, je vais garder la clé, sinon je vais vous la remettre.

Mona hésite, elle n'a pas prévu cette question. Elle récupère la clé, finalement, et informe Madame Fournier qu'elle l'avisera aussitôt qu'une décision sera prise. Elle lui demande ce qui lui est dû comme salaire du dernier mois, lui règle le montant et la reconduit à la porte où elle la salue avec chaleur.

Une fois la femme de ménage partie, elle se retourne vers ses enfants :

— Pour commencer, allons dans le bureau vérifier si Ari a laissé un testament, propose-t-elle.

Les trois se dirigent vers une pièce où trône un splendide bureau.

— Papa s'est payé un meuble superbe, remarque Carina. Il continuait à conduire ses affaires à partir de sa maison, comme il l'a toujours fait depuis qu'il a quitté les assurances. Mais il ne s'est jamais offert un si beau bureau.

Elle jette un regard circulaire dans la pièce et enchaîne :

— À voir l'agencement des couleurs, j'ai l'impression qu'il a engagé une décoratrice; les meubles en merisier, les fauteuils en cuir tan, tout ça est ravissant! Et ce beau tapis de Turquie qu'il a probablement acheté lors d'un voyage à l'étranger. Et ces magnifiques bibelots! Ils viennent de plusieurs pays différents.

Mon fils l'observe en silence, mais son regard en dit long. Le moment est mal choisi pour examiner les œuvres d'art et la décoration. Carina le sent, sans doute, et cesse. Mona enchaîne :

— Pour le testament, il serait plus simple d'appeler son notaire. Est-ce qu'il fait toujours affaire avec Me Beaulieu?

Elle ne trouve pas de carnet d'adresses mais, à la vue de l'ordinateur, elle s'exclame :

— Eh! Avez-vous vu ce bel ordinateur dernier cri?

Mon fils se souvient qu'à la morgue, le policier lui a raconté avoir y trouvé mon carnet d'adresses. Il s'y installe et, grâce aux indications d'une amie de Carina, spécialisée en informatique, déniche ce qu'il cherche en moins de deux. Mona appelle et laisse au notaire le message de la rappeler dès que possible en lui expliquant brièvement la situation. Par précaution, elle laisse également les coordonnées de ses enfants.

Pendant qu'ils attendent le retour d'appel, ils entreprennent la fouille des tiroirs de mon bureau et de la filière. Ils commencent à lire mes papiers. *Ah! Je déteste qu'on viole mon intimité.* Carina découvre mes carnets de chèques. Elle s'empresse de leur raconter que je possède un total de 128 000 $ réparti dans trois banques. Ensuite, elle déniche le dossier qui fournit le détail de mes placements, dont un se monte à près d'un million. Tous les trois demeurent abasourdis. Ils ne me savaient pas aussi riche.

Ben, lui, découvre que je possède un yacht d'une valeur de 200 000 $ pour lequel je paie une location annuelle à la marina de St-Jean. Le dossier suivant lui apprend que je suis également propriétaire d'un petit avion acheté récemment. Je n'étais pas certain de vouloir apprendre à piloter, mais j'ai fait une bonne affaire. Cet avion vaut au moins 150 000 $, et je l'ai obtenu pour 50 000 $ d'un type en dette envers moi. Je n'étais pas inquiet pour le revendre, vu la quantité de personnes prêtes à l'acheter. Puis, Ben extirpe du dossier une photo où je pose debout à côté de l'avion et la présente à Mona et Carina. Les trois sont fort étonnés. Ils ne peuvent pas réconcilier l'avion et moi. Ma fille traduit leurs pensées :

— Lui qui ne prenait jamais le temps de faire autre chose que de travailler, il s'amusait avec un avion et un yacht… Pour une surprise, c'en est tout une.

— Cet avion, c'est sans doute encore un coup d'argent, suggère Ben. Par contre, je me souviens de l'avoir entendu dire, quand on était jeunes, qu'il voulait nous acheter un yacht. Il feuilletait même des revues de bateaux et ça le faisait rêver. Peut-être qu'il avait décidé de prendre du temps pour jouir de la vie? On ne le saura jamais.

Pendant qu'ils continuent à fouiller, le notaire rappelle. La nouvelle de ma mort le consterne. Il informe Mona que le seul testament en sa possession date de 1974, au moment où les enfants étaient encore à la maison. Il enchaîne :

— J'ai vu votre mari plusieurs fois ces derniers temps pour différents dossiers et je lui ai rappelé l'importance d'un testament mis à jour. Il avait l'intention de le faire, mais ne savait pas à qui léguer ses biens. Je lui conseillais aussi de voir à son divorce, mais ça aussi, il remettait toujours à plus tard. Comme il ne s'est jamais remarié et que vous n'êtes pas officiellement divorcés, le testament que j'ai en mains est valide. Par conséquent, vous êtes, madame Leduc, la seule héritière de tout ce qu'il possède. Il faudra que vous veniez me voir pour que nous puissions tout finaliser. N'oubliez pas d'apporter son certificat de décès.

Ils prennent rendez-vous trois jours plus tard et raccrochent. Mona est stupéfiée. Ses enfants la regardent, impatients de savoir. Elle leur raconte tout et ajoute :

— Je n'en reviens pas. Tout ça est à moi? Je vais partager avec vous, c'est certain, mais nous en discuterons plus tard. Pouvez-vous imaginer un homme comme Ari, si habile en affaires, qui a négligé une chose aussi importante que la gestion de sa fortune en cas de décès? Décidément, il y a beaucoup d'aspects de cet homme que je n'arriverai jamais à saisir.

J'aurais dû écouter Me Beaulieu pour le testament et le divorce. Mais j'étais très mal à l'aise quand il abordait ce sujet; j'étais incapable de lui avouer que j'oscillais entre l'idée de léguer de l'argent à mes enfants et celle de ne rien leur donner du tout pour les punir. De toute façon, à qui d'autre laisser ma fortune? Je suis fils unique et mes parents sont décédés, je n'ai pas d'ami intime à qui je voudrais laisser quoi que ce soit. Avouer ça à un notaire qui admire tant mon sens des affaires? Impensable. Au surplus, comment prévoir que j'allais mourir si vite, moi qui croyais vivre encore vingt-cinq ans, comme mes parents.

Je me rends compte que j'étais si occupé à faire des gains que je repoussais sans cesse l'idée d'examiner des plans de retraite. Je considérais la mort comme un sujet tabou, auquel je refusais de m'y attarder. En plus, j'étais occupé par mes projets. Ce n'est que depuis que je fais de l'arthrite que j'ai pensé à ralentir un peu et profiter de tout ce que j'ai accumulé, mais je ne voulais pas le faire avant l'âge de soixante ans. Comment aurais-je employé mon temps?

Mona est surprise d'hériter de toute ma fortune. Si elle apprenait que j'ai, en plus, cinq millions de dollars cachés aux îles Cayman, elle ne s'en relèverait pas. Quel idiot j'ai été! Mon numéro d'accès dans mon ordinateur et celui de mon coffre en banque sont là, mais qui ferait le lien? Les banques sont riches grâce à des idiots comme moi. Qu'est-ce qu'elles font avec tout cet argent non réclamé? J'arrête d'y penser, ça me met trop en furie.

Je reviens à ma maison. J'observe Mona et les enfants qui font le tour des pièces. Dans ma chambre, ils découvrent des vêtements féminins que je conservais au cas où ils pourraient être utiles à certaines conquêtes. J'étais si fier d'inviter des femmes dans ce luxueux appartement, j'aimais leur regard plein d'admiration à la vue de mes œuvres d'art.

Tiens, plus les trois avancent dans leurs découvertes, plus ils deviennent silencieux. Carina commence à rédiger une liste, conscience de l'importance de faire eux-mêmes l'inventaire. À ce stade, ils ne savent pas encore ce qu'ils feront de tous ces biens. *Je n'en peux plus. Je ne veux plus voir ce qui se passe chez moi.*

Je prends soudain conscience de l'endroit où je me trouve.

Mais qui sont toutes ces personnes autour de moi? Tous ces gens sont-ils morts, comme moi? Que de questions sans réponses! Combien de temps suis-je condamné à rester ici à regarder seulement ce qui se passe? Je veux savoir. Je veux bouger. Je veux qu'il se passe quelque chose. J'entends une petite voix me murmurer : « Tu veux que ça bouge, mais qu'est-ce que tu veux faire bouger au juste? » Comment le savoir? J'ignore même où je suis…

… MISHAËL, où êtes-vous? Je vous avais oublié. Aidez-moi, je vous en prie. Comment me sortir d'ici?

— 7 —

Mishaël et le monde astral

Aussitôt, MISHAËL apparaît. Je suis dans un endroit paisible et lumineux. *Ah! Ce lieu est agréable, avec ses couleurs magnifiques et sa musique douce… de la harpe peut-être?* Les paysages devant moi se transforment, un merveilleux jardin se dessine et maintenant apparaît une maison de verre, de cristal plutôt, tellement ses arêtes brillent. Plusieurs personnes y sont assises en cercle, en train d'écouter quelqu'un qui ressemble à MISHAËL.

C'est MISHAËL. Il se retourne et me fait signe qu'il est au courant de ma présence. Il a sûrement deviné mes questions. Après quelques instants, il se dirige vers moi. *C'est bizarre, la façon dont le temps coule. Moi qui ai toujours été très impatient, je ne sais jamais si les attentes sont longues ou courtes, ici.*

— Je suis à ton service, Arissiel. Tu commences à te rendre compte par toi-même des étapes à franchir dans le monde de l'âme, tu les vis en ce moment, elles ne sont pas toujours faciles, n'est-ce pas?

— Le fait que je voie sur Terre sans pouvoir intervenir fait partie de ces étapes?

Il hoche la tête, en signe d'acquiescement.

Je continue sur ma lancée :

— Ce n'est pas drôle. Et j'ai une multitude de questions... Pourquoi ces étapes, et qui les a décidées? Pourquoi est-ce si différent ici du lieu où j'étais un peu plus tôt? Et il y a aussi cet endroit où tout le monde me poursuivait, comment l'appelez-vous, celui-là?

MISHAËL me répond avec un regard intense :

— Avant de te renseigner sur moi et sur le monde dans lequel tu es, je dois te dire ceci : je sais tout de toi et j'ai choisi d'être à tes côtés pour t'aider. Cependant, tu as de la difficulté à accepter des notions nouvelles. Aussi, avant de m'engager avec toi définitivement, je dois savoir si, de ton côté, tu prends un engagement avec moi.

M'ENGAGER AVEC LUI? Qu'est-ce que ça veut dire?

— Pourquoi devrais-je m'engager? Et à quoi? Je n'ai pas choisi d'être ici. J'aimerais mieux être dans le néant total. Les choses ne se passent pas comme je le veux, pourquoi? Je n'aime pas ce que j'ai vécu jusqu'à maintenant.

— Tu as entendu dire sur Terre qu'après ta mort il n'y a que du vide… Eh bien, c'est faux. Inutile de t'acharner à croire cela. Quant à aimer ou pas ce que tu vis, ça ne change rien, de la même façon que tu n'y peux rien quand ta fille se met en colère contre toi. Il y a une foule de situations que nous ne pouvons pas changer, et le seul moyen de les transformer est de modifier quelque chose en soi. C'est une loi spirituelle immuable. Souviens-toi que ce n'est que ton corps physique qui est mort, et que tes autres corps continuent à vivre. Si tu refuses mon aide ou celle des autres, ce que tu as vécu jusqu'à maintenant se poursuivra : tu seras témoin des événements sur Terre et tu erreras longtemps…

… Par contre, si tu t'engages à écouter et à apprendre, ton cheminement se fera plus rapidement. Et lorsque tu retourneras sur Terre, tu auras beaucoup de moyens à ta disposition pour vivre les choses différemment. Les âmes qui refusent de progresser finissent par retourner sur Terre, mais elles répètent les mêmes scénarios, qui deviennent de plus en plus souffrants.

— Est-ce que tout le monde ici a des guides?

— Oui, toutes les âmes — et tous les humains — ont des guides et peuvent recevoir de l'aide. Malheureusement, ils ne l'acceptent pas tous. Rappelle-toi, sur Terre, tu as offert ton aide à des gens qui l'ont refusée. Il y en a qui ignorent même avoir besoin d'aide, sans parler de la possibilité d'y avoir recours. Inconsciemment, elles se résignent à une vie médiocre. Pour ce qui est de toi, par contre, en plus de l'enseignement que je suis prêt à te donner, j'aurai autre chose à t'offrir que tu accepteras, j'espère... *Avec son petit air mystérieux, je sais que quelque chose m'attend, mais qu'il ne me le dira pas maintenant.*

Il continue en changeant de sujet :

— Tu m'as demandé à quoi tu t'engageais? Pour l'instant, uniquement à m'écouter – particulièrement quand tu n'es pas d'accord – et à mettre de côté tes principes afin de découvrir des nouvelles façons de voir les choses. Que décides-tu?

Bon sang! qu'est-ce que je fais? Il semble sûr de lui, il me connaît tellement! Il sait que j'ai toujours aimé les défis et c'est cela qu'il utilise pour piquer ma curiosité. Ai-je le choix? Bof, qu'est-ce que je perds si je m'engage à l'écouter?

— D'accord, j'écouterai et j'apprendrai. De toute façon, je ne peux rien contrôler.

— Ce n'est pas facile, mais tu n'es ni le premier ni le dernier à passer par là. Bravo pour ta décision! Un jour, tu seras en mesure de comprendre tout le bien qu'elle te fait. Puisque nous entamons une longue relation, n'hésite pas à me tutoyer. Tu auras remarqué que je le fais déjà.

— Bon, d'accord, on se tutoie. Tu savais à l'avance que je m'engagerais, n'est-ce pas?

— Personne ne peut jamais être certain des décisions d'autrui. Mais te connaissant, j'étais presque assuré de ta réponse. Je ne t'ai pas choisi par hasard, me dit-il avec un petit air narquois.

— Je me sens mal à l'aise et en position d'infériorité avec toi. Ce n'est pas dans mes habitudes. *Je me demande bien dans quoi je me suis embarqué.* Je veux savoir, premièrement QUI TU ES? Et ce que ça veut dire : « je t'ai choisi » et, tant qu'à y être, je veux aussi avoir plus de détails sur le monde de l'âme, comme tu l'appelles.

— Je vais commencer par ta question « QUEL EST CE MONDE? ». Tu es le bienvenu si tu veux m'interrompre, mais ne le fais pas par incrédulité. Tu vas résister à certains propos, c'est normal pour quiconque entend ces choses pour la première fois. Cela ne m'offense pas. Cependant, note ce que tu trouves difficile à accepter et, quand j'aurai fini, pose tes questions. D'accord?

— D'accord. *Il a beau dire, je n'ai pas le choix si je veux que la situation change. Je n'en peux plus d'être seulement observateur.* Il me regarde avec un sourire. *Il sait encore ce que je pense. Zut! Décidément, je vais devoir faire attention à mes pensées en sa présence.*

MISHAËL enchaîne :

— Ce monde de l'âme où nous sommes, appelé le monde astral, est composé de sept niveaux. Les trois premiers sont ceux où toutes les âmes – qu'ici nous appelons entités – peuvent facilement observer ce qui se passe sur Terre. Au quatrième niveau, les entités ont de plus en plus de mal à voir sur Terre et elles commencent à devenir conscientes du travail qu'il leur reste à accomplir. À partir du cinquième niveau, elles sont plus intéressées à chercher des moyens pour faciliter leur prochain passage sur Terre…

… Les entités incapables d'accepter le fait d'être mortes et qui entretiennent une obsession restent au premier niveau et cherchent sans cesse, inutilement d'ailleurs, à assouvir leurs désirs; c'est l'enfer, où elles sont en constant état de frustration. Tu t'imagines la souffrance que peut ressentir un alcoolique qui se promène d'un bar à l'autre sans pouvoir assouvir sa soif? Il en va ainsi pour toutes les obsessions dont souffrent les humains. Certaines entités restent dans cet état pendant très longtemps…

… Lorsqu'enfin elles se rendent compte qu'elles ne peuvent posséder l'objet de leur obsession, elles finissent par l'oublier. C'est à ce moment qu'elles peuvent percevoir la présence de guides auprès d'eux, qui sont là pour les aider à éviter de revivre leurs obsessions durant une prochaine incarnation. Le temps requis pour parvenir à ce détachement est proportionnel à la force de l'obsession de la personne…

… Plus une entité se détache de son histoire terrestre, plus elle a l'opportunité de s'élever d'une dimension à une autre. C'est comme si, entre chaque dimension, il y avait un tamis à travers lequel l'âme – l'entité – passe pour devenir de plus en plus pure.

Voici une analogie : prends un tas de sable et de roches que tu tamiserais. Pour un premier passage, tu prends un tamis avec des trous assez gros; il reste des roches dans le tamis, donc ce qui en sort est déjà plus fin. Tu repasses ta terre récupérée dans un tamis un peu plus serré, tu obtiens un sable plus fin et ainsi de suite jusqu'à ce que tu aies passé ton sable dans des tamis de plus en plus serrés. Au bout du compte, tu obtiens un sable fin et doux, qui ne ressemble plus au tas de terre et de roches du début…

… De la même façon, tu te diriges vers un monde de plus en plus subtil à mesure que tu t'éloignes du monde physique. Comme si, sur la planète, tu étais un gros glaçon et que, au moment où tu arrives dans le monde astral, tu commençais à fondre. Peu à peu, à mesure que tu te détaches de tes biens et de tes proches, tu deviens de l'eau et, par la suite, tu te transformes en vapeur. Au moment où tu parviens au monde spirituel, ton âme est devenue tellement subtile et pure que même la vapeur est disparue, et tu peux faire partie du Tout. Tu es devenu complètement invisible au monde concret. Avant d'arriver définitivement à ce monde spirituel, une âme a besoin de vivre en général des milliers de vies terrestres.

Je sursaute :

— Des milliers? Je vais devoir retourner sur la Terre des milliers de fois encore?

MISHAËL trouve ma réaction amusante :

— Ne t'inquiète pas, tu en as déjà des milliers à ton actif. Et tu chemineras de plus en plus vite... Je reviendrai plus tard sur le sujet.

— Est-ce que tout le monde commence au premier niveau?

— Oui, et c'est ce que l'être vivait sur Terre qui détermine sa destinée à son arrivée ici. Prenons ton cas. Tu es encore attaché à tes biens sans en faire une obsession et tu déplores le fait que tu n'en aies pas assez profité; tu es donc retenu aux deuxième et troisième niveaux. C'est la vitesse à laquelle tu te détacheras qui décidera du moment où tu atteindras un niveau supérieur. Toi seul en es le maître.

— Où sommes-nous présentement? Tout est tellement beau et paisible et que je ne vois plus ce qui se passe sur Terre.

— Au cinquième niveau. Les humains l'appellent le début du « haut astral ». C'est l'endroit où l'être devient conscient de ce qu'il a semé sur Terre et des moyens pour parvenir à vivre une vie où la paix, l'amour et l'harmonie règnent. Tu ne peux pas imaginer à quel point les sixième et septième niveaux sont merveilleux. Plus une entité se dirige vers le septième niveau, plus elle se rapproche de ce que vous appelez le paradis. Mais personne ne peut vivre au paradis ici tant qu'il n'aura pas vécu au paradis sur Terre...

... Ici, les âmes expérimentent la dimension astrale qui correspond aux états émotionnel et mental dans lesquels elles vivent sur Terre. Plus une âme est évoluée, plus elle reconnaît que c'est elle, et seulement elle, qui possède le pouvoir de changer sa vie. C'est ainsi qu'elle s'élève plus rapidement d'un niveau à l'autre et moi, je t'offre d'évoluer à une vitesse accélérée. Tu aimes ce niveau-ci? C'est normal, tu arrives du deuxième niveau. Tu es privilégié d'en avoir un aperçu. Tu devras néanmoins traverser par toi-même les étapes qui te ramènent ici.

— Je suis le seul à jouir d'un tel privilège? Étonnant! Et pourquoi y ai-je droit? *Oups! je viens de lui dire que je ne le crois pas. C'est difficile d'écouter seulement quand on n'est pas d'accord!*

— Oui, c'est difficile, mais fais un effort. Tout deviendra plus clair bientôt. *Comme d'habitude, il sait ce que je pense!*

Il ne s'arrête pas à ma réaction et poursuit :

— Le monde astral possède des dirigeants, lui aussi. Vous avez des présidents, des ministres, des rois, des reines, des sultans, entre autres, qui dirigent les pays. Nous avons aussi de grands êtres qui nous dirigent. Parmi eux, plusieurs sont assignés à la surveillance de qui se passe sur Terre, et ils interfèrent au besoin. Ils s'occupent des systèmes humains : le judiciaire, le gouvernemental, le familial, le religieux, le médical, le scientifique – incluant les sciences occultes –…

… Ils s'occupent également de l'éducation, des inventions, de l'écologie, de la conscientisation de l'humain et de tout ce qui existe pour la compréhension et la gestion des hommes, dont les sports, les arts, la musique, les affaires, la nature, l'alimentation, etc. As-tu remarqué quel progrès les hommes ont fait ces cent dernières années dans tous les domaines? C'est dû au fait qu'ils reçoivent de plus en plus d'inspiration de la part des entités du septième niveau. Malheureusement, beaucoup de ces idées sont employées par les dirigeants pour manipuler leurs congénères…

… En réalité, tous les chefs sur Terre, tous les élus sont guidés par d'autres individus plus puissants. Certains de ces chefs connaissent l'existence de cette puissance qui veut diriger la planète et les humains, et d'autres pas; ceux-ci sont manipulés d'une façon tellement subtile qu'ils croient décider par eux-mêmes. C'est triste de constater que cette puissance qui dirige la Terre soit souvent plus intéressée par le pouvoir et l'argent que par le bien-être des humains, des animaux et de la planète.

— As-tu remarqué la violence chez vous? Malheureusement, vous y êtes tellement habitués que vous visionnez des films ou des reportages de tueries sans broncher. Parfois, vous êtes même d'accord pour qu'une personne en maltraite ou en tue une autre, quand vous jugez que le bon l'emporte contre le méchant. Vos systèmes gouvernemental, scolaire et culturel n'encouragent personne à trouver d'autres solutions. Vos gouvernements se permettent de supprimer quiconque est considéré comme un ennemi. Ce n'est pas étonnant que de plus en plus de jeunes maltraités pas leurs parents finissent par les assassiner. L'enfant se révolte et conclut que, puisque ses parents sont des ennemis, il a le droit de les tuer.

— Mais il n'y a pas de méchants sur Terre, il n'y a que des gens qui souffrent. Hélas, les méthodes utilisées sur ta planète ne les aident pas. Au contraire! Leur souffrance augmente et ils deviennent de plus en plus violents. Jamais dans votre histoire, il n'y a eu autant d'enfants abusés physiquement et sexuellement, laissés à eux-mêmes, seuls dans les rues. Voilà pourquoi nous vous observons de très près, voilà pourquoi nous voulons vous aider. Alors, depuis un certain temps, nous faisons en sorte que de pus en plus de gens spirituellement évolués accèdent au pouvoir pour transformer les événements.

— Pourquoi devez-vous observer la Terre et que voulez-vous dire par « interférer s'il le faut »?

— La planète Terre est un tout, comme toi. Ce n'est pas facile à imaginer, mais c'est la réalité. Elle a même un nom : GAÏA. Elle réagit comme un humain qui fait des abus. Te souviens-tu des jours où tu as trop mangé, trop bu, ou travaillé sans te reposer? Ton corps a réagi, soit par une indigestion, des maux diversifiés, une grande fatigue ou un manque de concentration. Plus l'abus est sérieux et plus la réaction est forte. C'est ce qui se passe pour GAÏA. Quand arrive ce que vous appelez une « catastrophe naturelle », c'est la Terre qui réagit à tous les abus qu'elle subit. Nous, ici, nous devons surveiller, car si les humains persistent dans cette voie, la Terre se détruira, comme elle l'a déjà fait. L'histoire parle des temps où la vie sur Terre s'est presque éteinte, à cause d'un déluge ou par la glaciation, et il y a une dizaine de milliers d'années, par la disparition de deux grands continents, l'Atlantide et la Lémurie.

— Ce serait donc vrai, le déluge et la disparition de l'Atlantide? Je croyais que c'étaient des histoires inventées pour des films à sensations. Et les catastrophes naturelles seraient provoquées par les humains? C'est dur à avaler! Je ne dis pas que tu mens, j'ai besoin de plus d'explications. Comment l'Homme peut-il arriver à causer des cyclones ou des tremblements de terre? Qui aurait cru qu'on ait autant de pouvoir?

— Je te réponds par une question : peux-tu imaginer un monde où les dirigeants seraient amis et uniraient leurs efforts pour améliorer les conditions de vie de tous? Un monde où les humains seraient respectueux de ceux qui les entourent? Où, depuis l'enfance, ils apprendraient comment être ce qu'ils veulent être? Ils sauraient communiquer avec leurs éducateurs et leurs parents et s'exprimeraient sans craindre de blesser quelqu'un. Ça semble utopique, n'est-ce pas?

— Bien sûr. Chez nous, on appellerait ça rêver en couleurs. C'est impossible sur Terre, les gens sont trop différents.

— Le respect, c'est quand des êtres avec des besoins, des forces, des faiblesses, des limites et des désirs différents ont la capacité d'être bien en laissant les autres être eux-mêmes. Essaie, ne serait-ce qu'un instant, d'imaginer un monde où régnerait ce respect-là. Crois-tu que tu t'y sentirais heureux?

— Impossible de te répondre, je suis incapable d'imaginer ça.

— Nous, qui avons atteint l'harmonie intérieure, sommes en mesure de l'imaginer, car nous le vivons. Nous savons que c'est possible également sur Terre. C'est comme si, tout doucement, les humains pouvaient créer un ciel sur Terre, c'est-à-dire retourner au paradis terrestre. Rappelle-toi que pour parvenir à vivre au paradis dans le monde de l'âme, l'Homme doit créer d'abord son paradis sur Terre. Te souviens-tu avoir appris que la Terre était surnommée un paradis terrestre?

— Tu veux parler de l'histoire d'Adam et Ève?

— Exactement. Dans l'histoire, il est dit que Ève a mangé la pomme de la connaissance et que ce fut le début de la chute de l'humain. En vérité, jamais Adam et Ève n'ont existé. Ils sont les personnages d'une histoire symbolique destinée à expliquer ce qui est survenu sur Terre, que toutes les religions, chrétiennes et musulmanes, bouddhiste et hindouiste, racontent en mettant en scène des personnages différents. L'histoire nous rappelle que l'humain a été chassé du paradis terrestre parce qu'il a mangé la pomme de l'arbre de la connaissance (plan mental). Ceci signifie que l'humain a commencé à oublier sa nature parce que c'est son ego – création du mental – qui a commencé à le diriger plutôt que son cœur. La plupart des humains sont convaincus que la vérité se trouve dans ce qu'ils ont appris; dès lors, ils se fient trop à ce qu'ils ont enregistré dans leur mental, dans leur mémoire. Voilà pourquoi ils cherchent autant à avoir raison et à convaincre les autres de ce qu'ils estiment être la vérité…

… Te rappelles-tu que ta famille et tes connaissances t'ont accusé d'être entêté, parce tu cherchais à les convaincre de tes vérités? C'est de ça que je parle. Si les humains agissaient davantage à partir de leur cœur, ils éviteraient ces obstinations et ces désaccords. Ils pourraient vivre dans un monde intelligent et harmonieux. Ils auraient peut-être des différends, mais ils respecteraient le fait qu'un autre puisse émettre une opinion différente. Par conséquent, ils ne chercheraient plus à vouloir convaincre qui que ce soit…

... La Terre suffoque. Au lieu de vivre dans la paix, les hommes vivent dans la peur. As-tu déjà pris le temps de t'arrêter pour te rendre compte que la plupart des articles de journaux et des livres, ainsi que les nouvelles provenant des médias et de la télévision apportent de plus en plus de peur? À quel point presque toutes les décisions prises par les dirigeants sont motivées par la peur de quelque chose ou de quelqu'un, au lieu d'être motivées par le bien-être et la paix? Tout cela, ajouté à la violence que je te signalais plus tôt, s'avère tellement nocif pour la santé physique, psychologique et spirituelle de la Terre qu'elle est en train de mourir à petit feu...

... Voilà pourquoi les grands êtres assignés à la Terre, appelés par certains les SAGES GAÏENS, ont décidé de la sauver de la destruction. Ainsi, suite au dernier CONCILE DES GAÏENS, il a été voté à l'unanimité que seraient assignés à plus d'un millier de guides plusieurs humains pour qu'ils puissent les aider à redevenir un être de lumière. Quand la Terre n'émettra que des vibrations d'amour et de paix, elle ne sera plus malade, tout comme une personne qui vit dans l'amour n'a pas de violence dans son corps...

… Et, pour répondre à ta question, oui, vous les humains, vous êtes très puissants. Vous êtes rois et maîtres de toutes les espèces vivant sur Terre. Tu as déjà entendu parler d'anciennes tribus qui pouvaient contrôler la température et les éléments? De d'autres qui communiquaient avec les animaux, incluant les bêtes sauvages? Ce ne sont pas des fictions, mais des réalités disponibles pour qui veut bien s'en servir. Au fil des années, vos dirigeants se sont arrangés pour remplacer tous vos pouvoirs naturels par des pouvoirs chimiques ou artificiels, pour vous faire oublier votre puissance naturelle.

— Tu es vraiment sérieux? Tu crois que la Terre pourrait se détruire comme dans des films de science-fiction? Il va me falloir un certain temps à digérer tout ça. Une autre question : pourquoi les guides de ce monde se mêlent-ils d'interférer avec les événements de la Terre? Ce qui se passe là-bas ne change rien à ce que vous vivez, non?

— Ah! Le sujet commence à t'intéresser, bravo! La Terre fait partie d'un système solaire complet et complexe, à peine connu par les astronomes. Voilà pourquoi, d'ailleurs, il y a autant d'écoles de pensées. Étant donné le peu d'informations qu'ils ont, les astronomes n'arrivent pas à s'entendre. Par exemple, ils ignorent l'existence de lieux invisibles pour l'humain, comme le monde astral. Ils reconnaissent la loi de la gravité jusqu'à environ 75 km autour de la Terre, et ensuite, ils ont constaté que le ciel devient un lieu où, à cause de la non-gravité, un humain ou un objet flotte au lieu d'être attiré vers la terre. Ces choses sont faciles à prouver physiquement, donc la science y croit. Pour ce qui se passe dans le monde invisible, donc improuvable, la plupart des scientifiques préfèrent ne pas s'y intéresser.

— Je reviens à la Terre. Si elle se détruit, cela va affecter tout le système solaire auquel elle appartient. Imagine qu'une maison prend feu aux abords d'une rue et que le vent dirige ce feu vers un pâté de maisons. Si on laisse aller les choses, des douzaines, voire des centaines d'autres maisons pourraient être incendiées. Dans des occasions pareilles, les voisins doivent s'entraider afin d'éviter la catastrophe. Alors, il est parfois essentiel d'intervenir. Nous sommes vos voisins, nous devons intervenir. Hélas, les humains ne semblent pas se douter que, s'ils restent passifs et continuent à s'enliser dans la peur et la violence, la catastrophe les guette. Par contre, nous sommes encouragés de constater qu'il y a un nombre grandissant de gens qui deviennent conscients. J'espère de tout cœur que notre association donnera de bons résultats.

— Alors, tu fais partie de ceux qui ont été choisis pour aider les humains? Si oui, comment et pourquoi m'as-tu choisi? Je ne sais pas si c'est un privilège, ni ce que ça va impliquer dans ma vie.

Toujours aussi patient, MISHAËL répond :

— Oui, je fais partie des guides choisis pour faire avancer l'humanité. J'ai carte blanche sur les personnes que je décide d'aider. Je t'ai choisi parce que tu réponds aux sept critères sur lesquels je me base :

1) tu es fondamentalement une bonne personne, c'est-à-dire que tes intentions sont bonnes. Il te reste seulement à apprendre de nouveaux moyens pour arriver à ce que tu veux;

2) tu n'as pas peur du risque;

3) tu n'en peux plus de te contrôler. Ça fait déjà plusieurs vies que je t'accompagne en étant un de tes guides et je sais que tu arrives au bout de ton contrôle;

4) c'est toi qui m'as appelé, après avoir presque refusé ma présence à ton arrivée ici;

5) les grands êtres qui dirigent la réincarnation ont perçu ton appel AU SECOURS tout de suite après ton décès, même si tu ne l'as pas lancé consciemment;

6) tu es un être entier, lorsque tu mets un projet en branle, tu vas jusqu'au bout;

7) tu possèdes un charisme qui peut être utilisé à bon escient.

— En nous basant sur les expériences de plusieurs de tes autres vies, nous te savons mûr pour passer à autre chose. Par exemple, ton nom et ton prénom possèdent une grande signification. Le prénom ARISSIEL a été choisi par toi et tes guides avant ta naissance pour te rappeler que tu voulais arriver à te créer un ciel sur Terre; dans la vie, tu voulais rire, tu voulais tout prendre avec un grain de sel plutôt que d'être obsédé par la réussite. Cette joie de vivre était destinée à laisser émerger ta bonté, d'où le nom de LABONTÉ. C'est pour te le rappeler que je t'appellerai toujours Arissiel et non Ari.

— J'aurais choisi ce prénom qui m'a tant déplu?

— Ton incapacité à accepter ton prénom te prouve à quel point tu as résisté à ton plan de vie. Ne t'en fais pas : beaucoup d'humains prennent des directions autres que celle qui aurait été la meilleure pour eux. Pour en devenir conscients et se permettre un nouveau départ, ils doivent revenir dans le monde de l'âme. Tout a une raison d'être, il n'y a jamais de hasard. Les nom et prénom, ainsi que les dates de naissance sont là pour te rappeler ton plan de vie. La numérologie emploie les lettres et les chiffres et l'astrologie utilise la date et l'heure de ta naissance. Ces deux sciences peuvent être très révélatrices quand elles sont pratiquées par des adeptes avertis. Et tout cela fait partie du mouvement de conscientisation dont je te parlais plus tôt…

… Malheureusement, il n'est pas facile pour les humains d'accepter que dans leur vie, rien n'est laissé au hasard. Toi, vois-tu à quel point ton prénom était révélateur? Tu ne l'as pas accepté, comme tu as refusé ton plan de vie, c'est la raison pour laquelle tu es décédé très tôt. Ton âme savait qu'elle devait te ramener sur la bonne voie et développer davantage ta joie de vivre et ta bonté.

Il prend un temps pour me laisser absorber ses paroles.

— Assez d'informations pour le moment. Il est temps que tu retournes franchir les étapes qui t'attendent. Je serai avec toi au moment où tu en auras besoin.

Sur ce, il disparaît progressivement.

C'est bizarre de le voir et de le sentir à mes côtés. Comment le décrire? Une présence de lumière avec la forme d'un corps sous un grand vêtement blanc brillant qui semble d'une même pièce… Est-ce un homme, une femme? Pourquoi y penser comme à un homme? La difficulté à imaginer qu'une femme pourrait représenter un guide pour moi, sans doute. MISHAËL me donne énormément d'informations, dois-je le croire? Cela m'est difficile quand j'ignore en quoi elles vont m'aider. Le plus étrange, c'est que je n'entends rien lorsqu'il parle. Je n'ai qu'à le regarder et je sais ce qu'il raconte. Je comprends maintenant lorsqu'il dit tout savoir de moi sans que j'aie à prononcer une seule parole.

Tout à coup, je me retrouve à cet endroit que MISHAËL appelle le deuxième niveau. Comme sur Terre, il y a du va-et-vient et du monde qui court partout. Tout bouge et change constamment. Parfois c'est flou et parfois c'est clair. *Je ne sais plus où regarder et quoi écouter. Je ne me sens pas bien ici. Mais pourquoi MISHAËL veut-il que je revienne ici?*

Cette pensée me conduit tout droit à ce qui se passe chez moi sur Terre.

— 8 —

La succession

Au lendemain de son arrivée, Mona discute avec les enfants à la salle à manger de l'hôtel où Carina a réservé une chambre pour sa mère; ni elle ni son frère, en effet, n'ont de chambre d'ami à lui offrir. Ben aurait aimé que Diane soit présente, mais elle ne pouvait se libérer tout de suite de son travail. Il est 13h, c'est la fin du repas, et Carina s'allume une cigarette en promettant que ce sera la seule. Ben, tout heureux, annonce à sa mère :

— Je suis tellement bouleversé par les événements que j'ai oublié de te dire que Diane et moi déménagerons en juillet dans un grand appartement à cause du bébé. Alors, la prochaine fois que tu viendras nous visiter, nous aurons une chambre pour toi.

Mona embrasse son fils avec chaleur :

— Oh, c'est magnifique. Je suis tellement enchantée de devenir grand-maman! Savez-vous si c'est un garçon ou une fille?

— Non, et nous préférons ne pas le savoir. Nous ne voulons pas d'échographie, nous avons l'impression que les ultrasons sont un choc pour le bébé. Diane, avec son intuition, pense que ce sera un garçon; elle accouchera avec l'aide d'une sage-femme.

Pendant qu'ils discutent de la venue du bébé et du nouvel appartement, je ne peux m'empêcher de remarquer Carina, toujours aussi bien mise. Aujourd'hui, elle porte une jolie robe et un manteau appareillé à un long chandail, tout cela dans différents tons de gris. Un foulard en soie jaune et orange apporte une note de gaieté à l'ensemble. Ben est tout le contraire. Il porte un jeans usé et trop ample pour lui. A-t-il maigri, ou est-ce le style de vêtements qu'il préfère? En tout cas, moi qui ai toujours préféré des vêtements bien coupés, j'ai un fils qui est mon contraire. Mona qui, auparavant, lui aurait suggéré de s'habiller mieux, n'a pas l'air du tout dérangée par son allure. Elle s'y est habituée, sans doute. Elle-même porte un ensemble pantalon chic et décontracté qui lui sied à ravir.

Carina, qui semble impatiente, prend la parole dès qu'il y a une pause dans la conversation :

— Nous avons encore beaucoup de choses à régler pour papa, que diriez-vous si on s'y mettait tout de suite?

— Tu as raison, approuve sa mère. Mais je suggère qu'on s'installe dans ma chambre : on y sera plus à l'aise et à l'abri des oreilles indiscrètes.

Sitôt qu'ils sont installés, Carina demande à sa mère :

— Premièrement, le service funéraire… Sais-tu si papa voulait se faire enterrer ou incinérer?

— Il ne voulait pas en discuter, il nous estimait trop jeunes pour décider ça. Comme il était enfant unique et orphelin et qu'il n'a jamais fréquenté ses cousins, à mon avis ça ne fera aucune différence s'il n'est pas exposé. Je suggère qu'on le fasse incinérer et qu'on dépose ses cendres au cimetière. Qu'en dites-vous?

Les deux sont d'accord.

J'ai eu raison d'éviter la discussion au sujet des funérailles. Personne ne prépare sa mort à 30 ou 40 ans! Mais c'est incroyable, ils parlent de moi comme d'un vieux meuble! Ils ont l'air tellement froids et indifférents! Qu'est-ce que j'ai? Une grosse boule dans la gorge. Et un étau qui me serre les nerfs du ventre. Je n'y comprends rien. Je n'ai plus de corps, mais je sens quand même la douleur. JE DÉTESTE CETTE SCÈNE*!!!*

J'ai beau vouloir détourner mon regard, j'en suis incapable. Quelque chose de plus fort que moi me pousse à rester. MISHAËL avait raison de me dire que ce n'est pas parce je déteste une chose qu'elle disparaît.

— Demain matin j'irai à la morgue prendre les arrangements pour le corps de votre père. Veux-tu m'accompagner, Ben?

— Non, maman, je regrette. J'y suis allé une fois, c'est le maximum que je peux faire. J'espère que ça ne te dérange pas trop.

Les larmes lui montent aux yeux et il fait de gros efforts pour les retenir. Carina s'empresse de changer de sujet :

— Maintenant que ses obsèques sont réglées, qu'est-ce que tu veux faire de ses biens?

Toujours aussi raide, ma belle Carina; pour sauver la face, elle ne veut pas se mettre à pleurer avec son frère. Que c'est intéressant de savoir ce qui se passe derrière les apparences!

— S'IL TE PLAÎT, Carina, détends-toi, il n'y a pas le feu, implore sa mère. Je n'ai pas encore fini de « régler » ton père comme tu dis. Avant de déposer ses cendres au cimetière, je tiens à ce qu'on aille dans une église les faire bénir et réciter une prière pour le repos de son âme. Vous ne croyez pas à ça, mais si vous ne le faites pas pour votre père, faites-le pour moi. D'accord?

— D'accord, fait Ben. Moi je ne vais pas à l'église, c'est Diane qui aime ces endroits, elle raconte que ça lui fait du bien. Elle n'a jamais connu papa, mais elle sera certainement d'accord pour nous accompagner.

— Bon, j'embarque aussi, décide Carina, mais seulement pour te faire plaisir maman. À mon avis, qu'il y ait ou non la bénédiction d'un prêtre, ça ne changera pas grand-chose. Papa est mort et rien ne le ramènera.

Elle croise le regard de son frère où la colère le dispute au chagrin. Elle soupire :

— Pour l'amour du ciel, Ben, cesse d'être aussi sentimental! Admets que c'est vrai ce que je viens de dire, sapristi! Plus vite nous accepterons son décès, SURTOUT TOI, plus vite nous pourrons retourner à notre vie. Ton attitude s'appelle du déni. Tu refuses d'accepter la réalité.

Ben se fâche :

— Tu sais quoi? Tu as aussi mal que moi, mais tu ne veux rien laisser paraître. C'est pour ça que tu es si dure! Ce n'est pas moi qui fais du déni, c'est toi : tu refuses de voir ce que tu vis. Moi, au moins, je laisse paraître mes sentiments; c'est mieux que ton insensibilité.

Mona et Carina restent bouche bée. Généralement, plutôt que de se fâcher ou de s'affirmer, Ben se referme dans sa coquille ou quitte la situation.

Bravo mon Ben, je suis fier de toi. Pour une fois, tu dis ce que tu penses! Voilà la preuve que tu es touché par mon départ. J'ai des frissons qui courent le long de l'échine, et un grand courant chaud me traverse tout entier. Ça me fait tout drôle et, ma foi, c'est agréable.

Quand elle remarque que Carina s'apprête à répliquer, Mona intervient :

— Ça suffit, vous deux. La situation n'est pas facile, mais je vous en prie, calmez-vous et essayons de rester sereins. Je ne veux pas me mêler de vos différends, mais je vous suggère fortement de vous parler, d'exprimer ce qui vous dérange l'un et l'autre. Sinon, votre relation deviendra de plus en plus tendue et ce serait dommage. Votre père parti, et moi à 5000 km de vous, il serait important que vous fassiez la paix.

Les deux enfants reconnaissent qu'elle a raison. Pour ma part, je m'étonne de constater à quel point Mona est devenue sage.

— Voulez-vous un café ou une tisane? Tout est là, sur le comptoir, servez-vous. Moi j'appelle le salon funéraire où votre grand-père a été exposé à Pierrefonds pour demander d'incinérer Ari, et prendre des arrangements avec un prêtre.

Elle fait de gros efforts pour paraître calme, la belle Mona. Elle est pourtant agitée. Je trouve intéressant de savoir ce que les gens vivent. J'ignore comment je le sais, mais peu importe. Se peut-il que ce soit à cause des lignes et des couleurs autour d'eux, comme celles qui éclatent autour de Mona, en ce moment?...

...Si j'avais vu ça de mon vivant, personne n'aurait pu me mentir. C'est incroyable la différence entre l'extérieur et l'intérieur d'une personne. C'est encore plus marqué chez Carina. Étrange! Ses couleurs ne sont pas agitées comme celles de Mona, elles ont l'air de couler comme de grosses larmes. Elle pleure à l'intérieur même si rien ne paraît de l'extérieur. Tiens, elle se

sauve à la salle de bain pour aller fumer pendant que sa mère téléphone. Ah! je n'avais encore jamais remarqué que, aussitôt que la fumée entre dans ses poumons, ses couleurs deviennent plus floues, se mêlent et perdent leur intensité. Je me sens fondre à l'intérieur chaque fois que je la regarde. Pourquoi mon sentiment pour elle est-il plus fort que celui que je porte à Ben ou à Mona? Je voudrais la prendre dans mes bras, lui dire de se laisser aller. Bon sang! Je deviens sentimental. Bon, ça suffit, je ne suis pas comme Ben, un homme ne doit pas se laisser aller comme une femme.

Je reviens à Mona. Elle pose l'appareil et s'adresse aux enfants :

— Monsieur Dupont vient de me dire qu'il reste une place pour les incinérations demain. J'ai pris rendez-vous pour 16 h. Il s'occupe de nous faire rencontrer le prêtre qui travaille chez lui et on pourra utiliser la chapelle pour un moment de prière. C'est samedi, demain, Diane pourra donc nous accompagner, n'est-ce pas Benani?

Ben acquiesce d'un signe de tête. Encore ému et dérangé par l'altercation avec sa sœur, il se dit : « Je ne devrais pas lui en vouloir, mais je ne peux pas faire autrement. Ça m'est impossible de comprendre qu'elle puisse se retenir autant. Au surplus, maman aussi ne semble pas aussi affectée que je l'aurais cru. Elle a pourtant vécu 25 ans avec lui. Elle dit qu'elle a tourné la page, est-ce vrai? Est-ce que les femmes sont toutes plus froides que les hommes? Pourtant, je trouvais aussi que mon père était très froid. C'est moi qui suis trop sensible, peut-être, comme il me répétait sans cesse. Mais comment devient-on insensible? La seule personne avec qui je puisse parler de ça, c'est Diane. Quand toutes les démarches seront terminées et maman repartie, j'explorerai cet aspect de moi-même. J'aimerais aussi en parler avec Carina, comme maman suggère, mais je doute qu'elle accepte. »

Plus détendu, il revient à sa mère et sa sœur qui discutent de la succession. C'est Mona qui parle:

— J'aurais besoin d'une liste complète de ses biens. On décidera ensuite comment partager le tout, voulez-vous?

— Moi, réplique aussitôt Ben, je n'ai pas besoin de son argent. C'est ce qu'il a accumulé qui l'a éloigné de moi. Si j'acceptais, ça ne compenserait pas pour son absence dans ma vie. Divisez en deux.

Mona le regarde, calme.

— Benani chéri, tu es trop en réaction pour prendre une décision éclairée. S'IL TE PLAÎT, prends les choses l'une après l'autre. Pour le moment, veux-tu nous aider à faire notre inventaire?

— Non, répond-il, tu me connais, je ne suis pas bon à ça et ça ne m'intéresse pas. J'ai besoin de prendre l'air, je vais marcher au parc, ensuite j'irai chercher Diane et nous pourrons nous retrouver ici vers 18 h. Ça te convient, maman?

Sa mère le regarde avec pitié. Elle voudrait bien l'aider, mais ignore comment s'y prendre. Elle réfléchit. « Que puis-je faire pour lui? C'est un adulte aujourd'hui. Faut-il le traiter comme un enfant qui souffre ou comme un adulte capable de se prendre en mains? Moi qui croyais qu'avec des adultes, je n'aurais plus besoin d'être la mère... Il faut croire que c'était faux. Au fond, ce sont toujours des enfants, mais dans des corps d'adultes. Ça me rappelle l'atelier que j'ai pris sur l'enfant intérieur. L'animateur disait que quel que soit notre âge, nous avons toujours un ou plusieurs enfants qui souffrent en nous. Une fois que nous aurons réglé les obsèques, j'essaierai d'en parler à Benani. Peut-être que ça l'aidera! »

— Fais comme tu veux, mon grand. Je ne peux pas te forcer à agir contre ton gré. Nous nous reverrons plus tard. Viens nous rejoindre avec Diane au bar près de la salle à manger, où Carina et moi vous attendrons, d'accord?

Comme Ben s'apprête à partir, il croise le regard méprisant de sa sœur : « Grand lâche, se dit-elle, tu es incapable de faire face à la musique et tu nous laisses tout le travail. Tu prétends que tu ne veux rien, mais quand ce sera fini, je serais étonnée que tu refuses encore ta part : Diane et toi en avez grand besoin, surtout que tu ne travailles presque pas. Moi, en tout cas, je n'accepterais jamais de vivre avec un paresseux. » Carina est au courant de ses petits contrats d'illustrations ; à l'occasion, il peint également des appartements, mais tout cela à très bas tarif horaire.

Je comprends sa difficulté à accepter la paresse. Tout de même, dans les circonstances, elle exagère. C'est bizarre! Elle, qui a toujours aimé son frère, semble déçue de lui. Elle vivrait sûrement la même déception face à n'importe quel homme qui ne travaille pas. Au moins, je ne l'ai jamais déçue dans ce domaine. J'ai vu quand elle faisait le tour de mon appartement à quel point elle était fière de mes succès. La pauvre, elle est déchirée entre la fierté et la déception. C'est son problème, elle devra s'en sortir toute seule. Moi, tout ce que je sais, c'est que j'ai fait mon possible.

Ben penche la tête et se détourne pour éviter de s'emporter à nouveau, surtout qu'il ne veut pas déplaire à sa mère. Le mépris qu'il vient de voir dans le regard de sa sœur le blesse profondément. Jusqu'à présent, elle ne lui avait jamais exprimé sa déception. Elle prétendait ne pas être affectée par un style de vie qu'elle ne partage pas. « Il fallait la mort de papa pour que les choses soient claires, pense Ben. J'en suis triste parce que j'aime beaucoup Carina mais elle est tellement froide : j'ai de la difficulté à lui exprimer ce que je ressens. Qui sait? Cette mort aura peut-être un bon côté, celui de nous permettre de clarifier notre relation. Moi non plus, je n'ai jamais pris le temps de lui dire comment je la percevais. Quand on se voit, on parle toujours de banalités, jamais de nos vrais sentiments. Je me demande si elle va accepter d'en parler un jour. »

À ce que je vois, plusieurs mises au point s'en viennent. Je suis content de les éviter. C'est Mona qui semble la plus à l'aise dans tout ça.

Maintenant que Ben les a quittées, Mona et Carina discutent :

— Tu sais, Carina, vous devriez vous parler sincèrement, toi et ton frère. Ce qui se dégage de vous en ce moment est trouble. C'est pour votre bonheur que je te dis ça. Rien ne t'empêche de faire les premiers pas.

— Maman, s'il te plaît, laisse-nous nous arranger. On n'est plus des enfants. Tu ne trouves pas qu'il y a assez à faire sans te préoccuper de notre relation? Nous nous aimons, mais nous sommes totalement différents. C'est surtout à ça que nous devons nous habituer, ce qui ne me semble pas possible pour le moment. Et je ne crois pas que Ben soit prêt à m'accepter telle que je suis. Mais ne t'inquiète pas pour nous, on est parfaitement capables de vivre cette situation. Ça dure depuis des années et on n'en est pas morts.

En prononçant le mot « mort », elle devient écarlate. Son émotion est intense et elle s'en veut d'avoir prononcé le mot fatidique qui la fait frémir. Comme d'habitude, elle se remet rapidement et ajoute :

— Bon, je vais sortir mon carnet, l'ouvrir à la page où j'ai noté les biens de papa, et on va faire le bilan. Allons-y, au boulot.

Sur ce, elle se lève et fouille dans son beau sac à main en cuir noir, en simili crocodile, et sort son petit carnet et un joli stylo doré. *Elle a vraiment de la classe, ma fille!* Elle se dirige vers le bureau, aperçoit du papier mis à la disposition des clients, s'installe et invite sa mère à s'asseoir près d'elle. Elles commencent à noter. D'abord le condo, puis les meubles, la collection de toiles, celle des œuvres d'art, le yacht, l'avion, l'argent en banque et les placements. Toutes deux se regardent, étonnées de la quantité de mes possessions.

— As-tu une idée, maman, du montant que ça représente? Il y en a certainement pour plusieurs millions. J'ai du mal à apprécier les meubles et les pièces d'art, le yacht et de l'avion, mais je peux te dire que le condo à lui seul vaut près d'un million, et ses placements, un autre million. Si on additionne le tout, il y en a pour plusieurs millions. Jamais je n'aurais cru que papa était aussi riche. Est-ce qu'il en a profité? Il se payait du luxe, mais avait-il vraiment besoin de travailler autant?

— Il est beaucoup plus fortuné que je croyais, remarque Mona. Tout ce qu'il a amassé s'est accumulé avec les années, je suppose. Je me demande s'il voulait arrêter de travailler bientôt. En tout cas, il aurait pu se le permettre depuis longtemps.

Quoi? Comment peuvent-elles imaginer qu'un homme comme moi, dans la fleur de l'âge, prenne sa retraite? Comment peut-on vivre sans but, sans savoir quoi faire de toute sa journée? Il est vrai que quand je me mets à leur place et que je regarde ce que j'ai, c'est beaucoup. Est-ce que c'est normal d'oublier la valeur réelle de ce qu'on possède? Je sais depuis longtemps, grâce à mes bilans, que je suis millionnaire, mais j'y étais habitué…

…Pourquoi avoir amassé tout ça? La vie est vraiment mal faite, je dois me résigner à laisser quelqu'un d'autre disposer de ma fortune à sa façon. J'aurais le goût de crier, tellement ça m'exaspère. À quoi bon? Ce qui m'enrage le plus, c'est de savoir que les gouvernements vont prendre une bonne part de ma succession. En plus de la moitié de mes revenus qu'ils ont pris de mon vivant! De vrais voleurs. J'aurais vraiment dû suivre les conseils de mon notaire…

…Et tout cet argent aux îles Cayman! Comment pourraient-ils le découvrir? J'avais tellement peur de me faire prendre avec cet argent non déclaré qu'il est placé au nom d'une société anonyme. C'est incroyable. CINQ MILLIONS DE DOLLARS!!! *Les banques peuvent bien nous encourager à déposer notre argent. Quelle tromperie! Quelle injustice! Je n'ai rien vu durant mes voyages d'affaires, je voulais profiter de mes millions durant mes vieux jours pour des voyages d'agrément. Toutes ces belles croisières qui m'échap-*

pent. Je suis mort, et de façon terriblement bête; dire qu'il y a des gens qui ne demandent qu'à mourir! Pourquoi pas eux? Pourquoi moi?

Au moment où j'enrage de voir mes biens se faire dilapider, MISHAËL apparaît :

— Les voleurs te dérangent, n'est-ce pas? As-tu déjà entendu parler de la loi du retour?

— Mais oui, comme tout le monde. On récolte ce qu'on sème, c'est ça?

— Exact, c'est une loi immuable. Si, comme tu dis, tu te fais voler, pour quelle raison crois-tu que cela t'arrive?

— Je n'ai jamais volé personne! J'ai toujours travaillé pour ce que j'ai accumulé.

— L'argent caché te rapportait des intérêts considérables, n'est-ce pas? Crois-tu que la banque qui te les payait te volait? Cette banque a respecté son engagement envers toi et t'a versé les intérêts. Ce n'est pas de son ressort si tu n'as jamais révélé à qui que ce soit tes placements outre-mer. Et que dirait l'inspecteur des impôts devant de telles sommes? Ne crois-tu pas qu'il te traiterait de voleur? Voilà ce que je veux dire par TU RÉCOLTES CE QUE TU AS SEMÉ.

— Je ne considère pas avoir volé qui que ce soit. Au contraire, j'ai fait beaucoup plus que la majorité des québécois pour aider les gouvernements. As-tu une idée des sommes que je versais chaque année? Je fais partie de ceux qui font vivre les paresseux. Si c'était à recommencer, je ferais exactement la même chose.

— Tu peux faire tout ce que tu veux dans la vie. Mais la loi du retour sera là pour t'aider à devenir conscient, que tu l'acceptes ou non. Voilà un des grands concepts utiles pour apprendre à vivre l'harmonie. On ne l'accepte véritablement que quand on observe une situation ou une personne sans les juger, sans y joindre une notion de bien ou de mal. Tu as le droit de faire tout ce que tu veux, mais si tu veux arriver à vivre sereinement, c'est-à-dire créer ton propre ciel sur Terre, tu dois accepter tes actions

— Je ne comprends pas très bien ta définition du mot « acceptation ». J'accepte tellement ce que j'ai fait que je serais prêt à recommencer. Ce n'est pas suffisant?

— Tu n'acceptes pas la façon dont tu as géré ton argent.

— Comment ça?

— Lors de la récolte, c'est-à-dire lorsque les autres te rendent la monnaie de ta pièce, tu es frustré et irrité. La loi du retour t'aide à devenir conscient de ton degré d'acceptation. Quand tu refuses les actions des autres, ça attire ton attention sur le fait que, lorsque tu as agi de la même façon, tu ne l'as pas accepté au plus profond de toi. Toi et moi saurons que tu t'acceptes lorsque tu pourras vivre la récolte sans colère. Ce qui se passera en toi ira plutôt dans le sens suivant : « Je n'aime pas ce qui m'arrive, mais je ne peux rien y changer, car je récolte ce que j'ai semé. Si je veux que les choses soient différentes, j'agirai différemment, je sèmerai autre chose. » C'est ce qui s'appelle la SAGESSE, et ça rend les humains de plus en plus INTELLIGENTS. Pour le moment, je ne veux pas aborder la notion d'intelligence, car tu dois continuer à observer ce qui se passe.

— J'entends tout ce que tu me dis, MISHAËL, mais ça n'a aucun sens, pour moi. La vie reste injuste, c'est tout. *Décidément, il reste patient et imperturbable. Il n'a pas bronché devant ma réaction, il ne semble même pas étonné.* Il me fait un petit signe de la main et disparaît.

Entre ce que je vois sur la planète et ce que MISHAËL essaie de me faire comprendre, rien ne va comme je veux on dirait. D'un côté comme de l'autre, je n'ai plus aucun contrôle sur ma vie. Qui aurait pensé que j'en arriverais là? Tout me semble à l'envers.

Me voilà de retour dans la chambre d'hôtel. Mona demande à Carina si elle est intéressée à garder certains tableaux ou d'autres objets de mon condo. Carina lui répond :

— Maman, je suis incapable de décider tout de suite. La décoration de son appartement est belle, mais trop impersonnelle à mon goût. Ça manque d'âme. Et toi, maman, veux-tu quelque chose?

— Mes goûts artistiques sont très différents des siens, il n'a rien qui conviendrait à ma maison. En ce qui te concerne, tu n'as pas besoin de décider maintenant. Mais serais-tu assez gentille de t'occuper de la vente de ses biens?

Carina hésite et finalement accepte :

— Bon, je le fais pour toi, maman, tu ne peux pas rester ici pendant des semaines pour voir à tout. Le mari d'une collègue travaille dans une galerie d'art et je lui demanderai son aide. Serais-tu d'accord pour lui donner un pourcentage de ce qu'il réussit à vendre?

— Bien sûr. Je te laisse négocier ça. N'oublie pas : avant de vendre quoi que ce soit, assure-toi que tu n'en veuilles pas pour toi. Et si ton frère change d'idée, donne-lui aussi ce qu'il veut.

Bon sang, est-ce possible? Pas intéressées à garder au moins quelques-uns de mes tableaux payés au gros prix? Elles vont se faire avoir lors de la vente.

Carina promet d'y réfléchir pour elle et de vérifier auprès de son frère.

— Merci beaucoup, fait sa mère. Ça m'enlève un poids. J'ai confiance en ton jugement, tu sauras faire de bonnes affaires. Rappelle-moi de te signer une procuration. Le plus vite nous en finirons avec tout ça, le mieux ce sera. En attendant que tout soit vendu, je vais te donner de l'argent pour continuer à payer la femme de ménage qui se fera un plaisir, j'en suis sûre, d'être à notre service jusqu'à ce que le condo soit vendu.

— Combien de temps crois-tu que ça prendra avant de tout régler? Il n'y a pas une loi qui gère les successions? T'es-tu renseignée auprès du notaire?

— Non, je ne sais pas combien de temps il faudra avant que j'hérite, mais je suis sûre que ce ne sera pas trop long, c'est un testament simple et je suis la seule héritière. Une fois que je saurai le montant global, je vais en garder la moitié et séparer l'autre entre ton frère et toi. Ton père serait sûrement d'accord. S'il avait voulu donner ce qu'il possède à une autre femme, ou à quelqu'un d'autre, il aurait pris le temps de changer son testament, il me semble. Inconsciemment, il voulait que ce soit nous qui héritions.

— Mais maman, c'est à toi qu'il a tout laissé. Tu es vraiment très généreuse. Je me sens mal à l'aise à l'idée de recevoir l'argent de papa sans être certaine qu'il nous le destinait, à Ben et à moi.

— Trop tard, il m'a tout laissé. Pour une fois que c'est moi qui décide quoi faire avec son argent… J'avoue que ça me plaît. Ton père a toujours cru que les femmes ne pouvaient pas se débrouiller côté finances. Je le laissais faire, c'était une de ses forces. Mais depuis que je suis séparée, je me suis rendu compte que je peux gérer un budget, et j'y trouve un certain agrément. Je vis avec Peter, mais on gère chacun nos avoirs et on s'entend très bien ainsi. WOW! Ça va me faire drôle d'avoir de telles sommes à manipuler. J'aurais préféré hériter dans des circonstances plus agréables mais, bon…

Mais qu'est-ce qui se passe? Il y a un instant, elles s'occupaient de mes biens de manière détachée, et tout à coup elles se regardent, fondent en larmes... et se jettent dans les bras l'une de l'autre en pleurant. C'est pire pour Carina : quels sanglots! Même ses grandes respirations ne font plus effet. Elle qui essayait de paraître au-dessus de tout! Ça y est, je vais me mettre à pleurer moi aussi. Les yeux me piquent, la gorge et la poitrine me serrent. Mais c'est impossible : je n'ai pas de corps. Difficile de s'habituer à sentir les choses comme avant. Je vivais ces sensations-là avec des films touchants et quand je refusais de le laisser voir, j'étouffais tant la boule dans ma gorge était grosse. Je vis la même sensation, mais sans corps physique. Je le sais bien que ce n'est pas une vraie boule, alors c'est quoi? De mon vivant, jamais je me suis demandé d'où cela venait. Ah, toutes ces découvertes et ces questions, c'est sans fin.

Après quelques minutes, Carina regarde sa mère et lui dit en sanglotant :

— Je ne voulais pas pleurer, je suis tellement fâchée contre papa. Il pourra dire que jusqu'à la fin, il aura réussi à me mettre en colère. Pourquoi est-il parti avant qu'on ait pu se réconcilier? La dernière fois qu'on s'est parlés, je lui ai fais part que tout ce que nous voulions, Ben et moi, c'était qu'il nous écoute et qu'il cesse de vouloir nous faire changer d'idée, lorsqu'il n'était pas d'accord. S'il nous avait aimés un peu, il aurait cherché à nous contacter, pas vrai? Est-ce trop demander d'un père? Quel sans-cœur! Comment a-t-il pu faire ça à ses propres enfants?

Elle se raidit tout à coup, cesse de sangloter et ajoute :

— En tout cas, si un jour j'ai des enfants, jamais je n'agirai ainsi. Et toi, maman, pourquoi n'as-tu pas réussi à lui faire comprendre ce qu'était un vrai père?

Mona la regarde avec des yeux remplis d'amour.

C'est bizarre, elle ne se sent pas accusée! Est-ce que toutes les mères sont comme ça? Maman aussi était trop compréhensive, ce qui me mettait hors de moi. Elle aurait dû se refuser mes comportements, de temps à autre. Quelle patience elle avait avec moi.

— Tu sais, Carina, mon père est décédé quand j'avais dix ans et ma mère ne s'est jamais remariée. J'ignorais comment devait agir un bon père. J'en ai voulu longtemps à Ari d'être si peu paternel et si peu présent et je te comprends. Mais comme je te l'ai dit plus tôt, j'ai rencontré des gens formidables depuis que j'habite à Vancouver, et je lis constamment des livres sur l'art d'aimer ; c'est ça qui m'a permis de changer ma perception. Je ne dis pas que je suis d'accord avec sa façon d'agir, mais au moins je reconnais qu'il a fait ce qu'il a pu et je ne lui en tiens plus rigueur…

…Dans mes ateliers de développement personnel, sais-tu ce qui m'a le plus aidée à faire la paix avec lui? C'est le fait de reconnaître que lorsque nous accusons une personne de quoi que ce soit, cette personne porte la même accusation à notre endroit. C'est dire que, puisque toi, Benani et moi l'accusions d'être sans-cœur, lui aussi devait être convaincu que nous l'étions, étant donné qu'on ne voyait pas ce qu'il faisait pour nous. C'est tout un monde, n'est-ce pas? Si j'avais appris ça avant, j'aurais vécu différemment. Mais les regrets ne servent qu'à nourrir notre culpabilité. Tout ce que je peux te recommander, ma chérie, c'est d'accepter ta peine et ta colère, pour le moment. Un jour, ça changera. Si tu veux, je te ferai parvenir certains des livres que j'ai beaucoup aimés, tu y trouveras des réponses à tes questions.

Carina regarde sa mère, muette. Son regard m'indique qu'elle considère sa mère comme chanceuse d'être capable de vivre en paix. Mais elle ignore si c'est possible pour elle. Elle prend une respiration et change de sujet :

— Assez d'émotions pour aujourd'hui. Je déteste me laisser aller comme ça. Planifions les jours à venir. Je veux également tes recommandations. Le temps qu'il nous reste avant ton départ passera très vite. En ce qui me concerne, je suis occupée avec des clients, mais tant que tu seras ici, je ne travaillerai que durant les avant-midis pour profiter de ta présence. Tu es heureuse à Vancouver, mais tu me manques.

Elles continuent toutes les deux leur travail. Et moi je dois me résigner à voir disparaître mes biens en un éclair! Moi, si fier de tout ce que je possède. Je ne me rendais pas compte de la force de mon attachement. Grâce à mes biens, j'entretenais la fierté constante d'avoir beaucoup travaillé, et je recevais des regards admiratifs; tout ça m'était précieux. J'aurais tellement aimé que Mona et les enfants remarquent que j'avais du goût, je voulais à tout prix les impressionner… Hélas!, je me suis trompé. Aucun des trois na eu aucune admiration, excepté pendant ces quelques instants furtifs dans les yeux de Carina, qui s'est empressée de retourner à son expression indéchiffrable.

J'espère qu'elle et sa mère vont changer d'idée et ne pas tout vendre. Pourquoi ne veulent-ils rien garder de moi? Et moi, pourquoi est-ce que je tiens mordicus à ce qu'ils gardent quelque chose? Ai-je peur qu'ils m'oublient? Ah! que j'aimerais pouvoir leur parler! Je me demande si c'est possible de faire de la télépathie d'ici. Ça m'est souvent arrivé avec Mona, on faisait ça quand on était très épris l'un de l'autre. Un de nous deux pensait très fort à l'autre en lui disant de téléphoner, et l'autre, au même moment, recevait l'idée de le contacter. J'ai aussi déjà utilisé la télépathie au travail, sans l'avouer à personne toutefois. À bien y penser, ça remplaçait le téléphone cellulaire. Ça fait longtemps que j'ai mis ce truc-là de côté.

Je me concentre sur Mona. J'essaie de la convaincre de ne pas se précipiter pour se défaire de mes biens, elle risque de perdre beaucoup; en plus, ça m'attriste de voir disperser toutes mes possessions dans des mains étrangères. J'essaie de la toucher; inutile, je passe à travers elle. Tout à coup, elle regarde autour comme si elle sentait une présence. Je crois que ça marche. M'a-t-elle entendu? Non, car elle continue à s'entretenir avec Carina en disant que plus vite tout ça sera fini, plus vite elle pourra retourner chez elle. Elle ignore ce qui l'attend; les lois sur les successions ne sont pas simples. Cela durera des mois. Dans le fond, c'est une bonne chose qu'elles aient à travailler pour faire avancer leur cause. Car après tant d'efforts de ma part, ce ne serait que plus juste!

Ouais, ça ne fonctionne pas avec Mona, peut-être qu'avec Carina… Je suis près d'elle et je lui chuchote : « Carina, je t'en prie, ne décide pas trop vite. Non seulement vous allez vous faire avoir si vous vous débarrassez de tout trop vite, mais tu vas regretter de n'avoir conservé aucun souvenir. Ça pourrait t'aider à moins m'en vouloir. C'est dommage qu'il faille que je meure pour découvrir que je tiens à ce que toi et ton frère ne m'oubliiez pas. S'IL TE PLAÎT, ma chérie, écoute-moi. » *Ces paroles, elles sont vraiment de moi? C'est à n'y rien comprendre. Une minute, j'en veux à mes enfants et la minute suivante, je les supplie de ne pas m'oublier, de ne plus m'en vouloir.*

Carina cesse de parler et regarde autour d'elle :

— Je me sens toute drôle, dit-elle, je viens de sentir un courant d'air. Je ne comprends pas, la fenêtre est fermée. L'as-tu senti, toi?

Sa mère lui répond par l'affirmative.

— Penses-tu que ce soit la présence de ton père?

— Mais voyons, maman, tu peux apprendre des choses nouvelles, mais là tu exagères. Papa est parti, il ne peut pas être dans cette pièce, voyons.

Mona n'insiste pas, mais elle reconnaît que je suis là, je le sais. Elle continue à faire des plans.

Assez, j'en peux plus. Plus je regarde sur Terre, plus il se passe des choses que j'ignorais, et plus y a de questions sans réponses.

— 9 —

Des réponses à certaines questions

Sur ce, MISHAËL réapparaît et décide : « Il est temps que je t'aide. Je vais répondre à certaines de tes questions, ce qui te donnera un peu de répit dans tes observations. Es-tu prêt à écouter mes réponses, comme tu t'es engagé à le faire? »

— Oui. Je commence à en avoir assez d'être témoin de tout et de ne pouvoir agir. Premièrement, combien de temps ça va durer?

Il me regarde en souriant :

— Tout dépend de toi. Pour le moment, ce qui t'arrive correspond à ce que tu souhaites au plus profond de toi. C'est pourquoi tu ne peux pas résister, tu suis tout ce qui se passe sur Terre. Tu as toujours aimé contrôler et, comme tu peux le constater, même sans corps physique, tu ne changes pas. Ici comme sur Terre, c'est ce que tu provoques qui t'arrive. En d'autres mots, tu attires ce que tu ressens le plus. Tu peux croire, si ça t'arrange, que tu veux quitter ton poste d'observation, mais ce que tu crois a peu de poids en regard de ce que tu souhaites vraiment. L'ego est tellement fort qu'il peut te faire croire à des balivernes. Ton désir de voir reste plus grand que ton désir de ne pas voir. Plus le désir est fort et plus il crée une énergie magnétique qui amène à toi l'objet du désir.

— Comment sais-tu ce qui se passe en moi?

— Les gens dégagent des couleurs, tu l'as constaté?

— Oui, mais pourquoi est-ce que je les vois? Et elles me révèlent ce qui se passe à l'intérieur d'une personne... Par exemple, quand ma fille dit qu'elle se fiche de moi, je sais que c'est faux. Ah je comprends... toi aussi, tu vois mes couleurs et c'est pour ça que tu sais tout.

— Bravo, tu as tout deviné.

— Mais d'où proviennent-elles?

— Sur Terre, vous les appelez « aura ». Elles dévoilent ce qui est vraiment vécu. Par exemple, quand une personne est en colère, même si elle est calme en apparence, son aura deviendra rouge. Quand une autre éprouve de l'affection, son aura se colore d'un beau rose et une troisième aura beau prétendre être pleine d'amour, si elle entretient de la rancune à l'égard d'autrui, son aura sera grise. Cependant, on ne perçoit les couleurs que quand on s'ouvre aux sentiments des autres. Mon cher Arissiel, tu développes actuellement une faculté que tu as toujours possédée et jamais utilisée. L'Homme est une créature merveilleuse, n'est-ce pas? Hélas, il a beaucoup plus de facilité à identifier ce qui se passe ailleurs que chez lui. Moi je suis ouvert à ce que tu vis, je peux donc savoir ce qui se passe en toi; quant à toi, plus tu t'ouvres, plus tu peux comprendre ce qui se passe chez les autres.

— Et comment se fait-il que, au sujet de mes enfants, j'aie des informations nouvelles? Par exemple, je savais que Ben et Diane étaient mariés et Diane enceinte, sans jamais en avoir entendu parler.

— C'est ce qui s'appelle la vision astrale. Ce n'est pas au plan physique que tu vois, le contact se fait d'âme à âme. Quand tu sais qu'une personne sourit ou s'irrite, c'est que tu as lu à l'intérieur d'elle. Te rends-tu compte à quel point les humains ont des possibilités, des talents et des capacités encore inconnus?

— Que de découvertes! Pourquoi ne peut-on pas voir les couleurs quand on est sur Terre? Ça serait très utile. En affaires, par exemple, personne ne pourrait se faire rouler!

MISHAËL m'interrompt :

— Je le savais! Ta première réaction est d'utiliser tes capacités pour éviter de te faire berner. Ce n'est pas comme ça que ça se passe. Avant que leur faculté de voir les couleurs se développe, les humains doivent sentir les émotions et les sentiments sans interférence mentale. Comme ils sont, pour la plupart, en contact avec leurs pensées et leurs croyances plutôt qu'à l'écoute des autres, ils n'y arrivent pas. Si tu avais eu cette faculté, tu aurais voulu profiter des autres, ça t'aurait causé beaucoup de tort…

…Et te rends-tu compte, tu n'as même pas pensé qu'elle pourrait t'aider à améliorer tes relations familiales et amoureuses! Alors, vaut mieux ne pas l'avoir développée. On doit utiliser les facultés humaines pour l'amélioration de la vie et l'aide à ses semblables, et pas inspiré par la peur - de quelqu'un ou de quelque chose. Malheureusement, plusieurs humains, une fois qu'ils ont développé une faculté, ne s'en servent pas à bon escient parce que leur ego essaie d'en profiter. Alors, ils tombent malades ou leurs relations se détériorent…

…Cependant, je suis très heureux de t'apprendre que d'ici peu, grâce au grand mouvement de conscientisation sur Terre, plusieurs humains emploieront correctement la capacité de voir l'aura. Par exemple, les médecins pourront reconnaître des années à l'avance qu'un cancer se développe chez un individu, à cause de son attitude intérieure. Bien des maladies graves pourront être évitées, ce sera merveilleux.

Devant mon regard qui trahit mes doutes et mes points d'interrogation, MISHAËL s'arrête, il sait que je ne peux pas en assimiler davantage.

Vais-je comprendre tout ça un jour? Je me sens si bien en présence de MISHAËL que j'aime l'écouter. Il veut vraiment m'apporter son aide, même si j'ignore quoi en faire. Au fait, pourquoi suis-je capable, ici, de voir les couleurs des gens alors que ça m'était impossible sur Terre?

Lisant ma pensée, il me répond spontanément :

— C'est parce que, dans ce monde de l'âme, tu es relié aux gens seulement par tes corps émotionnel et mental, tandis que sur Terre, le monde physique étant devenu le plus important, vous, les humains, faites trop appel à vos capacités physiques. Devenir conscient de tes facultés t'aidera, lors d'un prochain retour terrestre, à les développer également là-bas. La Terre est un endroit merveilleux, tu peux y vivre consciemment toutes les dimensions. L'humain est encore tellement peu conscient de son potentiel qu'il a besoin de venir ici régulièrement pour le développer.

...Revenons à ta première question : combien de temps devras-tu demeurer ici à observer et à apprendre? Tout dépend de ton désir de retourner sur Terre. Ne t'inquiète pas. Quand ton désir sera plus fort que ta peur d'y retourner pour faire face à certaines situations, tu ressentiras une attirance magnétique vers ce dont ton âme a besoin. Ça pourrait arriver bientôt ou dans très longtemps, selon ton choix. Je peux te dire que les âmes qui élargissent leur conscience y retournent rapidement; elles savent que cette conscience est l'unique moyen de se créer un paradis. Ici, tu apprends, mais tu dois utiliser cet apprentissage sur Terre pour que ta vie se transforme pour le mieux.

— Qu'est-ce que j'apprends? Je vis des émotions troublantes devant les suites de mon décès et certaines scènes du passé, c'est tout. À quoi ça sert?

MISHAËL me répond patiemment :

— Un jour, tout deviendra clair. Quand tu vivais sur Terre, combien de fois as-tu croisé d'obstacles, surmonté des difficultés? Souvent, n'est-ce pas? Et qu'est-il arrivé? Tu t'es aperçu, quelques années plus tard que, grâce à ces épreuves, tu as pris des décisions utiles, ou tu as amélioré le futur.

Il a raison, un incident me revient justement en mémoire : j'ai un peu plus de trente ans, je suis marié et père de deux jeunes enfants. Je viens de commencer à faire des affaires à mon compte personnel, et je prends beaucoup trop de risques; je suis trop sûr de moi, de sorte que je fais plusieurs mauvaises transactions et que je perds tout ce que j'avais économisé pour ouvrir un commerce. J'ai la peur au ventre. Heureusement, Mona n'est pas au courant, ses critiques n'auraient plus de fin! Je me fais déjà assez sermonner à cause de mes absences et du fait que, lorsque je suis à la maison, je passe mon temps au téléphone ou dans mes papiers. Mais c'est que je fais tout moi-même, jusqu'à taper mes documents à la machine à écrire.

Je vois ce que MISHAËL voulait me signifier. J'avais besoin de cette leçon; j'ai changé ma façon de travailler et par la suite je suis devenu un homme d'affaires averti. Mais ce qu'il me raconte et ce que je suis en train de vivre est très différent. Comment ça pourrait m'aider? Mon plus grand désir serait de continuer ce que je faisais sur Terre.

C'est bizarre, juste au moment où je pense à ça, quelque chose me dit que je ne pourrai pas continuer à vivre exactement comme avant. J'ai appris. Se peut-il que mon séjour ici commence à faire effet?

Conscient de cette réflexion, MISHAËL me regarde en souriant, m'encourage à poursuivre mes observations et, surtout, à ne pas hésiter à lui revenir pour des questions. Il m'explique que son aide sera beaucoup plus efficace si c'est moi qui en fais la demande. Je lui dis alors :

— Tu trouves normal que je regarde partout sur Terre… C'est indiscret, non? Moi, j'aurais détesté que n'importe qui m'observe à mon insu.

MISHAËL, amusé, sourit;

— Sais-tu qu'un jour, l'humain deviendra tellement vrai et transparent qu'il ne s'inquiétera plus de ce que les autres voient, pensent et savent de lui.

C'est à ce stade qu'on doit parvenir. Je souhaite de tout cœur qu'on y arrive avant d'autres milliers de vies. Heureusement qu'il y a déjà beaucoup de personnes vraies, surtout parmi les enfants. J'aimerais que les adultes en soient conscients et cessent de leur enseigner à craindre le regard des autres.

— Toi, quand tu vivais sur Terre, tu n'étais pas dérangé par le fait que n'importe qui lise tes pensées et sache tout de toi? Au fait, est-ce que tu as déjà vécu sur Terre, en tant qu'humain, ou es-tu un ange?

Son ton est sérieux quand il me répond :

— J'ai vécu des milliers de vies et j'ai eu la chance de rencontrer des personnes merveilleuses qui m'ont aidé à atteindre un état de détachement total. Je n'ai plus besoin de retourner sur Terre. J'ai choisi, cependant, d'aider le plus d'humains possible à atteindre cet état. Les humains doivent retourner sur Terre tant et aussi longtemps que le désir les mène. Donc, tu retourneras sur terre tant que tu auras des désirs inassouvis, qui cachent de la peur et de la culpabilité. En ce qui me concerne, si je retournais sur Terre, je pourrais y vivre sans jamais me sentir coupable, alors je n'aurais aucune crainte que les autres sachent qui je suis. Si j'entretenais une peur quelconque, je serais en mesure de l'observer et de l'accepter comme faisant partie du fait d'être humain.

— Ouf, c'est trop pour moi. Ce n'est pas utopique de croire qu'on puisse se débarrasser de toutes les peurs?

— Je ne dis pas que les humains doivent éliminer leurs peurs, je dis seulement qu'ils ne doivent pas être menés par elles. Ils doivent plutôt les utiliser pour découvrir le désir ou le besoin qu'elles cachent. Ainsi, leurs peurs seront utiles. Il est vrai qu'avec le temps, les humains, devenant plus conscients, en vivront de moins en moins. Tu en as, toi-même, qui ont disparu un jour?

— Bien sûr, lui dis-je. Jeune, j'avais peur des orages et puis, je me suis aperçu, un beau jour, que c'était terminé.

— Je ne parle pas de peurs physiques, faciles à identifier, mais des autres, plus subtiles, comme celle de se tromper, de faire rire de soi, de montrer ta vulnérabilité, de ne pas être aimé…

— J'ai toujours été fonceur dans la vie, je n'ai pas ces peurs.

MISHAËL me contredit d'un ton légèrement moqueur :

— Tu parles de ton courage et tu refuses de voir que ta peur existe. À quoi te sert ton courage, si ce n'est à défier la peur? Le courage peut être utile pour l'humain, mais s'il l'empêche de reconnaître la peur, il ne l'aide plus. Tant que tu n'admets pas la présence d'une peur, tu ne l'acceptes pas. C'est ta négation qui te fait retourner sur Terre. Avant de pouvoir gérer ta peur et d'apprécier son utilité, tu dois l'admettre et lui donner le droit de t'habiter. Bon, pour le moment, je te laisse à ton observation.

Aussitôt, mon regard se tourne vers les membres de ma famille, réunis au restaurant. Mona fournit à Ben un compte-rendu des décisions qu'elle et Carina ont dû prendre. Ben, silencieux, se ferme de plus en plus aux paroles de sa mère. Il plonge dans ses pensées : « Elle et Carina ne pensent qu'à la succession et à l'argent! Pourquoi ne pas attendre quelques semaines pour régler ça? Il n'y a pas le feu! Pourquoi ne sont-elles pas plutôt intéressées à parler de nos émotions suite au décès de papa?…

… D'ailleurs, combien de fois va-t-il falloir le répéter, je n'en veux pas, de son argent! Contrairement à ce que j'aurais aimé, c'est tout ce qu'il m'a donné depuis que je suis au monde. C'est à cause de ce fichu argent qu'il n'a jamais pris le temps d'être un vrai père. Et maintenant, Carina et maman font comme lui. Je n'en peux plus, je crois que je vais éclater. »

Son inconscience me sidère. Il refuse de reconnaître que mon argent pourrait l'aider dans ses projets et, surtout, lui permettre de vivre dans sa propre maison plutôt que dans un vieil appartement. Là où il a raison, par contre, c'est quand il pense que Mona semble pressée de tout boucler; elle pourrait effectivement prendre plus de temps pour parler de sentiments. C'est moi qui dis ça? Incroyable. Mais si j'étais à la place de Mona, j'aurais hâte moi aussi que tout finisse pour connaître le montant de mon héritage. Ah, je ne sais plus que penser. Bon sang! ! Est-ce vraiment une bonne idée de savoir ce qui se passe chez les autres? Ce n'est pas toujours rose!

En ce moment, Mona veut savoir de quelle façon les enfants entendent utiliser leur héritage. Ben continue à ne rien dire et tourne les aliments dans son assiette, se demandant quand Carina et sa mère s'apercevront de son malaise, et quand il pourra les enjoindre de discuter d'autre chose que d'argent. Sauf que le sujet intéresse Diane, qui écoute avec attention, bien qu'elle sente la tristesse et le bouleversement intérieur de son mari. Elle lui prend la main, et, d'une pression de la paume, lui demande d'être plus compréhensif et d'avoir confiance. Il retire sa main, gagné par la colère à l'idée que sa femme est en train de se faire avoir, et se referme dans sa coquille.

— La première chose qui me ferait plaisir, avoue Carina, ce serait de m'acheter une petite maison dans les Laurentides. Depuis que je suis agent que je veux avoir une maison là-bas, ça serait merveilleux de vivre au bord d'un lac. En plus, en ce moment, il y a une grosse clientèle qui veut s'établir à la montagne, alors les affaires sont bonnes. Puisque je me retrouve célibataire, je vais en profiter pour déménager dès que possible… Ce sera une nouvelle vie pour moi…

Une boule lui monte à la gorge, elle a de la difficulté à avaler et à respirer.

Sa mère sursaute :

— C'est fini avec Christian? Dire que vous deviez emménager ensemble! Ah! que je suis triste pour toi! Que s'est-il passé?

Carina s'aperçoit que non seulement sa mère, mais aussi son frère et sa belle-sœur sont surpris. Puisqu'elle fréquentait Christian depuis deux ans - ce qui ne lui était arrivé avec aucun autre compagnon -, ils croyaient qu'elle avait enfin trouvé « l'homme de sa vie ». Mais elle n'a pas envie de raconter son histoire et déclare que ce qu'elle a appris, au bout du compte, c'est que les hommes sont tous pareils et qu'elle ne peut plus leur faire confiance.

— Il va me falloir un bon moment avant de me rembarquer dans une nouvelle union, je vous le jure. Seule et indépendante, on évite les relations qui finissent en queue de poisson. Ce qui me fâche le plus, c'est d'investir autant de temps et d'efforts pour créer une relation durable et de m'apercevoir, au bout de compte, que ça n'a été qu'un leurre.

Mona et Diane, sensibles à la peine et à la tristesse de Carina, n'insistent pas, sachant qu'un jour elles connaîtront la suite. Par contre, Ben se dit : « Je ne suis pas surpris. Quand je les voyais tous deux, j'aurais pu parier que ça finirait comme ça. Carina passe de la douceur à l'agressivité en l'espace d'un instant et sans prévenir. Je ne pourrais pas vivre avec quelqu'un d'aussi ambivalent. Elle n'est pas vraie, pas sincère. Elle est trop attachée aux apparences et, en plus, elle demande sans cesse à son compagnon de lui prouver son amour. Comme elle ne m'a jamais demandé mon opinion sur sa façon d'agir avec les hommes, c'est inutile de lui en parler. Elle est comme papa là-dessus, elle ne voudra pas m'écouter. Heureusement que Diane est différente. »

Malgré la triste nouvelle, les femmes mangent avec appétit tandis que Ben grignote à peine sa salade. Oubliant sa propre faim de la veille, il est stupéfait de constater que les femmes ont conservé la leur dans les circonstances. *L'attitude des femmes te dérange n'est-ce pas, Ben? Tu leur découvres des aspects que tu refusais de voir auparavant? Prépare-toi, tu n'es pas au bout de tes surprises. Tu te rendras compte qu'aucune femme n'est parfaite. Jusqu'à aujourd'hui, tu n'as critiqué que ta sœur parce qu'elle est comme moi et tu as placé les autres sur un piédestal. Il est grand temps que tu te réveilles. Tu auras mal, mais tu apprendras à ne pas te faire manipuler. J'aurais bien voulu t'enseigner ça avant mon départ.*

Sur ce, Mona reprend la parole pour tenter de distraire Carina.

— Eh bien, moi j'ai l'intention de parcourir le monde! Peter sera très surpris d'apprendre la bonne nouvelle. Lui et moi, on adore voyager et, puisque je pourrai me le permettre, on devancera nos projets.

Elle devrait s'écouter parler. On dirait une adolescente émoustillée par sa première rencontre. Ah! que l'amour peut rendre aveugle et stupide! Vraiment, elle devrait admettre ses cinquante-deux ans! Que j'ai bien fait de ne pas me laisser aller après ma séparation! Autant res-

ter seul que d'agir en adolescent attardé. Je gage que son Peter va profiter de sa fortune, l'aider à tout dilapider et la plaquer ensuite. Que les femmes sont naïves!...

... Quand j'ai rencontré Luisa, elle réagissait comme Mona et son visage s'éclairait en ma présence. J'étais inconscient de sa manipulation, je me prenais au piège du velours de ses yeux pétillants et de son sourire. En fait, elle était peut-être sincèrement heureuse. Et pour être honnête, je dois avouer que moi aussi j'avais hâte de la revoir et que Mona semble bien avec son Peter... C'est assez! J'ai décidé de mettre fin à cette relation et j'ai bien fait! Heureusement que les hommes sont forts du côté émotionnel, autrement, à l'exemple des femmes, ils seraient affectés par les problèmes sentimentaux jusque dans leur travail.

Mona poursuit de plus belle :

— Je veux vous faire part d'une idée qui m'est venue hier avant de m'endormir. Je me suis vue créer un centre qui offrirait toutes sortes d'ateliers. J'ai même un local en vue pas très loin de l'endroit où je demeure. Ce serait un lieu consacré au développement artistique. Vous ne pouvez pas imaginer à quel point la peinture, la musique, la danse, le chant, l'écriture, bref, toutes les formes d'expression artistique nous permettent de nous comprendre et de nous connaître! Le plus intéressant, c'est le lien à faire entre les arts et les émotions humaines... Je m'y intéresse depuis un certain temps, et je suis très étonnée de tout ce que je découvre sur moi, et je ne suis pas la seule. J'aimerais beaucoup encourager la mise sur pied d'un centre qui permettrait ce genre de développement personnel, où je pourrais offrir mes cours de créativité.

Elle regarde Ben et lui dit :

— Benani, toi qui es un artiste, ça t'intéresserait.

Soudain, elle se rend compte qu'il n'a rien dit et n'a pratiquement rien mangé depuis le début du repas. Elle le regarde intensément : « Mais qu'y a-t-il, mon chéri? Tu n'es pas bien? Tu as les yeux tristes... »

Ben, n'en pouvant plus, lui lance d'un ton furieux :

— Je ne peux pas croire ce que j'entends. Moi qui pensais que papa était le seul à vivre pour l'argent, je me rends compte que vous trois, oui toi aussi Diane – il lui jette un regard sévère –, vous êtes aussi pires que lui. Vous ne parlez que d'argent, d'argent, d'argent et de tout ce que vous voulez faire avec. Qu'est-ce que vous avez à la place du cœur? Vous ne pourriez pas attendre quelques mois avant de dépenser SON argent? O.K. - il regarde Carina - peut-être qu'il n'a pas été le père idéal, mais vous n'avez pas de chagrin qu'il soit mort aussi brutalement? Vous ne pensez pas que lui, dans son au-delà, regrette de ne pas avoir eu le temps de faire ses adieux? Il a peut-être été dur, mais ça ne vous justifie pas de l'oublier pour ne penser qu'à son argent!

Il se tait. Les trois femmes qu'il aime le plus au monde le regardent, abasourdies. Sa mère lui fait signe de baisser le ton, il criait sans s'en rendre compte, ce qui semblait gêner les gens aux tables voisines.

Ses limites atteintes, il éclate en sanglots. N'ayant jamais été témoin d'une telle colère, Diane tente de le calmer en lui tapotant l'épaule. Agacé, il la repousse d'un geste brusque. Carina le regarde d'un air indéchiffrable; elle a remis son masque : personne ne peut détecter ce qu'elle pense ou ce qu'elle ressent. Elle est cependant pétrifiée devant l'attitude de son frère. Sa mère est la première à se ressaisir et s'empresse d'appeler le serveur pour demander l'addition. Ben, toujours en larmes, se lève en bousculant sa chaise et se précipite vers la sortie.

Diane le regarde franchir la porte puis suggère, mal à l'aise :

— Laissons-le seul quelques instants, ça va lui faire du bien.

Après avoir réglé la note, les femmes quittent le restaurant. Elles pensaient trouver Ben dehors près de la porte, mais il leur a échappé. Rapidement, elles s'entendent sur le fait qu'elles doivent l'aider et se promettent de poursuivre cette conversation ailleurs, à un autre moment.

Ben, lui, erre dans la rue de l'autre côté du stationnement. Il respire et se calme peu à peu. Il se mouche et sèche ses yeux avec le bord de la manche de son veston. Surpris, il prend conscience de l'endroit où il se trouve. « Mais qu'est-ce qui m'arrive? J'ai vraiment perdu les pédales. Je ne me reconnais plus. Quand je pense à quel point j'accusais papa d'être un vrai fou quand il criait et accusait les autres. S'il me voyait, il me le remettrait sur le nez. Ah! j'ai honte. »

Son regard se porte vers les trois femmes qui l'attendent près de la porte du resto. « Que leur dire? Je ne m'excuserai pas, tout est de leur faute. Si elles avaient plus de cœur, ça ne serait pas arrivé. Mais je n'en pouvais plus. Je ne devrais pas autant me retenir. »

Levant les yeux au ciel, il ajoute : « C'est parce que tu te retenais trop, papa, que tu perdais le contrôle? … Si seulement je pouvais le revoir, ne serait-ce qu'une journée, j'en profiterais pour l'interroger. J'ai l'impression de m'éveiller à des réalités nouvelles. Je ne suis pas sûr d'aimer ça. Que va-t-il m'arriver? Continuer à perdre mon contrôle? Découvrir chez Diane et maman d'autres aspects désagréables avec lesquels je suis en désaccord? C'est inouï que ni l'une ni l'autre ne se soit aperçue de ce que je vivais. Quant à Carina, ce n'est pas étonnant, elle ne pense qu'à elle. Bon, je retourne vers elles. Je vais prendre mon courage à deux mains et faire face à la musique. Et je ne m'excuserai pas, il n'en est pas question!»

Je suis fier de toi! Moi aussi je voudrais communiquer avec toi. Je t'ai toujours trouvé femmelette, mais derrière cette apparente douceur se cache une grande force de caractère. J'espère que tu vas continuer à développer cette force et cette résistance à la manipulation des femmes.

Il retourne au stationnement en observant les trois femmes de sa vie qui scrutent les environs pour le repérer. C'est Diane qui l'aperçoit la première. D'un geste de la main, elle lui fait signe et s'empresse d'aller à sa rencontre, suivie de Carina et de

Mona. Les quatre se rendent à la voiture en silence. Même Carina respire difficilement.

Mona se lance la première, et lui demande s'il désire poursuivre la conversation commencée dans sa chambre d'hôtel.

— C'est difficile pour toi, cette question de succession, mais il est hors de question que je reste ici plusieurs mois pour tout régler. Nous devons décider ensemble si nous allons au bout du processus maintenant ou si nous le laissons en suspens pour quelques mois, ce qui impliquera que je revienne.

Ben se sent prêt à discuter. *Il ne s'excuse pas, je suis fier de lui.* Les quatre montent dans la voiture et Carina conduit, maussade. Elle en veut à son frère de s'être emporté. Quant à lui et à sa femme, ils sont silencieux et mal à l'aise sur la banquette arrière.

Mona ne peut s'empêcher de jeter des coups d'œil furtifs à sa fille, et à son fils, par le rétroviseur. Elle pense : « Comment agir avec Benani? Rester ferme et ne pas encourager son attitude de victime ou me montrer douce et le consoler? C'est difficile d'être mère. Les enfants s'attendent à ce que nous ayons toujours l'attitude idéale, comme si nous avions un diplôme de parent ». Elle soupire : « Peu importe l'âge des enfants, c'est maman un jour, maman toujours! Bon, je lâche prise et je verrai au fur et à mesure quelle attitude adopter avec lui. »

Mona, tu m'épates. Si j'étais à ta place, je ne sais pas de quelle façon j'aurais réagi. Je me considère encore comme le père de ces enfants et j'ai à cœur ce qui leur arrive. J'ai hâte de terminer cette étape et d'entreprendre la suite. La vie est remplie de découvertes. Dire que je n'ai jamais aimé me faire surprendre... Maintenant, que me réserve ce cher MISHAËL?

Aussitôt imaginé, aussitôt apparu.

— Décidément, lui dis-je, tu connais la minute précise où j'ai besoin de toi! J'ai d'autres questions... Combien de temps durera mon rôle de père? Et me diras-tu bientôt ce que l'avenir me réserve?

MISHAËL, comme d'habitude, me répond avec un calme désarmant :

— Je ne peux rien te dire sur ton avenir ni sur le laps de temps pendant lequel tu te considéreras comme le père de tes enfants, parce que c'est toi qui décides. Au fur et à mesure que tu acquerras la conscience, tu sauras discerner ce qui t'est bénéfique. Pour te faciliter la tâche, tu aurais intérêt à lâcher prise comme le fait Mona. C'est le seul moyen de vivre moins d'émotions, de se détacher et de passer à autre chose.

— C'est quoi ce « lâcher-prise »?

— Je ne suis pas surpris de ta question, ce n'était pas ta spécialité, surtout dans ta vie personnelle. Mais ne t'en fais pas, tu fais partie des millions d'individus dont l'ego est tellement enflé qu'ils oublient de faire confiance à leur puissance intérieure. Néanmoins, tu as lâché prise plusieurs fois dans ta vie professionnelle.

— Enfin une qualité! Je commençais à me demander si je n'avais que des défauts! remarquai-je d'un ton moqueur.

— Tu as plusieurs qualités, mais combien de fois l'as-tu reconnu dans ta vie — à la fin d'une journée, avant de t'endormir par exemple?

— J'avais bien d'autres choses à penser. Qui pense à ce genre de choses?

— Et combien de fois par semaine complimentais-tu les autres sur leurs qualités?

— Euh, tu me prends au dépourvu... Pas souvent. Parfois, je pensais à leurs bons côtés, mais il ne me venait pas à l'esprit de leur en parler.

— Pourquoi?

— Sans doute pour ne pas qu'ils pensent que je voulais les séduire ou les manipuler.

— Alors, ça ne t'est jamais arrivé de faire des compliments à une personne, justement dans le but de la manipuler?

Je reste bouche bée. Oui, il m'est arrivé de complimenter Mona ou des clients pour arriver à les convaincre. J'avoue :

— Oui. Mais je disais des vérités, même si ça ne venait pas du cœur.

— Je te félicite pour la prise de conscience, sourit MISHAËL. Les compliments doivent venir du cœur, sinon ils sont manipulateurs. C'est la motivation qui importe. Or, un compliment provient vraiment de ton cœur quand il est fait sans attente, d'une façon gratuite, spontanée, pour le simple plaisir. Il faut seulement de la pratique. Tu vois où je veux en venir? Comme tu perçois les défauts et les faiblesses d'une personne ou d'une situation avant de voir leurs bons côtés, il est normal que ce soit ce que tu récoltes. Tu te souviens de la loi du retour? Elle s'applique partout. Tes vis-à-vis sont donc portés, comme toi, à voir tes défauts et tes faiblesses avant tes qualités. D'ailleurs, depuis que tu écoutes

tes proches, tu t'en es aperçu. C'est difficile, n'est-ce pas?...

... Revenons au « lâcher prise ». À trente-deux ans, tu te croyais invincible, tu as pris des risques incalculables et tu as tout perdu. Tout de suite, tu as admis qu'il était inutile de pleurer sur ton sort. Tu as tiré une leçon de ton expérience, tu as retroussé tes manches et tu t'es remis au boulot avec encore plus de force et de ferveur, en sachant au plus profond de toi que ça s'arrangerait. C'est ça, lâcher prise. C'est le fait d'être bien, même quand les résultats ne sont pas ceux qu'on attend. C'est laisser tomber le passé et se diriger vers ce qu'on veut en faisant notre possible et en sachant que, quels que soient les résultats, ils seront les meilleurs pour nous...

...À ce moment-là, tu ne savais pas où tout cela te mènerait, et finalement tout s'est bien déroulé. Et il y a eu plusieurs autres occasions où tu as tourné la page. Ici c'est la même chose. Dès que tu pourras lâcher prise sur tout ce que tes proches font et disent, ainsi que sur ce qu'ils pensent de toi, ça créera un espace, une ouverture vers d'autres réalités. Prends le temps dont tu as besoin. Puisque rien n'est perdu, ce que tu vivras avant de lâcher prise te servira, autant dans ce monde qu'à ton retour sur Terre. C'est encourageant, non?

Sur ce, je me retrouve à nouveau seul.

— *10* —

Benani et son père

Je suis à nouveau attiré vers mon fils. Il est dans la chambre d'hôtel de Mona, en compagnie des trois femmes de sa vie. Un serveur vient d'apporter un cabaret de cafés et de tisanes. Les quatre s'installent et Mona prend la parole.

— Benani, j'aimerais que tu nous fasses part ce qui te fâche quand tu nous entends planifier la succession de ton père…

Que ses yeux sont pleins de compassion! C'est fascinant de constater à quel point une mère peut sentir ses enfants. Elle sait ce qu'il vit, mais elle lui laisse l'occasion de s'exprimer en espérant qu'il se sente mieux. Quelle habileté! Et quelle différence avec Carina; mal à l'aise et impatiente de passer aux choses plus concrètes, ma fille tourne en rond, prétend ne pas s'intéresser à ce que raconte sa mère et refuse à l'avance de compatir à ce que Ben va dire. Tiens, elle s'assoit, résignée. Je la comprends! C'est ce que je ferais à sa place. La couleur autour d'elle est bizarre et désagréable, contrairement à celle autour de Mona, beaucoup plus douce. Finalement, est-ce que je suis si content que ma fille me ressemble?

Ben fixe sa mère, puis sa femme, pour finir par concentrer son attention sur sa sœur, assise tout droit dans son fauteuil, qui évite son regard et se réfugie dans sa carapace. « Pauvre Carina, elle a tellement peur de perdre le contrôle et de pleurer devant nous. Je vais attendre qu'elle soit absente pour me confier. Elle fait des efforts méritoires, déjà, elle met son travail de côté pour nous trimbaler partout… »

Il se tourne donc vers sa mère :

— Non, maman, ce n'est pas le bon moment. J'ai réussi à me calmer, alors continuez à parler de vos projets sans vous occuper de moi.

Sa mère, qui a saisi la transformation survenue chez lui au moment où il a porté son regard sur sa sœur, n'insiste pas.

Contente que la situation soit réglée, Carina prend la direction des opérations.

— Tu as mentionné que tu refusais l'argent de papa, mais tu as changé d'avis, j'espère. Ça pourrait améliorer votre vie, à Diane et toi, surtout que vous vous préparez à fonder une famille. Ça vous permettrait de prendre un bon départ.

Il est visible que Mona et Diane sont d'accord avec elle, mais Ben refuse de se laisser influencer.

— Ce n'est pas à toi de juger notre façon de vivre. Nous n'avons aucun luxe, mais nous sommes heureux, au moins. Toi, tu préfères l'abondance, comme papa, mais j'ai tellement peur d'être malheureux que je préfère me passer de luxe pour l'instant. Je n'essaie pas de vous dicter votre conduite, alors j'apprécierais que vous fassiez vos plans sans moi et que vous respectiez mon choix.

Mona reprend la parole :

— Mon chéri, je viens d'avoir une idée…

Ben tourne la tête vers elle. Interprétant ce geste comme une manifestation d'intérêt, elle poursuit.

— Tu as peur de te retrouver soudainement en face d'une petite fortune, je le respecte. Mais tu déménages et tu vas avoir un bébé, il faut y penser. Que dirais-tu d'accepter une petite somme qui te permettrait de t'installer confortablement? La différence, je la placerais dans un fonds que je remettrais plus tard à ton enfant si tu n'en veux toujours pas. Cette somme pourrait être très utile si l'enfant veut faire de longues études. Je t'admire d'être capable de dire non à cet argent qui pourrait être à toi dès maintenant, mais souviens-toi qu'il sera à ta disposition au besoin.

Diane est heureuse de cette suggestion. *Je suis certain que si elle n'aimait pas autant son mari, elle insisterait pour avoir dès maintenant la somme entière.*

Elle ajoute en s'adressant à Ben :

— Tu te souviens, mon amour, de ta joie à l'idée de construire ton studio dans notre appartement? Tu étais même prêt à emprunter à ta mère. Eh bien, elle te propose une solution! Cet argent nous permettrait de réaliser nos projets immédiatement.

Devant le regard de Diane qui sollicite son accord, Ben ne peut s'empêcher de mettre son entêtement de côté.

Il a du caractère, je n'aurais jamais cru ça de sa part. Il est vraiment contre tout ce qui vient de moi. Comme s'il craignait que, par simple contagion, mon argent l'oblige à devenir comme moi. C'est stupide!! Et borné! Il est incapable d'imaginer le plaisir que j'aurais à voir le fruit de mon travail lui faciliter la vie. Mais qu'est-ce que j'ai fait pour qu'il me haïsse à ce point?

Après un long temps de réflexion, Ben se rend :

— D'accord, ma chérie, tu auras moins de casse-tête budgétaire si tu n'es pas obligée de rembourser un prêt. Mais ne m'en demande pas plus. C'est tentant de savoir qu'un montant substantiel reste disponible pour nous, mais pour le moment, je ne pourrais pas vivre en paix à dépenser l'argent de mon père, je l'ai tellement détesté de ne penser qu'à ça.

Diane le regarde avec amour et reconnaissance. Elle respectera son choix, il le sait.

Je les envie de vivre une telle complicité. Ça durera combien de temps? On verra bien. Au début de notre mariage, je trouvais Mona si impulsive et spontanée que je la surveillais sans cesse pour éviter qu'elle prenne des décisions inconsidérées. Bien sûr, elle m'accusait de ne pas me mêler de mes affaires et de chercher à avoir raison à tout prix. Était-ce la bonne chose à faire? C'est peut-être ça que MISHAËL raconte : observer ce qui se passe sur la Terre me permettra de savoir quels compor-

tements changer. Ce qui me console, c'est de savoir que je ne voulais que son bien. « L'important, c'est l'intention », dit MISHAËL. Il faut seulement me rappeler que les moyens peuvent être différents. Mais lesquels utiliser? Va-t-il m'éclairer à ce sujet?

J'observe Ben, et une série d'images de son enfance me reviennent en mémoire...

Non seulement je refuse de l'écouter quand il veut me raconter ce qu'il vit, mais je le critique sans cesse : il ne court pas assez vite, il est trop petit pour son âge et, en plus, quand il se fait battre par ses petits copains, il vient se faire consoler par sa mère, ce que je juge méprisable. J'en veux à Mona qui va en faire une poule mouillée, je ne peux plus tolérer ce comportement.

Il a environ dix ans, je suis à la maison, et il rentre après une autre altercation avec un de ses copains du voisinage. Furieux, je le prends par le collet et le renvoie dans la cour, lui ordonnant d'aller administrer une fessée à celui qui est sur son dos. J'insiste : défense de rentrer tant qu'il ne se sera pas exécuté. Le pauvre, il tremble de tout son corps. Il veut me faire plaisir, mais il a une peur bleue de ce tyran, dehors. Il prend son courage à deux mains et réussit à le frapper une fois. Son adversaire, plus grand et gros que lui, prend rapidement le dessus et le frappe plus fort. Je n'en peux plus. Emporté par la colère, je sors d'un bond et je sépare les gamins en reprochant à mon fils d'être un peureux et un lâcheur. Tout heureux d'avoir gagné, le petit voisin répète en rigolant : « Peureux, lâcheur, peureux, lâcheur, peureux, lâcheur… »

En revoyant cette scène, je sais ce que mon fils pense. Il crie sa colère intérieure : « Quelle sorte de père ai-je, pour l'amour du ciel? Au lieu de prendre ma défense et de m'aider, il empire les choses. Je n'ai pas fini de me faire traiter de peureux et de lâcheur à l'avenir… Tout ça parce qu'il n'a pas de cœur. Quelle injustice! Qu'est-ce que j'ai fait au bon Dieu pour avoir un père autoritaire, aussi méprisant? »

Nous rentrons à la maison où Mona a tout observé de la fenêtre. Atterrée par mon attitude, elle m'accuse d'être un père dénaturé, ce à quoi je réponds :

— Si on veut que cet enfant devienne un HOMME, il faut que quelqu'un s'en charge. Comme ça n'est pas ta spécialité, je suis obligé de le faire à ta place. Je lui apprends à se défendre, il devrait me remercier. Ça lui servira tous les jours de sa vie. Plus tôt il apprendra, mieux ce sera pour lui.

Quand il sera adulte, ce sera trop tard. Moi, j'aurais aimé que mon père agisse ainsi. Mais lui, au contraire, il me décourageait, prétendant que les gens qui se battent le font pour cacher leur faiblesse. Quelle sottise! C'est vrai qu'il était vieux et ne pouvait pas penser comme les jeunes. J'ai dû tout apprendre seul! Ce n'était pas facile, mais je me suis débrouillé. J'étais plus grand et plus fort que la plupart de mes copains de classe, je te jure qu'ils n'osaient pas m'affronter. Mais regarde ton fils : il est beaucoup trop petit pour son âge. Tiens, je crois que je vais l'enrôler dans le football et lui faire prendre des cours de karaté. Ça devrait l'aider.

Mona réplique que je n'ai pas le droit d'agir sans lui demander son opinion. Soudain, je me rends compte que Ben avait entrebâillé la porte de sa chambre et qu'il a tout entendu. Incapable de se contenir davantage, il sort de sa chambre et me crie à pleins poumons :

— Je te hais, papa. Va-t-en en voyage faire tes affaires et ne reviens plus ici! De toute façon, quand tu es là, tout le monde est malheureux. Un père comme toi, je m'en passerais! Quand je vois comment sont les pères de mes amis, je les trouve chanceux. Et tu ne me verras jamais au football ou au karaté! Je ferai ce que je veux.

Sur ce, il tourne les talons et retourne à sa chambre en claquant la porte. Je suis estomaqué de sa réaction. Je ne me serais jamais attendu à ce qu'un petit bout d'homme de dix ans me défie. Ma seule réaction est de me dire qu'après tout, s'il a la force de m'affronter, son cas n'est pas désespéré.

J'avais totalement oublié cet événement pourtant très important. Pourquoi? En plus, je me rends compte que, devant la réaction de mon fils, je ne m'arrête pas pour sentir et pour évaluer la profondeur de ce qu'il m'a jeté au visage. Je n'entends pas son appel AU SECOURS et je rate l'occasion de me rapprocher de lui. Tout ce que j'avais à faire, c'était d'aller le retrouver dans sa chambre, de parler avec lui seul à seul, de lui poser des questions sur ce qu'il vit et ce qu'il aimerait. Et je vois ça seulement maintenant? Pourquoi donc? Bon sang! Je viens de trouver un exemple de comportement différent qu'on peut adopter à partir d'une même motivation.

Immédiatement, MISHAËL apparaît à mes côtés. Sans tarder, il souligne :

— Bon travail, Arissiel. Voilà ce que nous cherchons. Tu te rends compte que, en gardant ta motivation, tu peux changer de comportement. Est-ce clair pour toi que ton intention face à ton fils était bonne? En réalité, en étant dur avec lui, tu voulais qu'il développe sa force physique et qu'il soit considéré comme un VRAI HOMME. Mais être fort ne signifie pas nécessairement être puissant physiquement. Tu as certainement connu des colosses qui se transformaient en poules mouillées sitôt qu'ils faisaient face à un problème en affaires ou dans leur vie personnelle. La véritable force de l'être humain, c'est la foi en sa puissance intérieure. Cette force se dégage d'ailleurs nettement chez une personne consciente de la qualité de son énergie vitale. Selon toi, est-ce que les autres sentaient la puissance de ton énergie?

— Oui. Mes collègues et mes associés m'ont souvent dit que j'avais une présence forte, puissante et rassurante. Mais je pensais que c'était parce qu'ils sentaient ma détermination, la clarté de mes intentions et ma capacité de prendre des risques.

— Ces qualités découlent justement du fait que, au plus profond de toi, tu connaissais ta puissance, même si tu ne prenais pas le temps d'y penser de la façon dont nous en parlons maintenant. Souviens-toi cependant que cette force intérieure, comme toute autre sur la planète, peut être bien ou mal utilisée. Le vent, l'eau, le feu sont des énergies qui peuvent détruire, construire ou maintenir la vie, selon la façon dont les êtres les utilisent…

... Il en va de même avec la puissance intérieure. Elle est appelée DIEU sur votre planète. Voilà pourquoi tout ce qui vit peut être DIEU. Et les façons différentes d'utiliser cette énergie - ou force ou puissance - déterminent à quel degré les différentes formes de vie sur Terre ont la conscience de leur déité. Par exemple, dans les règnes animal, végétal et minéral, les organismes vivants n'ont pas une conscience assez élevée pour savoir qu'ils sont DIEU, qu'ils possèdent le pouvoir d'utiliser leur énergie selon leur volonté. Seuls les êtres humains bénéficient de cette chance. Hélas!, jusqu'à maintenant, la grande majorité d'entre eux l'utilise pour se créer une existence difficile et malheureuse...

... Comprends-tu maintenant pourquoi il t'est permis de connaître réellement ceux que tu as côtoyés de près durant ta dernière vie? C'est pour t'aider à te rendre compte que les moyens que tu as utilisés ne conduisaient pas à la vie harmonieuse que tu souhaites au plus profond de toi...

... Je te laisse poursuivre le visionnement des différends entre ton fils et toi. Continue à noter que ton intention était bonne, même si tu n'utilisais pas des moyens basés sur l'acceptation véritable. Malgré le fait que tu aies toujours été brave, tu verras que les moyens que tu as utilisés dans ta vie personnelle étaient souvent basés sur la peur, celle que ton fils ne devienne pas un vrai homme et se laisse manipuler par les autres, par exemple.

Sur ce, il disparaît.

Mon regard se pose à nouveau sur mon fils.

Il est adolescent. Depuis le moment où il m'a révélé qu'il me haïssait, il m'évite systématiquement. Quand je suis à la maison, il part sur-le-champ pour ne revenir que tard le soir. Quand je lui adresse la parole, c'est à peine s'il daigne me répondre. De toute façon, me dis-je, tous les parents ont des ados qui cherchent à éviter de communiquer avec eux. C'est la réaction normale des adolescents face à leurs parents. C'est ce que j'ai vécu et j'étais content que mon père m'épargne sa morale et ses remontrances. Lorsque Ben atteindra la vingtaine, nous aurons une meilleure relation.

Je me penche vers lui jusqu'à saisir ses pensées : « Est-ce possible qu'un père soit si égoïste et imbu de lui-même qu'il ne voit rien de ce que son fils vit? En plus, il est tellement orgueilleux qu'il ne pense pas à s'excuser des bêtises qu'il me dit depuis que je suis jeune. Il ne pense pas à modifier son comportement avec moi, ni avec personne d'autre, d'ailleurs. Puisqu'il nous rend malheureux tous les trois, c'est lui qui doit changer. En tout cas, pas question que je fasse les premiers pas. Avant que je lui parle pour vrai, il devra venir s'excuser d'avoir été aussi lâche. Et je n'ai aucune intention de devenir comme lui. Je veux être un artiste, pas un homme d'affaires. »

Comment est-ce possible? Il me traite de lâche et d'orgueilleux, après tout ce que j'ai fait pour lui, sa sœur et sa mère! Décidément, il exagère. Il n'aura certainement pas d'excuses, je n'ai fait que mon devoir de père, pour son bien. Comment pouvais-je imaginer agir autrement? Il ne me parlait presque jamais. Bon, je suis en train de me défendre. Il va falloir que je vérifie avec MISHAËL ce que j'aurais pu faire de mieux dans cette situation. Pourtant, plus tôt, je savais comment réagir… Pourquoi donc? Une autre question en suspens.

Une nouvelle scène commence. Nous sommes en plein milieu d'août. À la suite de trois semaines d'absence, je reviens à la maison. Mona m'apprend que Ben est parti vivre avec trois de ses copains dans un appartement. *Quoi? Impossible! Il vient d'avoir dix-huit ans!* Mon étonnement est à son comble.

— Et ses études, il les continue? lançai-je à Mona.

Non, il ne veut plus étudier. Son argument ressemble à ceci : « Qu'est-ce que ça donne d'avoir des diplômes? Je connais des finissants des meilleures universités qui ne trouvent pas de travail. »

Comme pour soutenir son fils, Mona ajoute :

— Je ne sais pas pourquoi tu t'attendais à ce qu'il fasse des études, tu n'as pas voulu en faire et ça ne t'a pas empêché de réussir, n'est-ce pas? Tu ne peux pas le convaincre de faire ce que tu n'as pas fait toi-même.

— Moi, c'est différent. J'ai une âme d'entrepreneur, j'ai toujours été débrouillard, j'ai des idées à revendre et je n'ai pas peur de prendre des risques. Ce qui n'est pas son cas. Qu'est-ce qui va lui arriver? Comment va-t-il gagner sa vie? Je ne paierai pas son appartement, et ne lui fournirai pas d'argent, tu peux en être sûre. Il veut laisser tomber ses études, qu'il s'arrange. Il se rendra vite compte que ce n'est pas facile de faire face à la vie. Lui et Carina ont été trop gâtés, ils ont eu tout cuit dans le bec... Dans le fond, c'est peut-être une bonne chose qu'il soit parti, il va devoir apprendre à se tirer d'affaire tout seul. Quand tu le verras, dis-lui bien une chose : s'il revient, ce sera à mes conditions et il devra faire ses études en administration ou en finances…

Je me retourne vers Mona.

— Tu ne sembles pas trop dérangée par sa décision, on dirait!

— Au contraire, J'ai beaucoup de peine. Mais il m'affirme qu'il sait ce qu'il veut et qu'il sait se contenter de peu. Ce qui me console, c'est que je le sens bien et enthousiasmé par cette nouvelle expérience. Pour moi, l'important, c'est ça, même si je ne suis pas d'accord avec son choix. Tu devrais voir son petit appartement sur la rue Saint-Denis. C'est archi vieux, pas étonnant que ce soit bon marché. Et grand comme ma main. Je ne sais pas comment il arrive à se débrouiller avec ses copains là-dedans, surtout après avoir habité une maison grande comme celle-ci. Il travaille seulement les fins de semaine, mais il en a assez pour vivre, paraît-il. S'il se trouve un travail à temps plein, il amassera son argent pour partir en voyage. En tout cas, il est bien décidé et semble savoir où il s'en va.

Coléreux, je me détourne de Mona.

Je n'ai pas le goût de lui rendre visite, me dis-je. Il est parti comme un voleur pendant mon absence, c'est à lui de m'appeler s'il souhaite recevoir ma visite.

Les scènes continuent à défiler. Je revois celle où, quelques semaines plus tard, il vient en visite un dimanche midi. Il ignore que je suis là car, en arrivant, il a été consterné de m'apercevoir, assis dans le salon, journal en main, pendant que Mona prépare le repas du midi. Paralysé, il veut tout de même être poli et me lance :

— Ah! tu es là? Euh, les affaires vont bien?

Je sens son malaise. Je le regarde à peine et, tout en poursuivant ma lecture, je lui renvoie un simple « oui, très bien ». J'estime préférable de ne rien ajouter, je pourrais perdre le contrôle et déborder. Si je lui dis ma façon de penser, ça provoquera de la chicane et je sais à l'avance que sa sœur et sa mère prendront son parti. J'essaie donc de me concentrer sur ma lecture. Rien n'y fait. Son regard me fusille derrière la tête. Je continue à faire semblant d'ignorer sa présence dans la pièce.

Maintenant, en revoyant cette scène, je peux voir ce qu'il pense et ressent :

« Pourquoi est-ce qu'il reste muet? C'est ça, mon père? Il agit comme si je n'existais pas. Il est fâché de ma décision et il meurt d'envie de me le crier au visage. Je préférerais ça à son silence et à son regard glacial. Mais qu'est-ce que je lui ai fait pour qu'il me traite si mal depuis si longtemps? Il passe mes actes au crible : je ne fais rien qui vaille, rien qui l'intéresse, rien qui soit acceptable à ses yeux. Et je n'en fais jamais assez. Il n'a pas remarqué mes bonnes notes au collège ni mes premiers prix en peinture et en sculpture. En plus, j'ai du talent en musique et je suis un bon bricoleur. Mais puisque je ne suis pas dans l'administration ou la haute finance comme il le souhaiterait, il me rabaisse. Je m'en fiche, moi, de faire de l'argent…

… De toute façon, je sais comment il le gagne, son fric : il profite des naïfs qui se laissent berner par ses manigances. Il pense qu'on ignore la façon dont il gagne sa vie, mais quand on entend des bribes de conversation avec ses amis... Le pire, c'est qu'il se croit honorable et important parce qu'il fait de grosses affaires. Enfin, cela ne me regarde pas. De toute façon, jamais je ne voudrai de son argent. Je me demande d'ailleurs pourquoi il en amasse tant!…

… Je me sens terriblement mal en sa présence! J'ai le sentiment de n'être rien. Heureusement que je ne le vois pas souvent. Non mais, il pourrait quand même me demander si je suis heureux dans ma nouvelle vie, ou si je vais bien! Pourquoi n'admet-il pas nos différences? S'il m'acceptait, je l'accepterais aussi, je lui pardonnerais même sa malhonnêteté…

… J'aimerais tellement parler avec lui, juste pour avoir une idée de ses projets, de ses motivations, de ses peurs, pour comprendre sa façon d'être à la maison et au travail… J'aurais tant de questions à lui poser. Mais je vais devoir mettre une croix là-dessus. Il faudrait un miracle avant qu'il accepte de parler de ces choses-là. C'est triste parce que, dans le fond, je suis sûr qu'il est malheureux. Je l'aime beaucoup, malgré tout, et rien ne me ferait plus plaisir que de le voir heureux. J'admire son assurance, sa force et sa volonté. Mais, s'il est vrai que nous vivons plusieurs vies, peut-être pourrions-nous nous reprendre? Qui sait? Une chose est certaine! Si un jour j'ai un fils, je me promets que nos relations seront différentes. Moi, je vais m'en occuper pour vrai. »

Ah! Si j'avais pu savoir ça dans le temps, j'aurais agi autrement. Mais comment? J'ignorais ce que Ben vivait. Je l'apprends à l'instant. Je me rends compte à quel point j'étais gauche. Étant donné que j'ai toujours refusé de copier mon père, je ne savais pas comment agir. Bon sang! Mon fils est comme moi, il fait tout pour être mon contraire, comme j'ai agi avec mon père. Quelle révélation!

Être un parent n'est pas chose facile. Pourquoi n'y a-t-il pas d'écoles pour les futurs parents? Mais je sais que je n'y serais sans doute pas allé. Et Mona, sûre que c'est plus facile quand on est jeunes, voulait des enfants au plus tôt. Où avait-elle appris ça? De toute façon, ça faisait mon affaire, je n'ai pas du tout aimé avoir des parents âgés. Mais ni l'un ni l'autre ne savions ce que représentait le fait d'être parents. Si nous en avions discuté à fond, ainsi que de nos peurs, de nos espoirs et de nos désirs, la vie de Ben aurait été différente.

Ma pensée se tourne encore vers lui. Je le vois en compagnie de ses trois camarades d'appartement. Il vient d'emménager et travaille occasionnellement dans un bar, mais ce qu'il cherche, c'est la possibilité de créer des pièces murales dans des endroits publics. Jusqu'à présent, il en a surtout réalisé dans des restaurants, et il a été sous-payé. S'il continue à ce rythme, il ne deviendra jamais prospère.

Mona m'avait mentionné qu'il pouvait peindre, cependant j'ignorais qu'il le faisait pour gagner sa vie. Il est aussi excellent sculpteur, il a reçu des prix à l'école; je le sais, même s'il est persuadé que je n'ai jamais porté attention à ses résultats scolaires.

Pourquoi ne m'a-t-il jamais demandé d'aller aux Beaux-Arts? S'il l'avait fait, qu'est-ce que je lui aurais répondu? Hum! sûrement non. Comment ai-je pu être aussi sourd et aveugle? J'entends MISHAËL me dire que ça ne donne rien de me critiquer. Je dois seulement me souvenir que ma motivation était bonne. Oui mais… n'est-ce pas normal pour un père de vouloir être fier de son fils? S'il s'était dirigé vers les affaires, comme moi, ç'aurait été plus facile. Jamais je n'ai pensé avoir un fils artiste, il n'y a pas d'argent à faire là-dedans, c'est un métier de crève-faim. Ceux qui sont célèbres ne sont devenus riches qu'après leur mort…

… Moi, imaginer mon fils dans la pauvreté? Jamais! Tout de même, je m'aperçois que ça me fait du bien de penser à mon intention plutôt que de me juger. Tiens, je vais porter de plus en plus attention aux paroles de MISHAËL. Il me donne des conseils utiles, je me sens tellement mieux après... du moins, la plupart du temps.

En pensant à son métier d'artiste, je revois la scène où, à seize ans, grâce à son professeur d'art qui s'avère être le frère du maire de Saint-Eustache, il a été sollicité pour créer une sculpture devant le nouvel Hôtel de Ville. J'entre à la maison et Mona, tout heureuse, s'empresse de m'annoncer qu'une magnifique surprise m'attend le lendemain : nous allons assister à l'inauguration du nouvel Hôtel de

Ville et au dévoilement de la sculpture de Ben. Elle est très fière de son fils, et elle s'attend à ce que je partage sa fierté. Je suis étonné que les trois aient gardé le secret jusqu'à présent.

Le lendemain, nous nous dirigeons vers Saint-Eustache tous les quatre. Ben est fébrile, nerveux. Une minute, il a hâte et l'autre minute, il a peur. Il semble inconfortable en ma présence. Durant la cérémonie, le maire le félicite en affirmant qu'il a beaucoup de talent. Il le remercie chaleureusement de sa généreuse contribution; en effet, le budget alloué à Ben a été entièrement consacré à payer les matériaux pour fabriquer l'œuvre. Quand vient enfin le dévoilement de sa sculpture, je reste bouche bée. *Ah! que c'est laid, atroce même. Et c'est supposé s'appeler de l'art moderne? Bon sang! où allons-nous dans notre monde moderne? Heureusement que je ne me laisse pas embarquer facilement dans les nouvelles idées! Qui voudrait payer pour de tels désastres? J'espère que Ben n'en fera pas un métier, il vivra pauvre jusqu'à sa mort.*

Au même instant, je croise le regard foudroyé de mon fils, ses yeux qui se mouillent, son visage défait. Il a tout de suite vu ce que je pensais de son travail. « Ah non!, encore des larmes à seize ans, c'est trop! », me dis-je. Je lui renvoie un regard sévère pour l'inciter à se contenir. Il se ressaisit, heureusement. Emballée, ma femme s'exclame :

— Tu ne savais pas que ton fils était aussi doué, n'est-ce pas? Ça fait plus de six mois qu'il besogne sur ce projet. Il était très enthousiaste, surtout à l'idée de te faire la surprise.

— Tu aimes ce genre d'horreur? C'est impossible! Ceux qui disent que c'est beau devraient être félicités pour leur politesse. Mais la politesse, c'est de l'hypocrisie. Et ce qui me choque le plus, c'est qu'il ait fait tout ce travail gratuitement. Ce n'est pas une façon de faire son chemin dans la vie.

C'est alors que mon fils se défile en vitesse pour aller rejoindre ses amis. Ma fille, rouge de colère, se tourne vers moi et me lance :

— Tu n'as pas de cœur, papa! Tu ne vois pas à quel point tu l'as blessé? Il n'a que seize ans et il ne pense pas seulement à faire de l'argent, lui. Ça a été tellement une belle occasion de faire connaître son talent. Mais non, au lieu de le féliciter, tu le ridiculises! Tu es incapable d'accepter des goûts différents des tiens, ni de t'intéresser à ceux qui pensent autrement. Quel orgueilleux! Viens, maman, allons rejoindre Ben. De toute façon, papa trouve sa sculpture tellement laide qu'il préfère sûrement partir.

Me jetant un regard méprisant, elle termine en déclarant :

— Surtout, ne t'inquiète pas pour nous, on trouvera bien quelqu'un pour nous ramener à la maison.

Comme elle est dure, ma belle Carina. Elle ne s'en rend pas compte et m'accuse d'être dur aussi. Elle n'a que treize ans et elle ose m'affronter avec cette violence? Si est agit ainsi avec ses copains, je comprends pourquoi elle n'en a pas. Mona, alarmée, me rapportait dernièrement que sa fille affirme que les garçons sont tous stupides ou immatures. Pourtant, à cet âge, les filles se montrent généralement intéressées aux garçons. Si elle est aussi autoritaire et exigeante avec eux qu'elle l'est avec moi, elle aura de la difficulté à entreprendre des relations. Je lui souhaite de s'adoucir avec le temps.

Mona reste bouche bée un moment devant la réaction de sa fille. Puis, pour indiquer son parti pris, elle part à son tour rejoindre Ben. Je les observe tous trois; ils se rapprochent du Maire qui, bienveillant, s'empresse de leur offrir une boisson.

Je n'ai jamais compris pourquoi ils ont réagi aussi fortement. Est-ce qu'ils préféraient que je leur mente?

Comment s'y prendre pour dire la vérité sans blesser? Le saurai-je un jour? Ça doit faire partie de ce que j'ai à apprendre, selon MISHAËL.

— 11 —

Des paroles de sagesse

Mishaël a le don d'apparaître quand je pense à lui. Il sait à quel moment j'ai besoin de sa présence rassurante. Sa lumière irradie tellement que j'en suis imprégné. Jamais je n'ai vu dans ses yeux ou entendu dans ses paroles un seul jugement. Il n'est pas d'accord avec mon comportement, mais il a une façon de communiquer avec moi qui rend tout plus facile. Je sais que j'ai intérêt à l'observer davantage. Si j'étais comme lui, la scène que je viens de voir se serait déroulée autrement. Tiens, il cherche à me dire quelque chose.

— Je suis heureux de tes questions et du fait que tu recherches des façons de mieux communiquer. Tu admires ma lumière, mais te rends-tu compte de la beauté de celle que tu dégages à certains moments? Notamment ceux où tu prends conscience qu'on peut éviter de blesser les autres? Tes interrogations et tes doutes signifient que ton cœur s'ouvre peu à peu à la compassion. Et c'est merveilleux....

... Je te suggère d'observer davantage tes réactions face à tes actions durant les événements du passé. Quelquefois, tu veux avoir raison en te convainquant que les autres ont tort, puis tu t'aperçois que finalement les autres ne se trompent pas autant que tu le croyais, t'en rends-tu compte? Dans un premier temps, c'est ton ego qui mène et dans le second, c'est ton cœur qui dirige. Quand ton ego a le dessus, tes couleurs se mêlent, s'embrouillent et lancent des éclairs rouges. Quand ton cœur prend la relève, très rapidement, de belles couleurs claires et pures, surtout roses, apparaissent. Elles sont tellement lumineuses qu'elles en deviennent éblouissantes, mais elles sont, dirait-on, aspirées quand ton ego reprend le dessus...

... Contrairement à ce qui se passe sur Terre, il est impossible de se leurrer dans ce monde-ci, à cause la vision astrale. Sur votre planète, les humains ne perçoivent qu'une partie de la réalité; l'ego qu'ils se sont créé, et auquel ils s'identifient totalement, biaise tout. C'est à cause de ton ego que tu ne voyais pas la vérité profonde des événements survenus avec ta femme, tes enfants et ceux qui t'entouraient : il s'acharnait à te donner raison, et tu gobais totalement son discours. Ici, dans le monde de l'âme, c'est pareil. Quand ton cœur se ferme, tu ne peux pas voir les situations d'un œil neuf; par contre, aussitôt qu'il s'ouvre, tu les vois avec clarté, parce que tu es dans une dimension de l'âme où c'est possible. Plus tu réussis à voir les situations passées avec le cœur, plus il t'est facile d'apprendre et de changer de comportement dans une vie future…

… Est-ce clair, à présent, que c'est parce que ton ego te dominait que tu étais aussi aveugle, sourd et insensible? Tu constates que, pour aider l'humain à accepter qu'il fasse fausse route, l'âme a besoin de revenir dans son monde. Ses visites régulières lui fournissent l'occasion de se remettre sur le chemin de l'harmonie, de l'intelligence et de l'amour. Sauf que, si les êtres dans lesquels ces âmes vivent possèdent tous le pouvoir de choisir, ils ne profitent pas tous de leur passage ici pour apprendre. Dans ce cas, leur évolution sur Terre dure plus longtemps…

… Je suis heureux de constater que tu utilises de temps à autre l'occasion d'ouvrir ton cœur pendant que tu revis ton passé. Par exemple, la question que tu posais il y a quelques instants, à savoir comment avouer la vérité sans blesser les autres… Sache que lorsque tu exprimes la vérité sans accuser l'autre, tu ne peux pas blesser. Rappelle-toi, durant le dernier incident, ta fille clamait sa vérité! Mais le fait qu'elle t'accusait en même temps t'a blessé, n'est-ce pas?

— Oui, profondément. Mais, est-ce parce qu'elle me trouve égoïste et sans-cœur que c'est vrai?

— Si tu te rappelles, j'ai bien dit SA vérité. Chacun possède une vérité qui lui est propre et c'est celle-là que nous devons respecter. C'est seulement lorsque nous essayons d'imposer la nôtre que nous blessons. Dans ce même événement, te rends-tu compte que, quand tu jugeais la sculpture atroce et laide, ce n'était que l'expression de ta vérité propre? La seule raison pour laquelle ta vérité a blessé Mona et tes enfants, c'est que tu voulais la leur imposer en les rabaissant. Ta fille avait raison de dire que tu étais orgueilleux, car ta façon de diminuer les autres signifiait que tu croyais ta vérité supérieure à la leur.

— Je t'entends utiliser les mots EGO et ORGUEILLEUX. J'ai souvent été traité d'orgueilleux, par des femmes surtout. J'ai toujours cru que c'était elles qui étaient arrogantes et qu'elles traitaient les hommes d'orgueilleux parce qu'elles étaient incapables de les contrôler. J'ignorais leur jugement, je ne me trouvais pas orgueilleux. Bien sûr, je m'affirmais, je donnais mon opinion ou je disais MA vérité, comme tu l'as si bien expliqué... Mais tu viens de dire que tu es d'accord avec Carina qui me traitait d'orgueilleux. Peux-tu m'expliquer ce que sont au juste l'EGO et l'ORGUEIL afin que je sache si je suis aussi suffisant que les autres le disent.

— En réalité, il est préférable d'affirmer que tu as un « comportement orgueilleux » au lieu de dire que tu ES orgueilleux. Ce comportement est inspiré par l'ego qui te mène, et que tu as créé avec toutes tes croyances mentales, c'est-à-dire avec tout ce que tu as cru vrai pour toi. En d'autres termes, tout ce que tu as mémorisé et que tu as appelé ta vérité constitue ton ego. Depuis longtemps l'humain ne sait plus QUI IL EST, à tel point qu'il devient ce qu'il croit, qu'il s'identifie à son ego.

L'ego juge tout : il croit que tout est bien, mal, correct ou incorrect, acceptable ou non, et ainsi de suite. Lorsque tu agis sans te demander si tu réponds à un besoin, c'est ton ego qui te dirige. Quand tu veux absolument avoir raison - ce qui donne tort à l'autre -, c'est que ton ego te domine, te possède. Quand tu ne lâches pas avant d'avoir gagné, tu fais preuve d'orgueil.

L'idéal serait d'accepter qu'une expérience puisse s'avérer vraie SUR LE MOMENT et non POUR TOUJOURS. Autrement, lorsque quelqu'un, ta fille par exemple, te dit une vérité que tu contestes, tu t'obstines à la faire changer d'avis afin qu'elle adhère à ta vérité. Tu te remets à ce que tu as vécu dans le passé plutôt que d'accepter que tout se transforme, autant pour toi que pour les autres, et que chacun possède une vérité différente. Tu as donc un comportement orgueilleux chaque fois que tu te crois supérieur. Vois-tu maintenant pourquoi il est si difficile d'être bien avec une personne dominée par son orgueil? Personne n'aime être rabaissé. Toi, comment réagis-tu lorsque quelqu'un essaie de t'imposer ses idées?

— Ça me met en colère. Et quand la personne s'entête et refuse d'écouter mon point de vue, elle n'en vaut pas la peine et je mets une croix sur notre relation.

— Tu vois? Toi aussi, tu as de la difficulté avec les comportements orgueilleux. Il serait donc bon pour toi de te rappeler que les autres ont la même réaction. Le plus triste, c'est que des gens développent un comportement orgueilleux pour se faire remarquer, pour démontrer leur importance et que, ce faisant, ils deviennent des repoussoirs vivants…

… Ceci dit, je ne veux pas te reprocher de laisser ton ego te contrôler, mais te faire mieux comprendre les événements de ta vie. Tu es ici pour devenir conscient du chemin qu'il te reste à parcourir avant d'atteindre l'amour véritable, l'acceptation inconditionnelle de toi et des autres…

… Plus tôt, tu te demandais quels autres comportements tu aurais pu adopter dans certaines circonstances et pourquoi un nouveau comportement te venait parfois spontanément? Ne cherche pas à tout résoudre d'un coup. Donne-toi du temps. Note qu'à certains moments les réponses surgissent et qu'à d'autres, elles se font attendre. Ce que je peux te dire pour l'instant, c'est que, dans les occasions où tu manques de réponses, tu peux remarquer que tu passes à travers tellement de douleurs et de peurs que ton ego, pour te protéger, refuse de s'y attarder, et fait tout pour t'éloigner de ce que tu veux réellement. Rassure-toi, tout se clarifiera pour toi en temps et lieu.

Ah, il a le don de m'apaiser. Mais que j'en ai à apprendre! Il a encore deviné mes questions et ça m'a vraiment plu, cette fois. Je ne me sens plus épié. Je m'habitue doucement à sa présence et à ses conseils.

MISHAËL poursuit :

— Rappelle-toi : durant ton séjour ici, l'important n'est pas de juger qui ou quoi que ce soit, mais de découvrir des moyens plus intelligents d'agir. Tu auras à revivre le même genre de situation durant des vies ultérieures.

Selon lui, le fait de devoir passer par des expériences désagréables donne l'occasion de découvrir ce qu'on souhaite vraiment faire dans la vie. Cependant, ce qu'il ajoute me fait réagir :

— Un jour, l'être humain sera si conscient et si intelligent qu'il n'aura plus à s'attirer des situations contraires à qu'il désire pour en tirer des leçons de vie. Il cheminera directement vers l'objet de son besoin profond, c'est-à-dire vers une vie de paix, d'amour et d'harmonie.

— Alors je ne suis pas intelligent? J'ai toujours su que j'avais beaucoup de talent et je me suis souvent fait dire que j'étais intelligent, brillant, même.

Il me regarde, amusé, et me demande ce que l'INTELLIGENCE signifie pour moi. Je lui réponds avec empressement :

— Une personne intelligente ne se fait pas duper, pense plus vite que la majorité, est capable de saisir et d'apprendre rapidement et a une bonne mémoire.

— Ce n'est pas du tout la vraie signification de l'intelligence. D'abord, apprendre rapidement et posséder une excellente mémoire sont des atouts de l'intellectualité. L'intelligence, elle, est différente. Elle reconnaît ce qui est le meilleur pour nous, ce qui nous apporte des bienfaits, des avantages, et surtout, l'harmonie. Être intelligent, c'est être conscient de l'utilité de ce que nous faisons, disons, pensons et ressentons. L'intelligence est intimement liée à la loi de cause et effet…

…Par exemple, lorsque tu observais, un peu plus tôt, une scène avec ton fils de dix ans, tu as imaginé une meilleure attitude à adopter avec lui; c'était un signe d'intelligence. Tu t'es rendu compte que ton attitude passée n'était pas intelligente, puisque ses résultats se sont avérés désastreux pour toi et pour lui. À force d'observer les scènes de ta vie et de découvrir l'attitude à adopter, tu développeras ta conscience et tu auras plus de chances que tes vies futures soient vécues dans l'intelligence et, par conséquent, qu'elles soient harmonieuses et heureuses…

…J'ai mentionné que, pour vivre dans l'intelligence, les humains doivent toujours se rappeler la loi de cause et effet, c'est-à-dire la loi du retour. Comment sens-tu cette loi? Est-il clair pour toi qu'elle est immuable? Que tout ce qui arrive aux êtres humains découle d'une cause mise en mouvement par eux? Qu'il est impossible de récolter sans semer, par exemple, de récolter des carottes si on n'en sème pas?

— Oui, j'ai souvent entendu Mona en parler, mais je ne suis pas prêt à accepter que cette loi soit toujours vraie. Par exemple, dans le monde professionnel, j'ai travaillé, fait des sacrifices et pris quantité de risques; j'ai donc récolté la fortune qui m'était due. Mais il y a eu également des circonstances où le contraire est arrivé. Qu'ai-je fait pour mériter l'attitude de mes parents, de Mona et de mes enfants envers moi? Je n'ai jamais voulu être enfant unique de parents trop vieux et trop pauvres, ni vivre de conflits aussi prolongés avec mes proches. Je n'ai jamais voulu tout perdre et avoir à tout recommencer et je n'ai surtout jamais voulu mourir à cinquante-cinq ans sans faire la paix avec mes proches et sans jouir de ma fortune. Tu es sûr que tout provient de nous? J'ai peine à croire que je pourrais semer quelque chose d'aussi peu intelligent!...

... Quand je me plaignais d'injustices et que Mona me parlait de la loi du retour, je me demandais où elle allait chercher ça. Elle a toujours été intéressée par ces notions que je ne connais pas. Parfois, elle me lisait des extraits du livre en cours et ça avait un certain sens pour moi, mais tu dois admettre que cette loi du retour n'est pas facile à digérer, n'est-ce pas?

MISHAËL paraît amusé de ma réaction.

— Tu penses souvent à des injustices que, selon toi, tu ne méritais pas; en somme, tu ne crois pas que tu récoltes ce que tu sèmes…

— Tu ne trouves pas que la vie est injuste? Pas seulement pour moi, mais aussi pour d'autres personnes, mes parents par exemple, ainsi que des collègues de travail travaillants et honnêtes qui ont été très malchanceux. Qu'est-ce que tous ces gens ont pu semer pour récolter autant de malheurs?

— Tu vas devoir apprendre que la vie, en réalité, est d'une grande justice et d'une grande justesse. Rien ne tient du hasard. Tout, sans exception, est le résultat d'une action ou d'une pensée. De ce fait, il t'est impossible de savoir pourquoi d'autres subissent ce qui t'apparaît comme de l'injustice. Par exemple, s'ils travaillent beaucoup et ne semblent pas récolter d'effets positifs, c'est peut-être qu'ils entretiennent des peurs de ne pas réussir. Personne ne peut savoir ce qui se passe au plus profond des êtres…

… Prenons l'exemple suivant : si tu es patient et tolérant avec certaines personnes, elles le seront avec toi. Si, au contraire, tu te fâches contre elles et leur cries à la tête, elles auront une attitude agressive face à toi. Autre notion utile : si tu es patient, tu te mériteras d'être en meilleure santé, de mieux digérer, de jouir d'un meilleur sommeil et de conserver un corps et un esprit vifs et jeunes plus longtemps. Si tu es impatient, tu pourras avoir des problèmes de digestion, des baisses d'énergie et être malade plus souvent, et plus tôt, dans ta vie. Et ton attitude affecte directement tes relations affectives. Vois-tu à quel point chaque action a un effet, et ce, sans arrêt?

— Je n'en suis pas sûr. Je connais des gens qui ne disent pas un mot, ne se mettent pas en colère, qui sont bons, patients, doux et tolérants, je dirais même bonasses, et qui sont tombés malades. Ma voisine, tiens, est tombée malade. Son mari lui manquait de respect et lui criait toujours après. Où est la loi du retour dans sa vie? Pourquoi a-t-elle récolté l'opposé de ce qu'elle semait?

— Tu as raison, me dit MISHAËL avec sa patience habituelle, ce genre de situation peut arriver. Il faut savoir que la loi est liée à notre motivation intérieure, autrement dit, que nous récoltons selon nos croyances et notre attitude intérieure; c'est à cause de ça qu'une personne peut récolter en apparence le contraire de ce qu'elle a semé…

…Si une personne est patiente et que, par compassion pour la nature humaine, elle croit sincèrement qu'il y a du bon en chacun, elle récoltera de la compassion et de la patience, quelles que soient les erreurs qu'elle commette. À l'opposé, ta voisine qui récolte de la colère de la part de son mari a probablement énormément de colère à l'intérieur d'elle-même. C'est à cause de la peur qu'on refoule un sentiment. Dans son cas, ça peut être la peur de l'indifférence ou de la colère de son conjoint. Si elle récolte violence verbale et non-respect, cela indique qu'elle ressent la même colère et le même irrespect, même si elle ne les exprime pas : une émotion intérieure est tout aussi active et puissante quand elle est tue…

…D'ailleurs, plus une émotion négative est refoulée ou niée, plus elle agit comme un aimant autour de la personne, attirant la même émotion de la part des autres, et ce, pour l'aider à devenir consciente de ce qu'elle ne veut pas voir. Vois-tu pourquoi la loi de cause et effet est tellement spéciale? Et pourquoi est-il si important de récolter afin d'en devenir conscient?...

… Maintenant que tu connais l'importance de l'intelligence et de la loi du retour, tu es en mesure de te rendre compte de tous leurs bienfaits. Il ne te reste qu'à choisir une façon de vivre dans ta prochaine vie. Avec moi, tu apprends des moyens susceptibles de t'aider à ton retour sur Terre, mais tu ne peux rien régler ici. Pour qu'ils soient bien intégrés à ton âme, il faut absolument que tu utilises ces outils sur Terre, ce qui t'évitera d'avoir à y retourner sans cesse…

… Ceux qui sont là-bas doivent également appliquer leurs connaissances. Tu as vu que Mona participe à plusieurs ateliers, tu as aussi été en mesure d'observer qu'elle utilise son savoir pour devenir sage et sereine. Si elle n'utilisait rien de ce qu'elle apprend, son savoir resterait dans sa mémoire un temps, et serait oublié par la suite. Elle aurait à revenir dans une autre vie pour réapprendre les mêmes principes…

… J'ai pu aussi constater que tu admires sa façon compatissante de gérer les situations difficiles, surtout avec ses enfants. C'est un bel exemple à suivre dès ton retour sur Terre. Bien sûr, personne ne peut décider pour toi. Mon seul rôle est de t'épauler et de t'enseigner des notions nouvelles, mais toi seul détiens le pouvoir de choisir ce que tu feras de mes enseignements.

Ah! il m'ennuie quand il parle de mon retour sur Terre. Ça ne sert à rien, j'ai beau me le faire répéter, je ne peux pas accepter ça. Il doit le savoir, lui qui sait tout. Pourquoi agit-il comme si c'était déjà tout décidé?

Tellement impatient que j'en suis irrité, je l'interromps :

— Je ne peux pas accepter cette affaire de réincarnation. Depuis le début, tu me dis que je vais retourner sur la Terre. Je ne sais pas pourquoi, ça a le don de me mettre en colère.

Il a un ton légèrement moqueur quand il me répond :

— Tu ne sais pas pourquoi? Vraiment?

Tout à coup, la réponse me vient :

— Oui. Je sais. Je suis découragé d'avoir à tout recommencer... Tiens, j'ai une idée! Je me réincarne à condition de pouvoir récupérer ce que j'ai réussi à accumuler ces derniers dix ans. Est-ce que c'est possible? Comment ça se passe au juste?

MISHAËL pousse un grand éclat de rire.

— Pour commencer, me dit-il en reprenant un ton sérieux, tu n'as pas vraiment le choix. Les âmes doivent retourner sur Terre jusqu'à ce qu'elles ne soient plus attachées aux personnes et aux biens terrestres et qu'elles puissent vivre des expériences positives ou négatives sans se juger, seulement à titre d'expérience. C'est cela, vivre dans l'acceptation totale, ou dans l'amour inconditionnel. Quand je dis « tu n'as pas le choix », je veux faire une nuance : l'humain possède le pouvoir de choisir sur Terre, mais ce pouvoir n'est que matériel, c'est-à-dire physique, émotionnel et mental. Au point de vue spirituel, tout doit retourner à la lumière, qu'on le veuille ou non.

En voyant un point d'interrogation apparaître dans mes yeux à la mention du concept du « choix », MISHAËL me rassure en me déclarant qu'il y reviendra un peu plus tard quand j'aurai digéré la notion d'acceptation totale.

Je ne peux m'empêcher, alors, de lui poser une autre question :

— Ce que tu me dis me paraît être un rêve à grande échelle. Je n'ai jamais entendu parler d'êtres humains qui réussissent à vivre seulement dans l'amour et l'acceptation totale. Tu sembles insinuer, en plus, que nous nous reverrons souvent. Combien de temps ton enseignement va-t-il durer? Que va-t-il m'arriver au juste?

— Je t'ai dit que tu m'avais été assigné et que mon rôle était de t'amener à vivre dans l'amour véritable dont je t'ai parlé à maintes reprises. En plus, tu as la chance d'être parmi les privilégiés qui y parviendront plus rapidement. En ce moment, il y a une grande urgence sur la planète Terre; à cause de toutes les peurs des humains, les vibrations sont tellement lourdes qu'il est de plus en plus difficile d'écouter son cœur et de retourner vers la lumière. Alors, des milliers d'entre nous ont reçu la permission d'aider certaines âmes à revenir à la lumière plus rapidement que de la façon conventionnelle.

— Que veux-tu dire par lumière? Qu'est-ce que ça implique « retourner vers la lumière »?

— As-tu remarqué? Quand tu vis des peurs ou des doutes, tout te semble plus lourd et plus sombre; quand tu es incapable de choisir une direction, ce n'est pas clair en toi, plus tu as peur de te tromper, plus c'est sombre.

— Tu te retrouves dans la noirceur plutôt que dans ta lumière, n'est-ce pas? Cela indique que tu as oublié que l'état naturel de l'humain est de se rappeler sa lumière intérieure. En réalité, seule la lumière existe. La noirceur n'est que l'absence de lumière. Quand il fait nuit, n'est-ce pas parce que le soleil est caché par la Terre? Aussitôt que la terre tourne sur elle-même et se retrouve face au soleil, la lumière revient…

… En réalité, la lumière ne disparaît jamais. Il en va de même pour les humains. La majorité, hélas, tourne le dos à la lumière. Chaque fois que c'est ton ego, et non ton cœur, qui décide pour toi, tu fais partie de ceux-là. Quand c'est l'ego qui décide, tu replonges dans tes peurs, et, par le fait même, dans la noirceur. Et quand tu reprends contact avec ton cœur, c'est-à-dire avec l'amour véritable, tu es dans la lumière.

— Eh bien, c'est cela que nous, les guides, souhaitons : aider le plus grand nombre d'humains à connaître le degré de bonheur et de liberté qu'ils peuvent atteindre dans leur monde physique, émotionnel, mental et spirituel, lorsqu'ils vivent dans l'amour plutôt que dans la peur. Si nous n'accomplissons pas notre mission, la Terre et ses habitants vont vers de grandes catastrophes. Mais nous savons qu'il est possible de les éviter.

— Tu retourneras sur Terre, tu n'as pas le choix; par contre, tu peux déterminer le moment de ce retour, les circonstances dans lesquelles il s'effectuera et tes projets pour tes prochaines vies. Si tu refuses, tu continueras à vivre là où tu éprouvais des désirs, des émotions, de la colère et des frustrations, dans la dimension où tes pensées se matérialisent devant toi. C'est également l'endroit où, contrairement à ce qui se passe sur Terre, il n'y a pas de repos possible, c'est-à-dire ni sommeil ni alcool, aucun moyen de fuir ou de s'engourdir. Là, tu perçois les choses telles qu'elles sont, jusqu'au jour où tu supplieras de retourner sur Terre pour y vivre et apprendre des choses nouvelles.

— Maintenant, il te reste à faire un bilan de toutes les actions qui t'ont attiré la récolte de situations agréables et désagréables, et à évaluer ton attitude intérieure. Ensuite, tu pourras rencontrer des âmes qui font partie de ta famille. Pour terminer, je te propose une façon de réaliser dans une prochaine vie un progrès auquel tu devrais normalement consacrer une centaine de vies. Es-tu prêt à tenter l'expérience? Je te préviens, si tu prends ce risque, tu auras la chance de vivre une vie merveilleuse, mais si tu en dévies, tu vivras des expériences très difficiles.

— Ah! moi qui aime les défis, tu commences à m'intéresser. Je vois qu'ici vous savez ce que vous faites quand vous choisissez ceux qui peuvent tenter de nouvelles expériences. Je gage que vous désignez surtout des gens qui aiment les défis!

MISHAËL me regarde intensément, mais demeure muet.

Est-ce que je devrais lui faire confiance? Mais qu'est-ce qui m'arrive? Je ne peux plus penser clairement. Tout se bouscule dans ma tête. Je veux faire confiance à MISHAËL... Oui, mais je dois aussi être prudent, je ne veux pas être trompé, dupé... Eh bien, je vais faire comme dans le passé quand je n'arrivais plus à réfléchir ni à faire de choix. Je tire à pile ou face. Une pièce de monnaie apparaît dans ma main. Je la fais virevolter, et le côté face se dépose devant moi, ce qui signifie que j'accepte la proposition de MISHAËL…

… Ouf, c'est bizarre, je me sens bien, tout à coup. Je sens que je viens de prendre une décision très importante que je ne regretterai pas, même si je ne sais pas dans quoi je m'embarque. C'est très correct que nous, les humains, ne connaissions pas l'avenir. Dans mon cas, du moins, ça a été profitable, surtout à l'occasion de décisions d'affaires. Dans ma vie personnelle, oh… ça aurait été bien que je sache d'avance ce que j'allais récolter. Eh là! Qu'est-ce qui se passe? Est-ce que je deviendrais plus sage? On dirait que c'est MISHAËL qui parle par ma bouche…

… Tiens, je me rends compte que je ne connais pas sa proposition et que je n'ose pas la lui demander. Pourquoi me regarde-t-il de la sorte? Il suit encore ce

que je pense, je suppose! Décidément, il m'intrigue. Je le sens tellement bien dans sa peau. On dirait qu'il n'a aucun souci. Est-il possible de se rendre là? Ça y est, j'entends sa réponse à l'intérieur de moi : « OUI, C'EST POSSIBLE. »…

… Quel grand amour se dégage de tout cet être! Que ça me fait de bien! J'y prends goût, décidément.

— 12 —

Ari et Mona

Soudain, je sens le besoin d'être seul et je me retrouve instantanément dans un autre lieu. WOW! Quelles jolies fleurs... et quelles odeurs! Où suis-je? Et tous ces arbres! Jamais je n'en ai vu de si beaux, de si parfaits! Est-il possible que des arbres puissent dégager autant de parfums différents? Plus je regarde autour de moi et plus je découvre de merveilles. Ces bancs transparents un peu partout, de quoi sont-ils faits? Sont-ils assez solides pour que je m'y assoie? Mais oui! Ah! que je me sens bien. J'en profite pour me reposer et savourer cette nature splendide.

Je replonge dans mes pensées. Je m'y attendais, elles déroulent devant moi comme un film. La scène se passe en 1960, Carina a à peu près un an. Mona et moi avons fini de nous préparer en vue d'une soirée au Caf'Conc, excellente salle de spectacles logée à l'intérieur d'un hôtel de Montréal. J'ai offert à Mona de l'y emmener pour lui faire plaisir, étant donné qu'elle sort peu depuis la naissance des enfants. J'ai obtenu deux excellents billets d'un client en dette envers moi et qui cherche à me faire patienter – ce que je prends soin de cacher à Mona. Avant de quitter la chambre, elle s'accroche à mon cou, heureux :

— Il me semble que ça fait une éternité que nous n'avons pas passé une soirée en amoureux. La vie change quand les enfants arrivent, n'est-ce pas? J'aimerais faire ça plus souvent, pas toi?

— Excellente idée! Je te promets que je vais essayer de me libérer plus souvent à l'avenir, ma chérie.

Une ombre traverse son regard. Elle a entendu cette phrase des dizaines de fois et, désormais, ça lui est difficile de me croire. Elle continue cependant à espérer, que, cette fois, je sois sincère.

Or, je suis sincère, j'ai vraiment l'intention de tenir parole. *Je ne sais pas que même si ma bonne intention est réelle, je fais passer le travail avant ma vie familiale malgré moi.* Mona est ravissante avec sa chevelure rousse qui ondule sur ses épaules et sa robe verte très seyante. Elle a retrouvé sa taille de jeune fille après ses deux grossesses. J'ignore comment j'aurais réagi si elle était restée grasse. Nombre de femmes se fichent de leur taille après être devenues mères, on dirait. Plus rien ne compte pour elles, pas même le désir de leur mari. C'est égoïste de leur part.

À cet instant, la voix de MISHAËL me chuchote à l'oreille :

— T'es-tu déjà mis à la place d'une femme? En plus d'avoir à porter un enfant neuf mois, d'être désespérée devant son corps qui change, d'être inquiète à la perspective de ne jamais retrouver sa taille, elle se demande si elle saura comment s'occuper du petit être qui vient... Tu crois qu'une maman peut accorder une priorité au désir de son mari? Si tu avais été femme et mariée à un homme comme toi, ne crois-tu pas que tu aurais trouvé ton mari égoïste?

Où est-il? Je l'ai entendu, pourtant. Non seulement il sait tout de moi, mais il peut se rendre invisible. Encore un autre truc auquel je devrai m'habituer. Il a vraiment le don de me remettre à ma place, celui-là.

Après mille et une recommandations à la gardienne, Mona et moi quittons enfin la maison. Je trouve qu'elle a exagéré, cette dame est loin d'être une débutante. *Ah! que je suis impatient! Je ne peux m'empêcher de saisir le point de vue de MISHAËL et je déteste me rendre à l'évidence, mais c'est vrai que je ne pense qu'à moi.*

Nous roulons vers l'hôtel. Mona est tout heureuse devant la perspective de notre soirée. Elle déclare tout de même :

— J'espère qu'il n'y aura pas de problème à la maison…

Je ne peux m'empêcher de lui couper la parole :

— Arrête de t'inquiéter! C'est de la démesure, toutes ces recommandations à une femme qui garde des enfants depuis des années! Un peu plus et tu la traitais d'incompétente. À sa place, j'aurais été insulté et je serais parti sur-le-champ. Heureusement, elle est patiente, c'est la seule raison pour laquelle elle a écouté ta litanie de conseils.

Mona essaie tant bien que mal de se justifier et de m'expliquer, mais je ne l'écoute pas : je veux qu'elle comprenne mon point de vue.

Voici une autre situation où mon intention est bonne, mais mon moyen inapproprié. Je veux dissiper les inquiétudes de Mona, mais les critiques n'aideront pas. Heureusement que je ne pouvais pas lire ses pensées. Tout en restant muette - elle sait que la discussion serait vaine - elle me traite de tous les noms. Je comprends pourquoi c'est toujours elle qui mettait fin à nos discussions : « Mais oui, c'est toi qui as raison », déclarait-elle. Et moi, j'étais tout content, elle confirmait mon dire. Que je suis inconscient! Je ne m'aperçois pas que ce qu'elle dit ne ressemble en rien à ses pensées et ses véritables émotions. Je ne cherche pas non plus à savoir pourquoi elle se tait. Je ne vois et n'entends que ce qui fait mon affaire.

Encore une fois, sans qu'il m'apparaisse, j'entends MISHAËL me souffler à l'oreille : « Tu vois? Quand ton ego veut avoir raison à tout prix, il provoque un conflit et un malaise. »

Voici autre situation survenue environ 10 ans plus tard.

Je reviens d'un voyage d'affaires de deux semaines. Je suis préoccupé; mes négociations n'ont pas donné les résultats escomptés, je risque même une importante perte d'argent. Comme je ne veux pas tracasser Mona avec mes histoires, je passe des heures au téléphone et au télécopieur pour essayer de réparer l'erreur commise par un de mes correspondants. Loin de moi l'idée de m'interroger sur la façon dont Mona et les enfants réagissent à ma conduite ou si Mona a fait des plans en vue de mon retour. Les enfants ont onze et quatorze ans et je suis convaincu que, de toute façon, ils ont leurs occupations et que ces quelques heures de plus ou de moins sans moi n'auront aucune importance dans leur vie. Quant à Mona, elle me parle à peine et, comme à l'accoutumée, trouve que je travaille trop. J'ai l'intention de m'occuper d'elle quand nous nous retrouverons dans notre chambre.

Il est près de minuit quand j'arrive au lit. Mona est en train de lire. Je la prends dans mes bras en m'excusant pour le travail urgent et imprévu, et j'insiste sur le fait que j'avais vraiment l'intention de m'occuper d'elle et des enfants à mon arrivée. J'ajoute que je me suis ennuyé d'elle et que j'ai bien hâte de lui faire l'amour. Normalement, cette approche a du succès, mais pas cette fois. Elle ne répond pas à mes avances, reste froide à mes baisers. Elle déclare qu'il est tard, qu'elle a eu une grosse journée et qu'elle veut dormir. J'insiste, j'ai peine à croire qu'après deux semaines d'absence, elle n'ait pas le goût de moi. Elle finit par me céder, et je suis tout content d'avoir gagné mon point.

J'aurais été tellement surpris si j'avais pu lire ses pensées et ses sentiments à ce moment-là! Je l'entends maintenant : « C'est incroyable! Il devient de plus en plus égoïste. Il ne s'est pas encore rendu compte, après toutes ces années, que le désir ne se commande pas chez une femme et que je ne suis pas essentiellement physique comme lui. J'ai besoin de préparation, d'harmonie, de sentiments. Il nous ignore depuis qu'il est arrivé. Il nous a dit à peine quelques mots ce soir durant le repas – qu'il a pris en vitesse d'ailleurs, car le téléphone n'arrêtait pas de sonner – et maintenant, il s'attend à ce que je fonde dans ses bras, comme ça, sur commande? Ce qui me met le plus en colère, c'est que je lui ai cédé encore une fois. Mais de quoi ai-je peur, au juste? Je sais que lorsque je lui refuse, c'est pour le punir, mais je me sens mal après. Quand il insiste, je me sens coupable de dire non. Aussi, j'en ai marre de la discussion et je veux éviter une dispute. Et puis, il sera de meilleure humeur demain avec nous, alors pourquoi pas? »

Elle dit : « Pourquoi pas? » Mais bon sang qu'elle est en colère! C'est rouge autour d'elle. Et elle est plus en colère contre elle-même que contre moi. Elle me tourne le dos, incapable de dormir. Elle se traite de lâche, de peureuse. Et moi là-dedans? Je suis satisfait, je pense qu'elle s'est endormie et que tout est rentré dans l'ordre. Une femme aimante sait que son mari a un plus grand besoin de relations sexuelles et s'y adapte. Ce n'est pas la fin du monde, ça ne dure que quelques minutes. Elle m'aime, donc elle devrait avoir le goût de moi.

Tiens, voici une autre scène que je n'aime pas trop regarder. Ah! que de choses à apprendre… Jamais je n'y arriverai. Encore là, mon attitude aurait dû être différente, mais j'en ai trop vu, je commence à être saturé. Au moins, quand j'apprends l'attitude réelle des personnes, je me rends compte qu'à l'avenir, il serait préférable de ne pas sauter aux conclusions trop vite.

Je me vois à présent en train de contrôler le poids de ma femme. Sitôt qu'elle prend deux ou trois kilos, c'est tout de suite apparent au ventre et aux fesses. Je passe à côté d'elle et lui tapote l'abdomen : « Enceinte, ma chérie? » Elle me dévisage avec des yeux « pistolet » et réplique : « Arissiel Labonté, tu n'es pas drôle! » Je me mets à rigoler, prétendant que j'ai blagué. Elle ne me croit pas, la blague est trop vieille. Mais c'est plus fort que moi, j'ai tellement peur qu'elle devienne grosse comme ma mère que je la surveille. Elle devrait être contente que je m'occupe d'elle. Et puis elle est trop jeune pour prendre du poids; si elle est comme les autres femmes, elle en prendra suffisamment après la ménopause. *En fait, j'avais surtout peur d'avoir honte d'elle comme j'ai eu honte de ma mère.*

La voix de MISHAËL m'interrompt : « Si tu avais pris quelques kilos, toi, comment aurais-tu réagi? Aurais-tu aimé qu'elle te traite comme tu la traitais? Aurais-tu été capable d'en rire et d'accepter que ce soit une blague? Aurais-tu accepté de te faire dire comment t'occuper de ton corps? » *Décidément, MISHAËL s'amuse à faire l'invisible et à m'interrompre. Comment se fait-il que je n'aie pas pensé à ça quand j'étais avec elle? C'est son corps et ça ne me regarde pas. Hum!, plus facile à dire qu'à mettre en pratique…*

… En fait, je ne peux pas imaginer qu'on puisse aimer une grosse personne et être bien avec elle. Quand je vois la quantité d'obèses qui ont des partenaires, je suis toujours étonné. Ils font semblant de ne pas être gênés, mais ils n'ont aucune vie sexuelle, j'en suis certain. En tout cas, si je retourne sur la Terre, JAMAIS je ne me laisserai grossir. Je me priverai à l'excès, s'il le faut. Mais, qu'est-ce que je ferai si j'ai une compagne qui s'arrondit? J'aime mieux ne pas y penser.

Ma pensée se dirige maintenant vers la vie professionnelle de Mona. Je l'empêche de faire de la photographie, où elle excelle. Au moment de notre mariage, je lui ai dit que, puisque nous avons projeté d'avoir des enfants le plus tôt possible, il était inutile pour elle de conserver son emploi à temps partiel. J'ai fait mes preuves comme meilleur vendeur depuis trois ans dans une compagnie d'assurances et je viens d'être promu directeur des ventes. Je fais donc un excellent salaire et je suis fier de répéter à tout venant que je n'ai pas besoin de l'argent de ma femme.

— Ma chérie, tu vas pouvoir te la couler douce et te préparer pour la venue des enfants! Tu es chanceuse. Il n'y a pas beaucoup de jeunes couples capables de vivre bien avec un seul salaire. Je suis heureux de pouvoir t'offrir ça.

Elle m'assure qu'elle aussi est heureuse et qu'elle a hâte d'avoir des enfants.

Quel manipulateur j'ai été! Je n'en reviens pas! Je voulais prendre toute la place et me sentir important. MISHAËL me dirait que c'était mon ego, je suppose. Je n'ai jamais pensé que Mona pouvait être contrariée de ma décision. Nous étions jeunes et, à l'époque, elle ne me contredisait jamais. Elle semblait même fière du fait que son mari était premier de la compagnie à avoir at-

teint un poste si important à vingt-quatre ans seulement…

… Comment ai-je pu ne pas porter attention toutes les fois où elle me disait qu'elle s'ennuyait à la maison, qu'elle pourrait aisément travailler à temps partiel tout en s'occupant des enfants, surtout après qu'ils aient commencé l'école? Ce n'est que lorsqu'ils sont devenus adolescents que j'ai donné mon accord pour qu'elle retourne sur le marché du travail.

Les scènes du passé continuent à se dérouler. Nous sommes en 1972, à la maison. J'ai invité plusieurs de mes collaborateurs à célébrer l'année prospère qui vient de se terminer. Mona nous a préparé un excellent repas. Je suis fier de constater à quel point elle a du goût en décoration : ses arrangements floraux sont personnels, originaux, et elle les agence à de jolies bougies parfumées. Elle prévoit même un éclairage tamisé, qui rend l'ambiance chaleureuse et accueillante.

Nous sommes six couples à table. J'entends un collaborateur, assis à côté de Mona, faire état du fait qu'elle a repris son travail de photographe. Sans lui laisser le loisir de répondre, je m'empresse de répliquer à sa place, d'un petit air narquois : « Oui, c'est la fameuse photographe Mona! » *Oh qu'elle blessée! Jamais je ne me suis rendu compte à quel point j'étais un frein à son estime de soi en la ridiculisant de la sorte.*

Et quand, plus tard, je m'amuse à répéter mon commentaire devant les enfants, ils se permettent de me montrer leur colère. Surtout Carina, qui devait avoir à peine treize ans. Indignée, elle lance :

— Papa, tu es méchant. Maman ne se moque pas de ton travail, pourquoi te moques-tu du sien?

En riant, je lui réponds du tac au tac :

— Ah! voilà ma lionne qui rugit! Mais voyons, mon trésor, tu sais bien que ce n'est que pour taquiner.

— Tes taquineries ne sont pas drôles!

Son regard est sans pitié. C'est en maugréant qu'elle quitte la pièce. Mona ne dit rien, mais devient triste et songeuse. *Et moi qui m'amusais à les voir prendre la défense de leur mère. C'était plus fort que moi. Pourtant, ils me fournissaient une occasion idéale de reconnaître que mon attitude envers Mona signifiait mon peu d'estime pour elle. Comment ai-je pu être aussi centré sur moi, moi, moi?*

MISHAËL apparaît.

Avec douceur, il me rappelle d'observer ce que je vois sans me juger; un jour, je pourrai changer, mais pour le moment j'en suis incapable, à cause de certaines blessures que j'ignore. Il ajoute qu'il m'est nécessaire de revoir d'autres épisodes de ma vie pour identifier ce que je voudrai transformer. J'ai le droit, selon lui, de posséder un gros ego et d'avoir de la difficulté à agir à partir du cœur. L'important, c'est de reconnaître que les moyens que j'utilise ne sont pas intelligents, car je m'attire ce que j'ai semé. Lorsque j'aurai bien accepté cette notion, ma récolte sera plus facile à vivre.

J'ai hâte de savoir où les belles paroles de MISHAËL me mèneront. Éventuellement, tout sera plus clair, j'imagine. Déjà, je m'aperçois que certaines notions qu'il m'a répétées commencent à me faire réfléchir. Tiens, il a disparu! Quand il me quitte, tout est plus sombre et froid. C'est sa lumière, sans doute, qui dégage autant de chaleur.

— 13 —

Le cœur qui s'ouvre

Comme tout est paisible et beau dans ce nouveau lieu. Je sais, par MISHAËL, que le monde de l'âme en compte plusieurs, et c'est celui que je préfère jusqu'à présent. Mais non, je ne me trompe pas : mes parents sont là qui m'observent! Je suis heureux de les revoir. Ils savent ce qui se passe en moi puisque, sans doute, ils ont vécu les mêmes bouleversements à leur arrivée. Ils me font signe que oui en s'approchant. Leur visage est celui qu'ils avaient à mes quinze ans; mon père a coiffé sa tête grise et ma mère, ses cheveux ternes. Leurs vêtements sont démodés. *Mais comme leurs yeux pétillent! Et je vois tous ces détails physiques même si nous sommes morts? Curieux. Voilà une autre interrogation pour MISHAËL.*

Maman s'approche de moi :

— Bonjour Arissiel. Comment vas-tu?

Papa la rejoint :

— Bonjour Ari.

Ils m'appellent chacun à sa façon, comme ils l'ont toujours fait. *Mon cœur bat la chamade dans ma poitrine. On dirait même que la région de mon cœur est gonflée. C'est chaud, agréable. Si je ne me retenais pas, je pleurerais. Quel amour dans leur regard! M'aimaient-ils autant quand on vivait ensemble? Ça me semble impossible. Je n'étais pas aveugle à ce point.*

Ils me regardent avec beaucoup de compassion, et maman répond :

— Mon beau Arissiel, nous t'avons aimé à tous les âges. Très souvent, nous n'avons pas aimé ton comportement, mais cela n'avait rien à voir avec ce que tu es. J'ai toujours su que, sous ton attitude arrogante, se dissimulait un être extraordinaire. Tu étais tellement occupé à paraître dur et sûr de toi que tu n'étais pas souvent toi-même. Avec l'aide de nos guides, nous avons fait la part des choses et nous comprenons notre passé. Si seulement nous pouvions nous souvenir de cet apprentissage quand nous retournerons sur Terre! Mais d'après nos guides, avec de la bonne volonté, nous pourrons arriver un jour à vivre toutes les situations dans l'amour, et accepter les autres sans les juger ni vouloir les changer. Ça doit être formidable d'en arriver là, non?

Heureux de poursuivre la conversation, je lui demande :

— Est-ce que ton guide t'a dit comment y arriver? C'est utopique, non?

J'ai hâte de voir si son guide lui apprend les mêmes principes que le mien.

— Tout ce que je sais, c'est que si nous cessons de juger et de critiquer les comportements durant les scènes de la Terre, ce sera plus facile à notre retour.

Plus facile à dire qu'à faire! Eux-mêmes n'ont pas réussi, car ils m'ont dit plus tôt qu'ils se sentent encore coupables face à moi. Ma foi, je ne suis pas seul à avoir la difficulté de recourir à de nouveaux moyens.

Papa détecte ma pensée :

— Tu as raison, Ari. Ta mère et moi devons retourner sur Terre pour mettre les enseignements en pratique, mais nous t'attendions. Nous avons décidé de nous réincarner ensemble, comme des jumeaux, pour nous entraider. Nous nous demandons comment arriver à cesser de nous juger, mais nous avons l'intention de nous faire aider dès que nécessaire; et nous ne voulons surtout pas oublier l'importance de l'amour.

Ce sont mes parents que j'entends? Qui aurait cru ce genre de conversation possible? Ma foi, il n'est jamais trop tard pour bien faire! Et je les trouvais dépassés... Ils semblent pourtant accepter mieux que moi le retour sur Terre et ils ont décidé de revenir en tant que jumeaux?!

— Eh bien, si on peut décider ce qu'on veut, j'ai plein d'idées, leur annonçai-je.

Papa rit à gorge déployée.

— Ça ne se passe pas comme ça! Tu devrais en parler avec ton guide!

Quand il rit, il rajeunit. Et son rire suscite toutes sortes de questions en moi. Étrange!

— Papa, tu ne m'as jamais parlé de toi, quand j'étais jeune, pourquoi? J'avais l'impression d'être de trop, que votre vie, à toi et maman, aurait été plus agréable sans moi. Et je ne t'ai jamais entendu rire comme maintenant, tu te rends compte?

— Je riais peu, et uniquement avec ta mère. Avec toi, j'étais tendu, je prenais mon rôle très au sérieux. Moi aussi, j'aurais aimé te parler, te demander ce qui se passait en toi, surtout quand tu étais insolent et impoli. Tu nous donnais l'impression de te ficher de nous, de vouloir d'autres parents. J'ignorais la bonne façon de t'approcher, je me sentais terriblement gauche, et j'ai eu encore plus de difficultés à partir de ton adolescence. Je voulais communiquer avec toi, mais avant que j'aie pu trouver le moyen et le courage de le faire, il était trop tard : tu avais quitté la maison. Te souviens-tu que, les rares fois où je réussissais à te poser une question, tu me rabrouais? Tu me traitais comme un idiot, ça me coupait le souffle et coupait court à mon désir de rapprochement.

— C'est vrai, je me suis souvent demandé ce que j'avais fait au bon Dieu pour avoir mérité des parents comme vous. J'avais honte de vous, à un point tel que je refusais d'inviter mes amis à la maison. Toi, papa, je te trouvais trop vieux et toi, maman, trop grosse. Si c'était à recommencer, j'agirais différemment. Mais comment? Je l'ignore. Je me sens aussi gauche que vous

C'est incroyable. C'est moi qui parle ainsi à mes parents? Qu'est-ce qui m'arrive? Serait-ce ce que MISHAËL appelle « être transparent »? Si oui, ce n'est pas si difficile. Ah! ça fait du bien de s'ouvrir sans crier, sans provoquer leur souffrance. Ils savent intuiti-

vement ce que je pense. Ils respectent ce moment de silence en me regardant avec un sourire réconfortant. Décidément, il y a de bons moments en ce monde.

Papa reprend la parole, après ce silence paisible :

— Que c'est intéressant de découvrir ce que les autres pensent de nous! Dire que je croyais paraître mieux que mon père… J'ai bien senti ton rejet, mais si j'avais su ta honte, j'aurais réagi. Moi aussi j'ai eu honte, surtout de mon père. Il était pauvre et s'habillait pour paraître encore plus pauvre. Jamais je ne lui ai vu de vêtements neufs. En plus, nous vivions sur une ferme et il sentait l'écurie. Toujours! J'avais l'impression de vivre dans une grange. Je n'invitais pas mes amis, moi non plus, et c'était à cause de l'odeur répugnante. J'avais toujours hâte de quitter la maison…

… Quand on prend le temps de se dire la vérité, on se rend compte que le hasard n'existe pas. On avait besoin d'être ensemble pour se connaître au-delà de notre apparence, n'est-ce pas? Ma mère aussi était grosse, mais grâce ta mère, j'ai appris à aimer les personnes corpulentes; avec l'âge, je ne voyais plus que son cœur. Nous nous aimons beaucoup et je te souhaite, Ari, de connaître un amour comme celui-là dans une vie de couple.

Ah! que cette conversation est agréable. C'est extraordinaire que papa puisse parler de sa propre honte comme si de rien n'était. Mais ici, dans le monde de l'âme, tout est si facile que je serais étonné qu'il en soit de même sur terre. Ah! voilà MISHAËL. Je suis content de le revoir!

Il m'enjoint de garder en mémoire ce que j'apprends et expérimente, car j'en aurai besoin.

— Ici, on te donne des principes et des vérités que tu dois absolument mettre en pratique à ton retour à la vie terrestre. C'est le test ultime pour vérifier si tu as assimilé les leçons. À l'école, souviens-toi, le professeur t'enseignait diverses matières; comment pouvait-il vérifier ce que tu avais retenu? Par des examens. Pour nous, c'est la Terre qui est le lieu de l'examen. Si tu ne passes pas, tu devras recommencer comme tout finissant recalé. Il est possible que, sur Terre, ce soit aussi facile qu'ici, selon que tu te laisses guider par ton cœur ou par ton ego. J'en profite pour te souligner que tu as agi selon ton cœur avec tes parents, ce qui vous a permis d'avoir une conversation d'une grande profondeur…

… Et pour répondre à ton autre question : oui, c'est cela être transparent.

Sur ce, il disparaît.

Mes parents estiment mon guide aussi sympathique que ceux qu'ils ont rencontrés depuis leur arrivée. Cela m'amène à vouloir en savoir plus :

— Avez-vous chacun votre guide?

— Oui, mais comme nous voulons nous réincarner ensemble et que nos guides nous approuvent, nous avons eu plusieurs rencontres à quatre.

Curieux de connaître si tous les guides donnent le même enseignement, je demande :

— Est-ce qu'ils vous ont offert un traitement spécial pour votre retour sur Terre? Par exemple, une occasion de cheminer plus rapidement que prévu?

Ils me regardent avec des points d'interrogation dans les yeux; ils n'ont donc pas ce privilège. Je leur demande d'oublier ma question et suggère qu'il est peut-être préférable d'éviter de discuter de nos rapports personnels avec nos guides respectifs. Ils acquiescent, et affirment que chaque guide aide plusieurs âmes et agit en fonction des besoins de chacune. Ils n'en savent pas plus sur ce sujet.

— Je suis surpris, leur avouai-je; contrairement à vous qui semblez vouloir retourner sur Terre, je suis indécis, moi. Ici, tout est clair, mais je crains que, sur Terre, tout soit confus et étrange, maintenant que j'ai appris des choses nouvelles. Il paraît que la plupart des humains oublient leurs enseignements. Et, franchement, je trouve injuste d'avoir à tout recommencer. Surtout que la nouvelle façon de voir commence à me plaire. Si je dois tout oublier, qu'est-ce que ça donne?

— Mon beau Arissiel, me répond maman, nous savons ce qui nous attend là-bas si nous réussissons à agir par amour, et cela nous incite à y retourner et à faire de notre mieux. Ce qui me rassure, c'est que, d'une vie à l'autre, les êtres humains agissent davantage par le cœur. Nous y parviendrons tous, donc. Dans combien de temps? Nul ne le sait. Tout dépend de notre ouverture et de notre bonne volonté. D'ici peu, aie confiance, tu réagiras comme nous et tu auras hâte, toi aussi. Mais tu dois revoir encore quelques scènes qui te permettront de développer ta compassion pour toi-même et les autres.

Sur ces paroles, elle disparaît avec papa.

MISHAËL revient à mes côtés. Heureux, il me souffle à l'oreille :

— Bravo. Je suis content que tu aies senti à quel point ton cœur s'ouvre.

— Oui, lui répondis-je, et c'est bien agréable. Et la tournure des événements avec mes parents est la plus belle surprise de toutes. Finalement, ce n'est pas si difficile de se parler. Je me demande pourquoi je n'y arrivais pas sur Terre.

Il a un ton complice quand il m'annonce :

— Tu auras toutes les occasions d'expérimenter ton savoir dès ton retour sur Terre, je te le promets!

Que sait-il que j'ignore encore? Son regard enjoué m'inquiète! Vais-je y parvenir?

Il me sourit, sachant ce que je pense, mais demeure muet sur ce sujet.

— Un peu plus tôt, tu t'étonnais de voir des détails physiques de personnes décédées; il t'arrive aussi de voir des gens ou des âmes avec leur corps physique, et d'autres fois, de ne rien voir de physique et de savoir quand même ce qui se passe. Dans le monde de l'âme, c'est ce dont tu as besoin qui t'arrive. Et c'est toi qui le détermines. Tes parents par exemple, il fallait que tu les voies pour te rendre compte que tu ne les jugeais plus autant à partir de leur apparence. Ils auraient même pu t'apparaître à l'âge vingt-cinq ans, si c'est de cela que tu avais eu besoin. Tu aurais pu également les rencontrer dans les corps qu'ils occupaient au cours d'une vie antérieure, mais ce genre de phénomène est plus rare. Ce qui importe, pour l'instant, c'est ce que tu as vécu avec eux dans ta dernière vie.

Il ajoute en riant :

— À un moment, je t'ai bien reconnu : tu as pensé pouvoir décider de la façon dont tu reviendrais sur Terre. Ne te crée pas un futur irréaliste, s'il te plaît, aucune âme ne décide à partir de ses désirs ou ses caprices. Lorsqu'il sera temps pour toi de retourner sur Terre, nous en discuterons ensemble et ta décision ne tiendra compte que des besoins réels de ton âme.

Décidément, rien ne lui échappe. Et quelle différence fait-il entre besoin et désir? Quand je désire quelque chose, c'est que j'en ai besoin, non?

Il enchaîne aussitôt :

— Tu peux désirer ce dont tu as véritablement besoin, par exemple, de nouveaux moyens de communication; alors tu réponds véritablement à un besoin profond de ton âme. En revanche, lorsque tu veux retourner sur Terre pour retrouver tous tes biens, tu ne réponds pas à un besoin. Ton désir est basé sur plusieurs peurs notamment celle d'avoir travaillé inutilement et d'avoir à tout recommencer.

Je réplique, sûr de moi :

— C'est normal! Connais-tu des personnes qui accepteraient de tout perdre sans protester, en acceptant leur ruine avec bonheur?

Il me trouve amusant :

— J'en connais peu actuellement, c'est vrai. Mais en temps et lieu, tu arriveras à vivre toutes les situations en tant qu'expériences seulement, et tu seras surtout intéressé à découvrir ce que tu apprends sur toi grâce à ces expériences. Voilà la sagesse.

Il est si sûr de lui. Un instant, je crois ses affirmations extraordinaires, l'instant d'après j'ai l'impression qu'il me raconte des fables. Enfin, je n'ai plus envie de continuer pour le moment. Passons à autre chose.

Aussitôt pensé, aussitôt fait. Je me sens attiré ailleurs et MISHAËL a disparu.

Je suis revenu au lieu où on est attiré vers la Terre.

— 14 —

Carina et son père

Nous voici le samedi matin, le jour où mon corps doit être incinéré. Carina est chez elle. Il est très tôt, elle n'arrive plus à dormir. Assise à la table de sa cuisine, elle avale un café. Elle est encore au naturel, ce matin, sans maquillage ni coiffure. C'est la deuxième fois que je la vois dans cet état depuis qu'elle est adulte. La première, c'était chez sa mère, quand j'y suis débarqué pour faire signer les papiers de divorce. Comme ce matin, elle venait de se lever. Nos yeux s'étaient entrecroisés et, dans l'état où j'étais, je n'ai fait aucune tentative pour lui parler. J'ignore pourquoi, mais je me sentais mal à l'aise de revenir dans ma maison. Je me rappelle seulement que je voulais en finir au plus vite.

Elle est triste aujourd'hui, perturbée, à la limite. Même défaite, elle est très jolie. Elle se sent si seule. Je peux ressentir ses émotions, comme si j'étais elle. Elle aimerait partager ce qu'elle vit, mais elle ne le peut pas. Elle veut tellement se montrer forte auprès de son frère et de sa mère qu'elle joue la comédie. S'ils la voyaient maintenant, ils sauraient qu'elle est beaucoup plus touchée par mon décès qu'elle ne veut le montrer. Sait-elle que je l'observe? Elle regarde autour comme si elle cherchait quelqu'un. Bon sang! On dirait qu'elle vient tout à coup de me regarder droit dans les yeux. Heureusement que je sais qu'elle ne peut pas me voir.

Puis, elle se lève d'un bond, enfile un jeans à toute vitesse, passe un chandail, attrape son sac à main, les clés de sa voiture et, en vitesse, quitte l'appartement. Il n'est que six heures du matin. On dirait qu'elle veut fuir à tout prix et le plus loin possible. Furtivement, elle marche sur la rue déserte et s'allume une cigarette. Elle en profite, elle s'est juré de ne jamais fumer dans son appartement. Sa cigarette terminée, elle se dirige vers son auto, s'y engouffre et démarre. Elle conduit au hasard.

Sans s'en rendre compte, elle se retrouve sur la rue St-Denis, en face de la banque, à l'endroit exact où le destin m'a frappé. *Mais qu'est-ce qu'elle fait? Je n'aime pas revoir cet endroit de malheur.* Elle s'arrête tout près de l'emplacement où j'étais étendu au sol. *Comment le sait-elle?* Ben lui avait décrit le lieu, sans précision, et elle l'a identifié intuitivement. Ce n'est pas la première fois que j'observe qu'elle sent l'invisible, ma présence par exemple. *Comment peut-elle être aussi sensible sous son apparence de froideur? Mystère. Moi qui la croyais insensible, je vais de découverte en découverte.*

Elle descend de sa voiture et fait quelques pas. Elle tourne en rond à l'endroit de ma mort comme si elle cherchait quelque chose ou quelqu'un. Elle se rend compte, soudain, de l'endroit où elle est. Elle fait demi-tour et retourne à son auto. Chemin faisant, elle éclate en sanglots compulsifs, ininterrompus. Elle passe d'un papier mouchoir à l'autre, qu'elle sort de son sac sans discontinuer. Quand cet accès diminue d'intensité, elle observe autour d'elle. *Ouf! Elle est soulagée, il n'y a personne et les rares automobilistes ne lui prêtent aucune attention.* Elle ouvre sa voiture, se cale dans son siège et, seule avec sa peine, continue à pleurer doucement. À travers ses larmes, elle lance un cri sourd et désespéré :

« PAPA, où es-tu? Je te sens si près et si loin... Voilà cinq ans que j'attends que tu m'appelles. J'en étais rendu à vouloir faire les premiers pas. Je composais ton numéro, je raccrochais avant que tu répondes. Quelquefois même j'attendais que tu répondes, seulement pour entendre ta voix. J'espère que toi aussi tu avais l'intention de m'appeler un jour et de me revoir… PAPAAAA…! »

Elle tire de son sac une photo que Mona a prise à l'improviste. Elle a huit ans, elle est assise sur moi. C'est le matin, nous sommes encore en pyjama. Je suis sur le sofa; j'avais un journal que j'ai déposé sur la table d'appoint quand elle s'est approchée de moi pour se coller et finir par grimper sur mes genoux. Elle s'agrippe à mon cou et m'embrasse sur la joue. *Comme elle semble m'adorer. Ses yeux sont remplis d'amour et de bonheur; elle m'a tout à elle pendant quelques instants.*

D'autres incidents de l'enfance de Carina me reviennent en mémoire. Quand elle est bébé, je suis porté à la surnommer Kaki. En réalité, c'est un de ses premiers mots. Elle se pointait en répétant Kaki, Kaki. Elle était tellement contente de pouvoir enfin prononcer son nom que ça a été plus fort que moi, j'ai adopté ce diminutif et l'ai utilisé très longtemps.

Maintenant, elle a cinq ans. Elle s'accroche à moi dès qu'elle m'aperçoit. Elle est mignonne, avec sa jolie robe et ses cheveux blonds bouclés. Je viens à peine d'entrer à la maison après une absence de deux semaines. Sans me donner le temps de défaire mes bagages, elle me rappelle ma promesse de lui rapporter un cadeau. Elle a raison. Un jour où j'étais irrité qu'elle pleure pour rien, je lui en avais promis un. Mais voilà, j'ai oublié. *Je n'ai pas que ça à faire durant mes voyages. Surtout que celui-ci, où j'ai dû faire face à des imprévus angoissants, a été difficile.* J'ouvre les mains en signe d'impuissance, et elle sait d'ores et déjà que je n'ai pas tenu ma promesse. Elle se met à pleurer. Je lui dis, impatient :

— Kaki, pour l'amour du ciel, arrête. Tu as déjà plus de jouets que ta chambre ne peut en contenir. Tu es trop gâtée!

Indignée, elle me tourne le dos et va retrouver sa mère qui me lance un regard sévère. Carina ne dit rien, mais elle m'en veut. « Pourquoi fait-il des promesses s'il ne veut pas les tenir? Ce n'est pas la première fois. Je devrais cesser de le croire. Mais c'est plus fort que moi, je continue à espérer que la prochaine fois, il changera. J'étais tellement contente, les fois où il a respecté sa promesse, il ne se souvient pas? Il ne voit donc pas la différence? Et je ne veux pas vraiment d'autres jouets, il ne comprend pas ça? Je pleure parce qu'il me laisse tomber, parce qu'on dirait qu'il veut se débarrasser de moi. C'est peut-être à ces moments-là qu'il oublie? Alors, les fois où il a respecté sa promesse avec moi, il était sincère? Je vais être plus attentive à l'avenir pour savoir quand il est sincère ou non. »

Bon sang! J'ignorais qu'un enfant pouvait être aussi perspicace! Elle est arrivée à cette conclusion toute seule. Je connais beaucoup d'adultes qui ne raisonnent pas aussi bien. Moi je ne prenais pas le temps de penser. Quand quelque chose ne faisait pas mon affaire, je passais à autre chose, et j'estimais que c'était un talent; j'en étais même fier. Avec tout ce que j'ai appris avec MISHAËL, je sais maintenant que j'aurais eu intérêt à réfléchir davantage. Je comprends mieux l'attitude de Kaki dans les années qui ont suivi.

Je la vois en période d'adolescence, vers ses douze ans. Nous sommes attablés en famille. C'est surtout moi qui cause, je suis si peu à la maison que j'ai beaucoup à raconter! Je fais part de mon projet d'acheter un yacht et de suivre des cours de navigation; je veux que nous visitions des îles durant leurs vacances scolaires.

— L'hiver, nous voguerons vers le sud et l'été, nous explorerons les Grands Lacs et le fleuve St-Laurent. Qu'est-ce que vous en dites?

Ma fille me regarde droit dans les yeux :

— J'y croirai quand je le verrai. Tu as toujours de beaux projets, tu nous fais des promesses et tu te trouves toujours une excuse pour ne pas les tenir ou pour les remettre à plus tard.

— C'est tout ce que tu trouves à dire? Kaki, te rends-tu compte à quel point tu es insolente? Je connais des enfants qui seraient heureux d'avoir un père qui travaille autant pour leur payer des caprices. Ce n'est pas parce que je change d'idée à l'occasion que je ne suis pas correct. En connais-tu, toi, des personnes qui ne changent jamais d'idée?

— Non, mais si au moins, tu admettais que parfois tu parles trop vite ou que c'est impossible de respecter ta parole, ce serait plus facile à accepter. Mais non. Tu veux avoir raison et tu te trouves des excuses. C'est ça le plus frustrant. En tout cas, moi, ça fait déjà longtemps que je ne te crois plus. À propos, arrête de m'appeler Kaki. Ça fait trop bébé, tu n'as pas remarqué que j'ai grandi? Probablement pas!

Cette enfant me surprend de plus en plus. Quelle insolence et quel manque de respect! Ma foi, elle se croit adulte, comme si elle avait mon âge. Je n'aurais jamais osé parler ainsi à mes parents, même si j'en ai eu très souvent envie; moi je ravalais, et je ne donnais mon opinion qu'à mes amis.

Je comprends maintenant lorsque MISHAËL parlait d'ego et des croyances qui décident pour nous. C'est aussi un bon exemple de la loi du retour. Comment ma fille pouvait-elle me respecter alors que, très souvent, je ne respectais pas mes promesses envers elle. Que de choses à apprendre! Mais comment parents et enfants peuvent-ils se respecter mutuellement tout en exprimant ce qu'ils pensent, ce qu'ils ressentent et veulent? J'étais certain de n'avoir jamais répliqué à mes parents, mais combien de fois ai-je été insolent, autant en paroles qu'avec le regard? Ah! Ce que j'ai pu m'illusionner! J'ai gardé le même comportement, malgré la franchise de ma fille.

Je suis consterné par cette découverte.

Quelques instants plus tard, je revois Carina à quatorze ans, à l'époque où elle découvre mon stratagème avec une autre femme que sa mère. Quel hasard malencontreux! Par une superbe journée de juillet, je suis dans un charmant petit village dans les hautes Laurentides, à plus de cent kilomètres de la maison. J'y ai donné rendez-vous à Marlène, et je suis certain que notre rencontre passera inaperçue, puisque je ne connais personne au village. Nous avons déniché un adorable petit restaurant, où nous venons de nous attabler. Soudain, qui vois-je entrer, en compagnie de trois autres jeunes filles? CARINA! MA Carina. Mon cœur bat à tout rompre. Elle et ses copines s'installent à une table en rigolant. Mais qu'est-ce que Carina fait ici en ce samedi midi? Aucune réponse logique ne me vient à l'esprit. Elle devrait être à la maison avec sa mère et son frère. Estomaqué, je me fais tout petit. J'imagine déjà le pire. Elle est assise dos à moi, j'ai peut-être une chance. Mon Dieu, je vous en prie, faites qu'elle ne me voie pas, répétai-je en mon for intérieur.

Je suis blanc comme un drap. Se rendant compte que je ne l'écoute plus, Marlène s'enquiert de ce qui se passe. Je lui expose la situation en chuchotant, ajoutant qu'il m'est impossible de sortir du restaurant sans passer près de Carina. J'en suis encore à chercher une solution quand, soudain, ma fille se lève pour se rendre aux toilettes. D'un seul mouvement, elle se tourne et se dirige droit vers moi. Jamais je n'oublierai sa stupéfaction quand elle m'aperçoit. Elle s'arrête et balbutie :

— Papa? Mais qu'est-ce que tu fais ici?

Elle regarde Marlène et devient blanche à son tour. Elle fige sur place. Je réussis à me ressaisir et je risque ceci :

— Je te présente Marlène Delorme. Nous faisons des affaires ensemble et il n'y avait aucun autre moment où nous pouvions régler les derniers détails de notre contrat.

Son regard ne laisse aucun doute : elle ne me croit pas. Surtout qu'aucun papier ou document n'est sur la table pour prouver mon mensonge. Étonnées par l'attitude de Carina, ses amies observent la scène, le regard braqué sur nous. Finalement, se tournant vers elles, Carina décide : « Partons d'ici! » Les quatre paient leur note et partent précipitamment. Avant de sortir, ma fille se retourne et me lance un regard foudroyant. J'en frissonne tellement je me sens mal. *Je ne me rends pas compte à quel point elle est triste et déçue. Ce que je crois être de la haine est plutôt l'expression d'une grande douleur.*

Je suis ébranlé. *Qu'est-ce que j'étais sensé lui dire? « Ma chérie, je te présente Marlène, ma maîtresse »?* Elle est trop jeune pour comprendre qu'un homme dont la compagne se refuse souvent à lui doit combler son besoin physique avec quelqu'un d'autre. C'est normal, non? Tous les hommes d'affaires que je connais ont des maîtresses, j'en suis sûr. Quand un homme dans la fleur de l'âge voyage beaucoup et longtemps, c'est inhumain d'exiger qu'il reste chaste.

Une autre excuse pour me donner raison. Je me sentais coupable, mais je ne voulais pas l'admettre. Ma femme et mes enfants avaient raison de dire que je me trouvais toujours des justifications. Je vois bien, maintenant, que j'avais peur que ma fille rapporte tout à ma femme et de ce qui s'ensuivrait.

Marlène me regarde et n'ose prononcer un mot, ébranlée autant que moi. Mona et moi n'en avons jamais parlé, mais elle soupçonne des aventures, j'en suis certain, sauf que Marlène, que je connais depuis plusieurs années, est plus qu'une aventure. Je la rencontre une ou deux fois par mois. Qu'à cela ne tienne, si ma fille raconte l'incident à Mona, je trouverai une bonne histoire pour lui expliquer l'incident.

J'ai affirmé à Carina que nous étions en réunion d'affaires, alors je ne dois en aucun cas changer mon scénario. Je me secoue et reprends ma contenance habituelle. Souriant, je rassure Marlène : ma fille ne réussira pas à gâcher notre rendez-vous. Après le repas, nous faisons l'amour dans une petite auberge au bord du lac et je passe la journée dans l'assurance que ce qui vient d'arriver n'est pas grave et que, comme toujours, tout finira par s'arranger.

Impressionnant, ce que l'humain peut se faire croire quand il le décide. À la limite, c'est bien. Ça m'a évité de m'affoler ce jour-là et j'ai pu jouir de la présence de Marlène. C'est du moins ce que je laisse croire, à elle et à moi. Mais, ce que je dégage durant la scène au restaurant me prouve que je suis loin d'être bien. J'ai des palpitations, ma respiration est anormale et je transpire à l'excès; étonnant que je ne me sois pas rendu compte de ces malaises. Et si je l'avais fait, j'aurais trouvé une justification, la fatigue ou le surmenage par exemple. En fait, je me mentais autant que je mentais à Mona et à ma fille.

Oups! J'entends maman me dire : « Ne sois pas dur avec toi; ces scènes te reviennent en mémoire seulement pour t'aider à développer ta conscience ». *Ce n'est pas si facile « observer seulement », comme dit MISHAËL. Mais son conseil est très sage, j'en ai assez de me sentir fautif et mal à l'aise. Je dois utiliser ces scènes uniquement pour découvrir qu'il y a d'autres façons d'agir plus « intelligentes ». Il faut seulement me souvenir de le faire. Mais quand le réflexe deviendra-t-il automatique?*

Si je continue à écouter MISHAËL, sa sagesse déteindra peut-être sur moi, qui sait?

— 15 —

D'autres prises de conscience

Au moment de cette décision, MISHAËL apparaît. Il est fier de moi et me souligne que j'ai la bonne attitude. Il ajoute que si, à l'inverse, j'utilise la critique, ce sera plus pénible lors de mon retour sur Terre.

— Savais-tu, me dit-il, que plus on se critique et plus les situations se répètent? Qu'il est impossible de changer d'attitude en se critiquant?

— Non, et je ne suis pas d'accord. J'ai commis des erreurs dans ma vie, et c'est grâce à ma propre critique que je suis arrivé à ne pas les répéter. J'ai également été beaucoup critiqué à l'école et à la maison, et c'est pour ça que j'ai changé.

— Donne-moi l'exemple d'un de tes comportements que tu as réussi à changer grâce à la critique.

Après quelques secondes de réflexion, je lui réponds :

— Jeune, j'étais insolent. Dès que quelque chose ne me plaisait pas, j'insultais les autres, incluant les adultes. Ma mère m'a expliqué qu'en agissant ainsi, j'éloignais les gens; elle avait raison, même mes copains ont fini par se détourner de moi. C'est là que j'ai commencé à me critiquer; chaque fois que j'avais envie de rabrouer les autres, je me répétais qu'il fallait que je cesse, surtout si je voulais les contrôler. J'ai appris à ne plus répliquer aussi vite. J'étais tellement impulsif que j'ai dû me mordre les joues à plusieurs reprises pour arriver à me retenir. Avec les années, je suis devenu impassible au point que personne ne pouvait savoir ce que je pensais.

— C'est cela, pour toi, changer? Tout ce que tu as fait, c'est d'arriver à te contrôler avec les années. À l'intérieur de toi, tu continuais à répliquer, à juger et à critiquer.

— Au moins, ça ne paraissait pas!

— Modifier son comportement extérieur, ce n'est pas un changement réel. Donne-moi un instant, tu vas comprendre. Rappelle-moi d'abord pourquoi tu as appris à te retenir?

— Pour éviter de me retrouver seul. J'aimais avoir des amis et surtout j'aimais devenir leur chef.

— Ah bon! Les insultes t'attiraient des résultats désagréables; mais est-ce que ton silence impénétrable t'a attiré un meilleur résultat? Est-ce que les gens sont restés près de toi, autant dans ta vie professionnelle que personnelle? As-tu pu les manipuler?

Je regarde MISHAËL, ébahi. *Comment s'y prend-il? Il a le don de me faire réfléchir sans m'accuser ni me faire sentir idiot. Il a raison, je me suis leurré. Dire que j'étais fier d'être parvenu à me contrôler. Je n'ai jamais pensé à vérifier si, en réalité, la réaction des autres avait vraiment changé! Même en me contrôlant, j'ai éloigné mes proches, qui me trouvaient trop froid. Ce n'est pas tout. Je échoué également à manipuler ma femme, mes enfants et plusieurs de mes collègues. En fait, mon ego m'a manipulé, et c'est à moi-même que j'ai joué le plus de tours. Est-ce qu'il y a beaucoup d'humains qui se leurrent ainsi?*

MISHAËL, comme toujours, sent ce qui se passe en moi. Il hoche la tête en souriant avec compassion. Je le remercie de m'aider à devenir conscient de ces nouvelles façons d'analyser mes comportements.

— Ces notions, pourquoi ne nous les enseigne-t-on pas quand nous sommes jeunes?

— On te les enseigne. Tes parents, pour commencer, qui en avaient acquis plusieurs avec l'âge, te les ont appris à leur façon. Sauf que, peu conscients de leurs connaissances, ils faisaient preuve de gaucherie avec toi. D'ailleurs, s'ils te les avaient expliquées aussi clairement que moi, les aurais-tu écoutés?

Il me connaît, ce MISHAËL. Pas question de lui jouer la comédie. Je ne peux m'empêcher d'être d'accord avec lui.

Il continue :

— Te souviens-tu de M. Roger, ton professeur de quatrième année? Il t'aimait beaucoup, il voyait ton potentiel et voulait ton bien. Quand il te gardait après la classe, il se mettait en retard chez lui. Et toi, tu le critiquais sans l'écouter, tu avais trop hâte de rejoindre tes copains. Pourtant, c'était un de tes guides…

… Tous les terriens, sans exception, ont des guides dans l'invisible, dont un surnommé leur ange gardien, qui les accompagne tout au long de leur vie terrestre; ils en ont également d'autres, qui les aident au passage, selon leurs besoins. Tous ces guides sont assistés par des gens sur Terre, pour la plupart parmi les proches. Les guides invisibles utilisent surtout la télépathie pour communiquer; les guides terrestres, en revanche, utilisent toutes sortes de moyens : la parole, le regard, le toucher, l'écriture, la musique, la télévision, et ainsi de suite. Hélas, les humains sont tellement préoccupés par leurs problèmes qu'ils ne sont pas en contact avec leurs guides. Et quand ils ont des contacts, ils les ignorent le plus souvent parce que ce qui leur est dit est inattendu ou désagréable à leurs oreilles…

… Prenons par exemple ta fille; ses paroles étaient un enseignement, une aide. Mais, au lieu d'entendre le guide en elle, tu l'accusais d'être insolente parce qu'elle utilisait des mots qui te déplaisaient. Il en va de même pour ton fils et Mona : ils avaient tous l'intention de t'aider, même si tu recevais leurs paroles comme des critiques. Toi aussi, à ton insu, en affaires par exemple, tu as souvent été un guide pour tes proches et tu étais tout aussi gauche.

— Cela dit, lorsque tu retourneras sur Terre, sois certain que tu seras entouré de guides, incluant moi. J'espère seulement que tu t'en souviendras.

Sur ces paroles, MISHAËL disparaît. Il me laisse poursuivre mes observations sur ma vie passée. Je sais pertinemment bien qu'il fait des plans pour moi en vue de mon retour terrestre. Mais je n'ose y faire allusion, je ne suis pas encore prêt à les entendre. D'ailleurs, c'est sûrement la raison de son silence.

Je retourne chez moi après l'incident impliquant Marlène et ma fille. J'affiche un air désinvolte, espérant que Carina n'ait rien raconté à sa mère. Je déteste les disputes et les chicanes.

La maison est silencieuse à mon arrivée. Il n'est que dix-neuf heures. Je vérifie chaque pièce. Personne. Sur la table de la cuisine, il y a un billet de Mona : elle m'a attendu jusqu'à dix-huit heures, je devais l'accompagner à la fête donnée pour l'anniversaire d'une de ses amies; si je ne m'en suis pas souvenu, alors qu'elle m'en a parlé maintes fois, elle préfère que je m'abstienne.

Ça arrive à tout le monde d'oublier, non? Elle choisit souvent le mauvais moment pour me donner des informations : à table pendant que tout le monde parle ou, ce qui me dérange davantage, dans mon bureau, où elle se présente à l'improviste sans s'excuser, alors que je suis absorbé dans mes papiers. Elle ne devrait pas s'attendre à ce que je saisisse tout ce qu'elle me dit. Et, si elle voulait vraiment que je m'en souvienne, elle aurait dû l'écrire; j'ai tellement autre chose en tête…

… Si j'avais su que j'arriverais dans une maison vide, à plus forte raison un samedi soir, je me serais organisé pour rester plus longtemps avec Marlène. Dans le fond, ça m'arrange d'avoir oublié. Je n'ai pas le goût de me retrouver parmi des femmes inconnues, accompagnées de leurs maris encore plus inconnus, et obligé d'écouter des conversations ennuyantes. Je décide alors d'aller au cinéma et je reviens à la maison avant Mona. Lorsqu'elle arrive, je fais semblant de dormir pour éviter ses jérémiades.

Le lendemain, elle me fait part de sa colère contre moi mais refuse d'en parler davantage : « Cela ne donne à rien, explique-t-elle, car tu n'es qu'un égoïste, un égocentrique et un sans-cœur »… Je profite de la seconde où elle reprend son souffle pour lui demander où est Carina. « Pour le week-end, chez une amie dans les Laurentides, me répond-elle. »

La journée s'étire en longueur. Je n'ose quitter la maison. J'en profite pour retourner des appels et envoyer des télécopies. Je dispose d'un service de secrétariat, mais je ne l'utilise qu'au besoin : je fais presque tout moi-même

Mona, de son côté, fait une indigestion, elle a trop mangé et trop bu la veille. Elle a fréquemment des indigestions, alors je ne m'en inquiète pas. À la fin de la journée, je ne me rends pas compte que je n'ai ni vu ni pensé à mon fils. J'ai même oublié de prendre de ses nouvelles. *C'est normal de ne pas s'inquiéter d'un grand garçon de dix-sept ans, non?* À cet âge-là, je n'aurais pas voulu que mes parents me questionnent sur ce que je faisais.

Malgré moi, mes pensées se concentrent sur Carina et sur le possible scénario de son retour. À dix-sept heures, elle n'est toujours pas revenue. Mona commence à s'inquiéter, répétant que ce n'est pas dans les habitudes de sa fille de négliger de se rapporter. Carina finit par se pointer à vingt et une heures. Quand elle franchit la porte, elle se déclare désolée de ne pas avoir prévenu de son retard. Elle raconte que ses amies et elle se sont retrouvées à la plage, que le beau temps leur a fait oublier l'heure et qu'elle a raté l'autobus. Elle a essayé d'appeler deux fois, mais la ligne était toujours occupée. Il est vrai que j'ai passé mon temps au téléphone. En passant près de moi, elle me regarde à peine, mais ne peut s'empêcher de me lancer d'un air provocateur :

— Ah! tu es là? Tu n'as pas de « rendez-vous d'affaires » aujourd'hui?

Je n'ose lui répondre, ce qui m'évite d'entamer la discussion. Ma femme n'est pas surprise par cette attitude, elle a souvent vu Carina me provoquer. Cependant, elle ne peut s'empêcher de me dire alors que nous sommes seuls :

— Je ne comprends pas pourquoi elle est si agressive avec toi. Dire que tu étais son héros, quand elle était petite. Tu devrais avoir une bonne conversation avec elle pour faire la paix. Il y a quelque chose de changé entre vous, tu en découvrirais peut-être la cause! Moi, j'ai des raisons d'être en colère contre toi, mais pas elle.

Agacé, je lui réponds sur un ton impatient :

— Parle-lui donc toi-même. Tu me connais, je n'aime pas ces sujets-là. Entre femmes, ça devrait être plus facile, non? D'ailleurs, je ne crois pas qu'elle accepterait de discuter avec moi.

— J'ai essayé, me répond Mona, mais elle refuse. Tout ce qu'elle me dit, c'est que tu n'es plus le même. Elle ne sait pas si c'est toi qui as changé ou elle qui te voit différemment. Elle est tellement en colère qu'elle se demande pourquoi je reste encore avec toi.

— Es-tu en train de me dire que tu veux divorcer?

— Non, je te dis que Carina croit que je devrais divorcer. Elle a peut-être raison. Notre mariage bat de l'aile, tu t'en rends compte. Et notre famille n'est pas des plus unies. Tu es marié à ton travail et c'est tout ce qui compte pour toi. Je pense parfois à la séparation, mais je me sens incapable de prendre cette décision seule. Je n'arrive à être heureuse que lorsque je fais de la photographie ou que je suis avec les enfants et mes amies. Avec toi, je ne me souviens plus de la dernière fois où nous avons ri ensemble.

Elle prend une pause, hésite un peu et rajoute : « Toi, es-tu heureux? »

J'ignore comment j'ai pu m'embarquer dans une telle discussion. Je suis très mal à l'aise, je me sens tendu et pris au piège. Mais pourquoi parler de divorce alors que je lui paie tout ce qu'elle désire? Elle fait la vie qu'elle veut, dispose d'une belle maison, possède sa propre auto, a un travail qu'elle aime et un tas d'amies. C'est à n'y rien comprendre.

— Je ne veux pas parler de ça ce soir, lui dis-je à bout de ressource. J'ai une grosse journée demain et je suis fatigué. Je dois me lever tôt. Au fait, j'ai oublié de te dire que je pars mercredi pour dix jours, je ne serai pas ici en fin de semaine prochaine.

Elle me regarde en soupirant et conclut :

— Comme d'habitude, quand il s'agit de sentiments et de choses sérieuses, tu te défiles. C'est peine perdue. Tu ne fais qu'à ta tête, et tout le monde doit se plier à tes exigences, car TOI seul es IMPORTANT!

Découragée et la mine triste, elle se retire et va lire. Puis se douche et se met au lit sans dire un mot en me tournant le dos.

Au même moment, je vois ma fille étendue sur son lit. Elle ne dort pas encore. Ses yeux rougis sont grands ouverts. Sa pensée vagabonde dans tous les sens : « Qu'est-ce que je dois faire? Le dire à maman ou non? Il mériterait que je raconte tout. Mais je ne veux pas faire de peine à maman. Alors il vaut mieux que je me taise. Le salaud. Je me demande depuis combien de temps il rencontre cette femme. Qu'est-ce qu'il lui trouve? Elle est loin d'être aussi jolie que maman. Combien d'autres femmes a-t-il fréquentées depuis leur mariage. Et maman ne se rend compte de rien? Pourquoi les hommes sont-ils ainsi? Mon amie Francine m'a confié que son père est pareil, elle l'a surpris au téléphone en train de planifier une rencontre avec sa maîtresse. Une chose est certaine : quand je serai mariée, je ne serai pas aussi aveugle, je ne tolérerai pas qu'un homme me joue dans le dos…

… Il fallait ça pour que je cesse d'espérer qu'il devienne un jour le père dont j'ai rêvé. Autant faire une croix sur une belle relation avec lui. Il ne changera jamais. Au contraire, il empire. De toute façon, je suis suffisamment occupée avec mes amies et mes études que ça ne me dérangera pas. Ça m'aide à être sur mes gardes. Avant que je tombe en amour avec un type, il faudra qu'il soit exceptionnel. Surtout pas égoïste et entêté comme mon père. »

Carina essuie ses larmes d'un geste brusque, comme si elles lui brûlaient le visage. Quel contrôle! Elle respire un bon coup, et redevient presque normale. Je sais désormais comment elle s'y prend pour « faire une croix » comme elle dit si bien. Puis-je la blâmer? Combien de fois ai-je réussi à retenir mes larmes? Je continue à croire que ça peut être très utile de pouvoir faire ça. Mais je suis impressionné : à seulement quatorze ans, Carina est déjà capable de se contrôler. Je comprends pourquoi elle semble si froide maintenant.

Je reviens maintenant au lieu de ma mort où Carina, plus calme, est encore assise dans sa voiture.

Elle se mouche, se rafraîchit le visage à même une bouteille d'eau et prend une bonne respiration. Elle me lance en pensée : « Papa, où que tu sois, j'espère que tu es plus heureux qu'avant, car même si tu avais l'air sûr de toi et si tu as réussi en affaires, il m'a toujours semblé que tu étais malheureux. Lorsque je pensais à toi, j'avais un grand sentiment de tristesse et je sentais très fort que tu étais aussi triste que moi. J'aurais aimé qu'on puisse s'embrasser au moins une fois avant que tu partes pour toujours...

... Il va falloir que je me fasse à l'idée que c'est trop tard, n'est-ce pas? Combien de fois me suis-je répété cette phrase en pensant à toi : « Je vais devoir me faire une idée. » J'ai essayé mais ça ne marche pas. C'est comme si j'avais deux Carina en moi : une grande, qui essaie de convaincre une petite de renoncer pour moins souffrir. Tiens, je vois deux Carina en moi... J'ai sans doute été influencée par maman. Il faudra que je lui en parle...

... Il me vient une idée : chaque fois que je penserai à toi, papa, je m'imaginerai marcher à ta rencontre en souriant. Tu me souriras aussi. Puis, on s'étreindra fort, longtemps. Ça me fera du bien et je cesserai de ruminer ma colère. Est-ce qu'un jour j'arriverai à te pardonner, comme maman me conseille de le faire? Elle semble si heureuse d'y être parvenue, sauf que je crois qu'elle s'illusionne : je ne pense pas que ça soit possible.»

Bon sang! ce n'est plus la même Carina. Celle-ci est touchante et encore plus belle. Elle rayonne! Tous ces reflets roses qu'elle dégage! Je n'ai jamais vu d'anges, mais ils doivent avoir cette apparence. Bizarre! on dirait qu'elle vient de perdre une couche de poussière : tout est clair, propre et rayonnant autour d'elle.

Autant je la trouvais égoïste de m'en vouloir autant, autant je me rends compte qu'elle avait besoin de beaucoup d'attention et de consolation. Autant j'avais du ressentiment à son égard parce qu'elle n'admettait pas que mes difficultés m'empêchent de combler ses attentes, autant elle, de son côté, m'en voulait pour les mêmes raisons. *Que de leçons! Pourquoi n'ai-je jamais vu Carina de cette façon avant? Pourrai-je continuer à suivre les péripéties de ma vie avec tous mes proches?*

MISHAËL apparaît. Il m'encourage. De belles couleurs se dégagent de moi, semble-t-il, à cause de l'ouverture de mon cœur.

— Tu apprécies ressentir la douleur de ta fille, n'est-ce pas? Tu expérimentes en ce moment la joie de vivre l'amour véritable et tu voudrais prolonger cet instant... Sois patient. Donne-toi le temps nécessaire pour y arriver tout à fait. Vous, les humains, aussitôt que vous découvrez quelque chose, vous voudriez l'avoir en entier, et sur-le-champ. Savais-tu que l'impatience est une résistance? Plus tu te montres impatient, plus tu perds du temps!

— Es-tu certain? Il me semble que l'impatience m'a aidé à réaliser mes projets plus rapidement.

Il m'explique, amusé :

— Ah! que l'ego humain peut être fort! Cette affirmation-là ne vient pas de ton cœur, mais de ton ego. Il aime diriger ta vie et il aime l'impatience, car grâce à elle, il peut continuer à te manipuler à sa guise. Quand tu es impatient, tu te fies seulement à ce que tu as appris et tu veux que tout se passe comme avant…

… Quand je dis que l'impatience crée la résistance, je veux dire la résistance à ton Dieu intérieur, cette puissance supérieure qui sait exactement quand et comment parvenir à ce que tu veux. Cela ne t'empêche pas de poser les actions que tu crois les meilleures pour arriver à ton but, mais tu dois accepter que les suites de ces actions soient différentes de celles que tu as prévues. Être patient ne signifie pas arrêter d'agir et laisser la vie te passer sous le nez : cela veut simplement dire que, devant des situations imprévues, tu te sens bien, et tu évites les émotions négatives et les tensions. Parce que, as-tu remarqué, quand les choses ne vont pas à ton goût, tu es tendu, frustré, agressif et intolérant…

— Quand tout va lentement, c'est normal, non? Je ne suis pas le seul à vouloir que tout aille plus vite. Surtout quand je suis convaincu que ça me mènera vers quelque chose de meilleur.

Avec sa patience exemplaire, il ajoute :

— À l'intérieur de toi, tu as des personnages qui veulent te protéger et qui, pour ce faire, ne veulent utiliser que les moyens qu'ils connaissent pour agir. Avec ta fille, il y a un instant, tu viens de découvrir des données importantes, et tu voudrais les appliquer sur-le-champ dans ta vie! Malheureusement, ça ne se passe pas comme ça. Tu dois donner le temps à ces parties en toi de s'ajuster à ce que tu apprends de nouveau. Ces personnages sont convaincus que la façon d'agir du passé était la meilleure, et elles refusent de changer vite. Pourquoi en est-ce ainsi? Parce que ces parties en toi sont une création de ta dimension mentale qui n'est en sorte que de la mémoire. Elles ne connaissent donc que ce qui a été appris dans le passé.

— Quand tu veux aller trop vite, dans n'importe quel domaine, tu agis de la façon que les personnages en toi croient la meilleure, sauf que, bien souvent, ta puissance intérieure connaît d'autres façons plus bénéfiques pour toi. Quand tu auras appris la patience et la tolérance, tu seras en mesure d'apprécier ce dont nous parlons et ta vie sera plus agréable. Reste en contact avec tes buts et donne-toi le temps. Cela te permettra de découvrir le meilleur chemin pour y arriver.

— 16 —

Des scènes familiales

Mon attention est de nouveau attirée chez moi. Nous sommes le lendemain du malheureux week-end où Carina m'a surpris avec Marlène. Après une journée bien remplie, je ne suis pas d'humeur à bavarder et nous allons tôt au lit.

Mona est allongée à mes côtés, mais de l'autre côté du lit, tout au bord, pour se tenir éloignée. Elle ne dort pas. Elle ne peut arrêter ses pensées. « Comment en sommes-nous arrivés à cette mascarade? Est-ce que j'aurais pu agir autrement? Ari est de plus en plus distant et absent. Est-ce qu'il m'aime encore? Je ne serais pas surprise qu'il ait une maîtresse, il est si souvent parti! J'aime mieux ne pas le savoir. On devrait parler de notre situation. Auparavant, je croyais que c'était préférable qu'on reste ensemble pour les enfants, mais maintenant ce sont eux qui me disent que je devrais le quitter. Cette idée me soulage et, en même temps, me fait peur. Je n'aurais jamais les moyens d'entretenir la maison, s'il me la laisse. Et si je déménage, je devrai faire face à l'inconnu…

… Il se montre peut-être égoïste et froid, mais il est quand même généreux avec nous. Jamais on n'a manqué de quoi que ce soit. Si je demande le divorce, est-ce qu'il me punira? Avec mon petit salaire, fini mon train de vie! Oh! Je ne suis pas inquiète pour les enfants, il paiera leurs études aussi longtemps qu'ils voudront s'instruire, c'est tellement important pour lui. J'ignore pourquoi, d'ailleurs, il ne s'intéresse ni à leurs travaux ni à leurs résultats scolaires. De plus, lui-même a très bien réussi sans avoir de diplômes. Décidément, je n'arrive pas à le comprendre…

… C'est tellement difficile de lui parler et de savoir exactement ce qu'il pense, ce qu'il ressent. Aussitôt que j'aborde un sujet qui touche ses sentiments, ceux des enfants ou les miens, il se ferme comme une huître et s'empresse de changer de sujet. Je suis sûre qu'il souffre, même s'il ne le montre pas. Je commence à croire qu'aucun retour n'est possible. Nous avons laissé aller les choses depuis trop longtemps. Ça m'attriste tellement! Comme j'aimerais pouvoir me coller contre lui et lui dire que je l'aime encore, que je le trouve toujours attirant. Mais j'ai trop peur de me faire repousser. Il dit que c'est moi qui refuse faire l'amour, mais il a le don de me désirer quand il a quelque chose à se faire pardonner et moi, je ne peux pas accéder à sa demande quand je suis en colère contre lui. Décidément, nous avons du mal à nous rejoindre…

… Bon, j'arrête de penser à ça, je me sens trop mal. Je crois qu'il est mieux que je pense plutôt à sauver notre mariage. Quand les enfants seront installés, s'il n'y a pas d'amélioration, j'envisagerai la séparation. Pas avant. Ma vie n'est pas désagréable, il me laisse faire ce que je veux. Je connais beaucoup de femmes qui changeraient de place avec moi. Je pourrais aussi trouver un travail plus lucratif ou à temps plein. Je mettrais de l'argent de côté; en cas de séparation, je ne serais pas prise au dépourvu. »

Mona est profondément abattue. Des larmes coulent lentement sur son oreiller. Moi, allongé de mon côté du lit, j'ignore ce qui se passe, car elle a pris soin de ne pas faire de bruit.

Qu'est-ce que j'aurais fait si j'avais su ce qu'elle ressentait? J'aurais continué à faire semblant de dormir, car ça m'était extrêmement difficile de communiquer. C'est la communication que je vais devoir améliorer, si je veux arriver à vivre une belle relation, comme me dit

MISHAËL. Mais comment? Je ne sais même pas ce qu'est une belle relation.

Je croyais en avoir une avec Marlène, mais je me trompais. Nous n'échangions qu'au sujet des faits et gestes survenus durant nos séparations. Je lui racontais mes succès au travail, et elle se plaignait, la plupart du temps, de son patron exigeant. Je me complaisais à lui donner des conseils sur des actions à prendre pour que la situation change. Nous parlions, c'est tout. Il y a une différence entre parler et communiquer. Je ne l'ai jamais appris de mes parents. S'ils communiquaient, ils le faisaient en cachette. Quand je retournerai sur Terre, est-ce qu'il y aura des écoles pour apprendre l'échange avec les autres?

Dès que je pense à mes parents, je les vois se diriger vers moi. Leur regard est tendre, débordant d'amour. *C'est curieux, je ne les vois plus comme « mes parents », mais comme deux personnes que je côtoie et avec qui j'ai envie d'échanger.*

À tour de rôle, chacun m'explique que mon sentiment provient du fait que nous faisons partie d'une même famille d'âmes. C'est d'ailleurs pour cela que nous nous retrouvons ensemble. Au fur et à mesure que je m'ouvrirai au monde de l'âme, je me rendrai compte de l'existence de cette grande famille à laquelle j'appartiens. Tous mes proches sur Terre en font partie, semble-t-il; avec le temps, je serai en mesure d'en connaître d'autres, ici, sur ce plan, et je verrai à quel point nous cherchons tous à élever notre âme. Mes parents ajoutent que, sur Terre, nous ne nous rappelons pas cela, hélas! C'est pourquoi, plutôt que d'apprendre à vivre et à expérimenter l'amour véritable, nous agissons souvent comme si nous étions ennemis ou adversaires.

WOW!, que c'est excitant d'apprendre! Comment se fait-il que je sache intuitivement que tout ça est vrai? Habituellement, face à de nouvelles révélations, je reste sur mes gardes. Est-ce que, par hasard, je deviendrais crédule? Voilà que j'entends la voix de MISHAËL en moi. « Ne t'inquiète pas, cher Arissiel. La raison pour laquelle tu sais si une information s'avère vraie ou non, c'est que tu t'ouvres, que tu sens davantage. C'est une réaction en chaîne : plus tu perçois ce qui se passe en toi, plus tu ressens les émotions des scènes passées ou présentes, et plus ton intuition refait surface; ainsi, tu SAIS, sans te poser de questions ou résister à ce que tu apprends. »

Aussitôt, mon père reprend la parole :

— Tu voulais savoir si ta mère et moi communiquions ensemble… Eh bien non, et nous en avons bien souffert. Nous voulions, mais ne savions pas comment. Nous devrons l'apprendre à notre retour sur Terre, peut-être en ta compagnie, qui sait?

Cette conversation me bouleverse. En même temps, tout ce qui se déroule ici est si naturel. Je ne connais pas l'avenir, alors, je ne sais pas si j'apprendrai en leur compagnie. D'après MISHAËL, c'est possible. Comment y arriver? Mystère. Je fais part de ma confusion à mes parents. Ils me comprennent, me sourient et s'éloignent lentement en causant entre eux.

Sans tarder, je poursuis mes observations sur Terre. Suite à ce fameux incident avec ma fille et Marlène, je suis de retour à la maison après mon séjour en Europe. Ô surprise, Mona m'attend à la maison, élégante et bien coiffée. Elle est toujours jolie, malgré les quelques kilos qu'elle a pris depuis notre mariage. Après tout, elle approche la quarantaine, me dis-je. *Mais… qu'y a-t-il de différent chez elle? Ses cheveux? Eh oui! ils sont courts et parsemés de mèches blondes. J'ai toujours aimé sa couleur d'un beau brun roux riche, mais j'avoue que ces mèches lui donnent un air plus jeune. Ou est-ce son sourire et ce qui se dégage d'elle qui lui donnent cet air de jeunesse? Je ne sais pas, mais elle a quelque chose de différent.*

Elle devine que je la trouve belle, ce qui la fait sourire davantage. C'est moi qui attaque la conversation :

— On dirait que tu as une bonne nouvelle à m'annoncer. As-tu gagné le gros lot?

Après un rire franc, elle réplique :

— Non, j'ai seulement réfléchi à nous durant ton absence et j'ai réservé deux places pour ce soir au restaurant *Le SOUPIR*, ton préféré. Tu m'as dit hier que tu n'avais rien de planifié; es-tu toujours libre ce soir? J'ai envie de te faire part de mes réflexions. Nous n'avons pas passé une soirée en amoureux depuis des lustres... Ça me manque!

Son idée d'un repas en tête à tête m'a d'abord frappé au cœur et à l'estomac, mais le mot « amoureux », prononcé avec tant de douceur, me détend instantanément. Bien que les deux dernières semaines aient été très occupées, la pensée de la mésaventure avec Carina et Marlène m'a obsédé. Je me demandais si Carina allait tout raconter à sa mère. Ouf! Mona semble loin de vouloir me sermonner, je peux donc me détendre. Sans tarder, je lui réponds que son idée me plaît.

— Donne-moi seulement un peu de temps pour décompresser avec un martini…

Elle s'empresse de me préparer le cocktail comme je l'aime et se verse un verre de vin. Pendant que je prends ma douche, elle prépare aussi des amuse-gueules et apporte le tout au salon. Il y a longtemps que nous n'avons pas vécu de si beaux moments et je le regrette. Je me surprends à admirer la pièce où nous sommes, et, par la porte-fenêtre, notre magnifique jardin. C'est Mona qui s'occupe des fleurs; ça la détend, c'est une méditation pour elle, m'a-t-elle dit un jour. Je ne sais ce qu'elle entend par « méditation », mais notre jardin, dont je profite peu, fait l'admiration des voisins.

Pourquoi ne pas être plus souvent ensemble, ici ou ailleurs? Avec mes horaires et les imprévus, c'est difficile... Enfin, nous verrons. Je suggère à Mona d'ouvrir les deux grandes portes-fenêtres, je veux profiter des arômes de son jardin, plus beau d'année en année; ça ajoute à son bonheur, elle ne se souvient pas de la dernière fois où je l'ai complimentée sur SON jardin.

Nous avons à peine pris une gorgée que Carina arrive en coup de vent et crie :

— Qu'y a-t-il pour souper?

Elle porte un jeans et un court veston bleu pâle. Ses yeux pétillent de joie et ses joues sont rosies comme si elle arrivait d'un marathon. Je l'observe à ma guise, puisqu'elle ne m'a pas encore remarqué. Elle enlève son veston; elle arbore un chandail moulant, et je constate qu'elle devient de plus en plus femme. Sûrement beaucoup de gars lui tournent autour. *C'est étrange, je sens un pincement au cœur.* « Tu ne savais pas que tu étais jaloux, n'est-ce pas? », me taquine une petite voix en moi.

Elle fait quelques pas et nous aperçoit au salon, un verre à la main, détendus. Abasourdie, elle stoppe et nous dévisage, incrédule.

— Est-ce que j'aurais oublié un anniversaire?

— Mais non, ma chérie, répond Mona. Ton père et moi avons décidé de passer une soirée en amoureux. Après notre apéro, nous allons au restaurant. Tu devras te débrouiller seule pour manger. Je ne sais même pas si Benani sera de retour : il est parti chez Marc, il mangera probablement là, c'est devenu sa deuxième famille.

Carina me fixe avec un regard furieux. *Est-ce qu'elle croit que j'ai tout manigancé pour me faire pardonner? Je n'en serais pas surpris. Je ne peux rien dire, et j'espère qu'avec le temps, elle oubliera cet incident.* Je vois ses pensées qui filent à un rythme effarant. Elle se sent coincée, ambivalente, incertaine. Elle est si bouleversée qu'elle se réfugie dans sa bulle : « Qu'est-ce qui se passe? Est-ce que papa a changé à ce point? A-t-il décidé de laisser cette femme qui sûrement est sa maîtresse? Sa façon d'agir avec elle au restaurant prouve qu'ils se connaissent depuis longtemps. Ah! Ce serait tellement bien si mes parents pouvaient redevenir amoureux. Nous aurions enfin une vraie vie familiale…

… Mais je n'y crois pas. C'est impossible! Il est tellement habitué à faire ce qu'il veut, quand il veut, que je le vois difficilement avoir une vie de famille normale, être présent tous les soirs pour le repas, par exemple. À la limite, je me contenterais de quelques soirs par semaine. Selon maman, il était très présent la première année de leur mariage. Mais, peu après, il a été de plus en plus occupé, puis tout a basculé. Je ne comprendrai jamais comment elle a pu tolérer cette vie-là. En tout cas, moi, je ne me ferai jamais avoir. Autant vivre seule le reste de mes jours que de me retrouver avec un mari absent. Et en plus, les rares fois où il est ici, on ne sait jamais sur quel pied danser tellement ses humeurs varient : à certains moments, il nous comble de cadeaux et à d'autres, nous n'existons plus…

... Par contre, j'ai entendu dire qu'il n'est jamais trop tard. Qui sait? Il commence peut-être à se réveiller! Il regarde maman d'une façon telle que je me demande si je peux espérer. Comme ils sont beaux tous les deux. Je comprends ma mère de l'aimer encore. Il est grand, il a gardé sa taille de jeune homme, avec de belles épaules larges comme je les aime, il est élégant, et séduisant, avec ses tempes grisonnantes...

... NON, je ne dois pas me créer de faux espoirs. J'ai été trop souvent déçue. Rien qu'à penser que maman est en train de se faire avoir encore une fois, ça me fâche. Elle a toujours accepté les miettes qu'il lui jette. À la moindre petite attention, elle succombe. Quelle idiote! Pourtant, c'est une femme intelligente, pleine de talents. Tout ça est gaspillé à cause de l'amour qu'elle lui garde. Il est tellement enjôleur qu'elle tombe dans ses filets à tout coup. Et elle n'est pas la seule; il l'a sûrement trompée à plusieurs reprises. Je me demande si elle s'en doute. J'espère que oui, sinon elle plus aveugle que je croyais...

... Est-ce que je devrais lui parler de cette Marlène? Maman ne mérite pas de souffrir davantage. Elle fait tout son possible; elle est peut-être idiote ou naïve parfois, mais je ne voudrais pour rien au monde lui faire mal. Heureusement que Ben et moi l'avons eue. Elle a joué le rôle des deux parents. Si elle avait été comme papa, je ne sais pas ce qui nous serait arrivé. »

Bon sang! Pourquoi nous est-il interdit de savoir ce qui se passe quand nous sommes sur Terre? Ce serait tellement utile! À bien y penser, si j'avais su ce que ma fille pensait de moi, j'aurais été emporté par une telle colère que je lui aurais dit ma façon de penser. Et que je lui aurais hurlé de se mêler de ses affaires. MISHAËL a raison de dire que mon ego est trop fort.

À cette réflexion, MISHAËL apparaît et me dit :

— Si tu le veux vraiment, lorsque tu retourneras sur Terre, tu pourras savoir ce que les gens pensent et ressentent. Penses-y sérieusement, s'empresse-t-il d'ajouter, ce n'est pas pour rien que les humains bloquent leur perception. Ils se protègent. Tant qu'ils auront un ego aussi puissant, ils ne doivent pas devenir conscients trop vite, car ils ne pourraient pas le gérer. Par contre, si tu décides que tu veux vraiment tout savoir et que tu es prêt à en assumer les conséquences, tu évolueras rapidement et tu atteindras l'harmonie intérieure beaucoup plus vite…

… Je te suggère de prendre le temps de vérifier comment tu vivrais les situations dans une vie future, en sachant tout. Pourrais-tu y faire face? Par exemple, dans la situation dont tu viens d'être témoin, tu crois que tu te serais emporté? Alors, au cours d'une situation similaire, serais-tu capable de t'accepter, c'est-à-dire te donner le droit de te mettre en colère et d'utiliser cette colère pour apprendre de nouveaux moyens pour mieux vivre? Si oui, ça signifie que tu pourrais la gérer et ce serait merveilleux pour toi.

Ouais… pourrais-je agir comme MISHAËL le propose? Je n'en ai aucune idée. Que de nouvelles possibilités à envisager! Que de décisions! En plus, ça m'étonnerait que ce soit facile; il n'a jamais dit, d'ailleurs, que ce l'était. Alors, pourquoi retourner sur la Terre et me compliquer la vie? Enfin, je ne décide rien pour le moment. Il m'a bien dit d'y réfléchir et c'est ce que je ferai.

Je me vois maintenant au terme de cette soirée qui, en définitive, s'est bien déroulée. Au restaurant, Mona m'a expliqué avoir réfléchi depuis la conversation où elle m'avouait penser au divorce. Elle a décidé de faire tout en son pouvoir pour sauver notre mariage et me demande si je veux faire ma part. Voilà la raison de cette soirée et de sa transformation, incluant sa bonne humeur. Je lui réponds que je ferai mon possible pour être plus souvent à la maison et auprès des enfants. Elle déclare que le plus difficile pour elle est d'être témoin de ma relation avec eux. Elle n'aime pas leur attitude des enfants à mon égard, de même que le peu d'attention que je leur porte.

J'ignore de quelle façon m'amender, et j'admets que je ne suis pas très « paternel ». Je lui promets de parler avec chacun d'eux dès que possible. Elle est tellement heureuse et épanouie qu'elle rajeunit à mesure que les heures s'égrènent. C'est dans l'harmonie que nous avons terminé cette soirée, enlacés après avoir fait l'amour. Je me jure bien cette fois de respecter ma promesse.

Hélas!, le quotidien reprend son cours. Le lendemain, je ne vois pas les enfants, il m'est donc impossible de leur parler. Puis, accaparé par mes transactions financières, je finis par oublier ma promesse. Mona, qui s'est rendu compte de tout, me demande, de temps à autre, à quel moment je me propose de rencontrer Benani et Carina. Je lui réponds que ça fait partie de mes plans, mais que chaque fois que j'y pense, ils se sont déjà volatilisés. *Quelle bonne excuse pour ne pas respecter ma promesse.* Puis, tout redevient comme avant. Mona est déçue, une fois de plus, par mon attitude, et songe à renoncer. *Je sais qu'elle a raison, mais il est trop tard.*

D'ailleurs, les enfants ne sont plus très présents. Mon fils déménage en appartement quelques mois après ce fâcheux incident et ma fille quitte la maison à son tour pour se loger plus près de l'Université de Montréal où elle aspire à décrocher un bac en commerce. Pourquoi ne choisit-elle pas l'Université de Laval, plus près de chez nous? Sans doute parce qu'elle voulait s'éloigner de la maison le plus possible. Son excuse était parfaite, d'autant plus qu'elle savait que je la supporterais financièrement.

Deux ans plus tard, elle quitte ses études pour être indépendante. Elle choisit la vente pour, dit-elle, être son propre patron. Elle ne veut dépendre de personne, elle devient donc agent d'immeuble. Je ne côtoie mes enfants que lorsqu'ils visitent leur mère et l'atmosphère est de plus en plus tendue quand ils sont là. J'ai l'impression de voir deux étrangers devant moi. Ils sont très différents l'un de l'autre, mais semblables dans leur attitude froide et distante à mon égard. *S'ils me reconnaissaient comme leur père et qu'ils étaient plus chaleureux avec moi, ce serait plus facile.*

MISHAËL me dirait que ce genre de réflexion vient encore de mon ego. Ouf! que c'est difficile d'accepter que je récolte strictement ce que je sème! Il me semble que TOUT n'est pas de ma faute! Qu'eux aussi ont une part de responsabilité! Peut-être qu'un jour, j'arriverai à démêler tout ça.

— 17 —

La séparation

Ma vie va vite, de plus en plus vite. Quelques années plus tard, Mona décide de me quitter. Elle a décroché un travail à temps plein dans un studio renommé, et reçoit aussi des commandes privées. Cela lui apporte la sécurité financière et la tient occupée, étant donné que je suis aussi absent qu'avant et que les enfants volent désormais de leurs propres ailes. Je veux savoir, par curiosité, si elle me quitte pour quelqu'un d'autre; non, me répond-elle, elle a eu quelques aventures durant les cinq dernières années, en l'occurrence depuis que les enfants sont partis, mais c'est tout.

Elle déplore la situation, car elle éprouve encore de l'amour pour moi et aurait souhaité que la situation soit différente. Tout en reconnaissant l'importance de mon support financier, elle est convaincue que le fait de vivre seule accroîtra ses chances de refaire sa vie. « Je ne veux pas attendre d'être trop vieille », dit-elle, comme pour se convaincre. Elle ajoute sur un ton teinté d'ironie mais sincère : « Je crois en la réincarnation; nous nous rejoindrons peut-être dans une autre vie! Je n'aurais aucune objection. Mais, avant de m'engager avec toi, je m'assurerai que nous pouvons vraiment communiquer. Une partie de moi t'aime toujours, mais une autre, plus forte, t'en veut de ne pas avoir fait plus d'efforts. Je trouve la vie parfois injuste. Pas toi? »

Sa décision ne m'étonne guère. Notre relation est dans un piteux état. D'abord, je ne me rappelle pas la dernière fois où nous avons fait l'amour. Ensuite Mona est de plus en plus absente de la maison à mes retours de voyage et, de mon côté, je m'habitue à être célibataire. Nous menons notre vie à notre guise et ça lui convient autant qu'à moi. Par contre, quand je reviens, je suis heureux de me retrouver dans un lieu propre et paisible; elle s'occupe bien de la maison, des vêtements, des comptes à payer, de tout, quoi, ce qui m'arrange. *C'est la moindre des choses, avec tout l'argent que je lui apporte*.

Nous sommes mariés en communauté de biens et j'ignore ce que la séparation implique pour moi du côté financier : je devrai donc consulter mon avocat. Est-ce qu'elle n'envisage qu'une séparation temporaire, au cas où elle changerait d'idée, ou veut-elle vraiment divorcer? Elle me répond sans équivoque :

— J'ai attendu d'être vraiment sûre de moi avant de te l'annoncer, ma décision est prise, je veux divorcer.

Elle reprend son souffle et poursuit :

— Tu penses que ce n'est pas une bonne idée? Tu as eu de nombreuses aventures, je le sais. Carina m'a même raconté t'avoir surpris un jour avec une femme. Elle me l'a avoué seulement dernièrement, parce que je voulais te quitter et que je voyais d'autres hommes à l'occasion. Elle a été très soulagée de se libérer de son secret.

— Je savais qu'un jour nous en arriverions au divorce. Mais, d'une chose à l'autre, d'un voyage à l'autre, le temps file. Je me suis habitué à t'avoir à mes côtés et il paraît que plus on reste longtemps avec une personne, plus il est difficile de se séparer, à cause de l'habitude. Et puisqu'on ne se nuisait pas, on aurait pu garder la situation telle quelle. Depuis que tu travailles à plein temps et que tu t'entoures de tes amies, tu t'épanouis.

J'ai été incapable d'échanger en profondeur sur un événement d'aussi important. Quel lâche! Je préférais que ce soit elle qui prenne la décision, ça m'évitait de le faire. Je me leurrais en pensant que, puisque je subvenais à ses besoins et à ceux des enfants, ils n'avaient pas à se plaindre. Quel spécialiste j'ai été pour me trouver des excuses! Mon adage était : « Nous ne nous nuisons pas, pourquoi vouloir changer les choses? » Et je me suis vanté d'être un homme responsable! Que c'est différent d'observer ces situations avec des yeux nouveaux! MISHAËL *doit être fier de mon progrès et de ma capacité à me montrer de plus en plus ouvert.*

J'entends sa réponse jaillir en moi : « Oui, tu vois les choses d'une façon plus réaliste. Hélas! Tu oublies que tu ne dois pas te servir de ton nouveau savoir pour te condamner, mais pour devenir plus conscient. Je te le répète : sois plus doux, plus permissif avec toi-même. »

Je poursuis mes observations.

Puisque j'ai peur qu'un divorce me coûte très cher, je rassure Mona en lui disant que je vais prendre en charge les procédures; je m'occuperai de tout. Elle accepte. Mon avocat me confirme mes craintes, le régime de communauté de biens exige que je remette à Mona la moitié de tous mes avoirs et placements au moment du divorce. C'est énorme, car avec les années, je suis devenu très riche. Elle n'a d'ailleurs aucune idée de la valeur de ma fortune. C'est injuste d'avoir à donner la moitié de ce que j'ai accumulé grâce à mon travail acharné, sans compter le stress que j'ai dû supporter.

Je réfléchis rapidement : si je lui paie une très bonne pension, elle oubliera le divorce pendant un temps, ce qui me laissera le temps nécessaire pour déplacer et cacher certaines sommes.

Je lui reviens quelque temps plus tard :

— D'après la loi, étant donné que c'est toi qui me quittes et que tu n'as pas d'enfants à charge, je ne suis pas tenu de te payer une pension. Mais, comme je ne peux rien te reprocher en tant qu'épouse et surtout en tant que mère, j'ai décidé de te donner cinq mille dollars par mois pour t'aider à te réinstaller. Tu peux même habiter notre maison pendant un an si tu veux, le temps de te trouver un endroit qui te plaira. La pension te sera versée jusqu'à ce que les papiers de divorce soient complétés. Mon avocat m'affirme que ce sera long, à cause du genre d'entreprise que je mène et de la dispersion de mes biens.

Elle acquiesce immédiatement, surprise de ma proposition. Elle n'est pas pressée pour les papiers de divorce, admet-elle, car elle n'a aucune intention de se remarier prochainement. Je suis soulagé; cet arrangement, très avantageux pour moi, s'est conclu aisément. Ces soixante mille dollars par année, plus les frais d'entretien pour la maison, ne sont rien, comparés aux sommes que je devrais lui remettre si je lui donnais la moitié de ma fortune.

Je loue une superbe suite dans un grand hôtel au centre-ville de Montréal, d'où je peux facilement aller à l'aéroport. Le gérant est une connaissance à qui j'ai déjà fait quelques faveurs et il accepte un arrangement satisfaisant pour lui et moi. Aucune préoccupation de ce côté, donc. Quant à Mona, elle profite de mon offre de demeurer dans la maison pendant un an, tous frais payés.

Lorsqu'elle déménage, un an plus tard, je vends, et j'achète ensuite un luxueux condo à Laval où il m'est facile de trouver de l'aide pour l'entretien.

À partir de ce jour, je ne revois plus personne de ma famille. La somme promise est versée automatiquement dans le compte de banque de Mona, et les enfants trouvent toujours une bonne excuse pour se soustraire à ma présence, jusqu'au jour où Carina m'annonce qu'elle et son frère ne sont plus intéressés à me voir.

Je n'ai pas senti ce que je vivais, je ne pensais qu'à l'aspect financier. Après autant d'années passées avec Mona, la douce Mona, je me suis comporté comme un consommateur qui choisit entre deux vêtements. Je prends conscience maintenant seulement de ma grande tristesse après cette séparation. J'éprouvais une intense sensation d'échec face à mon mariage et à mon rôle de père. Et chaque fois que la douleur surgissait, je la réprimais et je trouvais un moyen pour me divertir. Heureusement que j'ai bien réussi en affaires, ça me console. Mon travail constituait une diversion idéale.

Pendant que je suis dans cet état, MISHAËL se manifeste :

— Bravo Arissiel! Tu es de plus en plus capable d'observer les séquences en identifiant les moments où ton ego te coupe de tes sentiments. La capacité de t'émouvoir, que tu redécouvres, facilitera ton retour terrestre. Cependant, ce n'est pas parce que tu reconnais la présence de ton ego que tout sera parfait quand tu retourneras sur Terre. Tu te souviens quand je t'ai parlé de passer des examens pour vérifier si tu as bien assimilé ta leçon?

— Est-ce que ce sera difficile? Je doute de me rappeler tout ce que j'apprends avec toi.

— Tout sera enregistré en toi, mais il te faudra la volonté bien arrêtée de faire face à ton ego. Le plus difficile pour vous, les humains, quand vous êtes sur Terre, est d'être entourés de congénères qui ont développé un gros ego et qui oublient leur cœur. Ils peuvent vous influencer; c'est tellement facile de se laisser prendre au piège et de n'agir qu'en fonction de son ego quand nos proches le font…

… As-tu remarqué que, en visionnant ta vie, tu as surtout observé des scènes où tu te laissais dominer par ton ego? Que cela ne te trompe pas, tu n'es pas seulement égoïste. Il y a plusieurs occasions dans ta vie où tu as eu de la compassion, mais tu avais tellement peur de passer pour un faible que tu n'osais pas le monter. Te souviens-tu des fois où tu as pleuré de joie? Par exemple, aux premiers pas de ton fils? Ou quand tes enfants te disaient : « Je t'aime papa »? Tu cachais tes larmes; il n'empêche que tu étais dans ton cœur!

Aussitôt que MISHAËL relate cet incident, je revois mon fils Ben, sa tête blonde et son visage épanoui quand il fait quelques pas et s'effondre dans mes bras. Il n'a pas même un an. J'ai les yeux dans l'eau et Mona est tout aussi émue. Je m'empresse de détourner la tête pour échapper à son regard. Trop tard. Elle fait semblant de n'avoir rien vu pour éviter de m'embarrasser. *Je comprends ce que MISHAËL veut dire par « être dans son cœur » et se permettre de sentir. Même si je me contrôle, la sensation est là. Ce serait tellement plus agréable de vivre si je ne me retenais pas autant! Rien qu'à y penser, j'ai une boule dans la gorge. Quel inconfort! Comme si c'était honteux de pleurer, non seulement de peine, mais de bonheur!*

Mona, elle, fond en larmes sans honte, elle est même capable de rire en même temps. C'est sans doute plus facile pour les femmes. J'aimerais bien me laisser aller, mais j'ai appris qu'un homme qui pleure est un faible. Mes fondements s'écroulent. Cela ne venait pas de mes parents, mais plutôt des copains et de certains professeurs. *Hein, est-ce moi qui admets petit à petit qu'un homme peut se laisser aller autant qu'une femme?* MISHAËL me regarde, compréhensif et me dit :

— C'est une très bonne idée; pouvoir lâcher prise te procurera beaucoup de plaisir dans ta prochaine vie. Ce sera facile si tu gardes bien en vue ton intention de rester toi-même et d'ouvrir ton cœur.

Il s'empresse de me rappeler un autre incident.

— Te souviens-tu du dégât d'eau dans le sous-sol de ton voisin?

Oui! Je revois Hubald totalement défait, découragé. C'est naturel de vouloir l'aider, d'autant plus qu'il vient d'apprendre que sa compagnie d'assurances refuse de couvrir les frais à cause d'une négligence. Si j'étais dans sa situation, me dis-je, j'aurais voulu aussi recevoir un coup de main. Même Mona est étonnée du fait que je passe deux jours chez lui, et encore plus que je lui offre la somme de cinq mille dollars. Il ne sera pas obligé de me rembourser; grâce à une transaction récente, j'ai réalisé un profit beaucoup plus gros que celui que je prévoyais. Quand Mona me demande si je donne pour compenser ma culpabilité d'avoir fait autant d'argent d'un coup, ça me fait réfléchir. Je me rends bien compte qu'elle ne m'accuse pas, elle est seulement surprise par mon geste. « Non, je ne me sens pas coupable, j'ai vraiment envie de l'aider, lui ai-je répondu. »

Quand je remets l'argent à Hubald, je ressens un bonheur réel à voir son soulagement et sa reconnaissance. Je me rends soudain compte de la différence entre donner pour le plaisir, et donner pour avoir la paix, satisfaire les convenances ou accomplir mon devoir de père et de mari.

MISHAËL est toujours là, ravi de m'observer pendant que je fais des prises de conscience. Il commente :

— Je n'insisterai pas sur tous les moments où tu agissais selon ton cœur. Mais crois-moi, TU AS VRAIMENT UN GRAND CŒUR, même si tu l'as méconnu pendant longtemps à cause de ton ego. Je t'ai déjà expliqué que l'ego, présent chez la majorité des humains, s'est créé suite aux blessures non cicatrisées. Alors, ne t'en fais pas, tu es comme tout le monde, tu as des plaies encore ouvertes et tu dois retourner sur Terre jusqu'à ce qu'elles soient guéries.

— Voilà plusieurs fois que je t'entends parler de « blessures », peux-tu m'expliquer ce que tu entends par là?

— Je parle de blessures de l'âme et non de blessures physiques. Mais, avant de répondre à cette question et de t'informer de ce que nous avons planifié pour ta prochaine vie, j'aimerais que tu examines ta vie professionnelle. Tu comprendras plus facilement quand, par la suite, je t'expliquerai à quel point ces blessures t'ont éloigné de ce que tu voulais au plus profond de toi.

Sur ces paroles, MISHAËL disparaît comme l'éclair.

— 18 —

La loi de cause & effet

Ma vie professionnelle sera certainement plus agréable à revoir, car dans l'ensemble, je suis fier de moi. J'ai travaillé dur et j'ai bien réussi.

Cependant, dès la première scène, je suis stupéfait. Je suis un adolescent de quatorze ans qui n'aime pas l'étude, alors je compense mon manque d'intérêt en faisant appel à une stratégie : je soudoie un copain studieux pour qu'il me fournisse les réponses aux examens. Quelquefois il place un papier carbone sous sa feuille, la laisse tomber à côté de mon bureau et je la récupère discrètement; d'autres fois, il griffonne des mots clés sur des papiers et les place à ma portée. C'est ainsi que je réussis mes examens haut la main et sans remords. Lui vient d'une famille pauvre, mon argent lui est très utile.

Toujours à cet âge, je travaille comme livreur de journaux le matin et dans un restaurant après la classe. Je suis nettement plus intéressé aux affaires qu'aux études. Je suis prêt à tout pourvu que ce soit payant, je crois déjà que l'argent peut tout acheter, même un diplôme. À mon avis, le professeur ne sera pas fâché. Si tous les élèves passent leurs examens et obtiennent leur diplôme, ça contribuera à sa réputation de bon enseignant. *J'établis mes propres règles sans aucun scrupule : je décide pour un professeur que c'est dans son intérêt que ses élèves passent leurs examens par n'importe quel moyen.*

Ceci dit, je me trouve plutôt beau garçon. Étonnamment, je suis habillé à la mode. Mes parents, en dépit de leur attitude vieux jeu, me laissent choisir mes vêtements. Je revois les yeux ébahis de ma mère alors que je sors de ma chambre vêtu de mes pantalons pattes d'éléphants. Elle n'ose dire un mot.

Je suis plus grand que mes copains de classe, j'ai une barbe naissante et je me sens homme. Rapidement, je m'aperçois que quand je montre de l'assurance - même si je suis terrorisé intérieurement -, les autres me font confiance, grâce à quoi je peux les manipuler.

J'ai vingt ans à présent. Je travaille pour une compagnie d'assurances spécialisée en assurances-groupes auprès des grandes sociétés. Déjà les rouages de la profession n'ont plus de secrets pour moi. Lorsque j'approche le directeur de la compagnie, je l'impressionne par ma perspicacité et ma capacité de répondre aux questions. En dépit du fait que je gagne assez bien ma vie, je veux paraître prospère; tous les directeurs de la compagnie s'habillent avec classe et conduisent de grosses voitures. Désormais, c'est ça que je veux. Il faut absolument que je gagne beaucoup d'argent. Tout y passe : les courses, les jeux de hasard et même les gageures illégales. Quand je peux, c'est au casino de Las Vegas que je me retrouve, même si c'est très loin, car il n'y a aucun casino au Québec. Hélas! on ne gagne pas à tout coup! Je m'endette et je me vois forcé de faire appel à des prêteurs sur gages, de vrais voleurs qui exigent 30 % d'intérêt.

Mes emprunts s'accumulent et je panique. Parallèlement, je travaille de plus en plus et ma réputation de représentant monte en flèche, de telle sorte que mon patron me fait confiance et m'offre de très bons clients. Malgré mon salaire qui augmente, je n'arrive plus à payer mes dettes. Il faut que je trouve une solution et je pense au trafic de drogue.

Je me suis rendu compte que plusieurs de mes clients aiment la cocaïne, alors je les approche et leur laisse savoir que je connais un fournisseur très fiable, sans leur dire que c'est moi. Il n'est pas question qu'on puisse me soupçonner, alors je trouve cinq jeunes hommes qui acceptent de travailler à ma place. Je leur fournis une liste de contacts, ils prennent les commandes et font les livraisons. Je m'enrichis, mais je travaille comme un forcené et suis toujours sur mes gardes. Heureusement que je suis jeune et en forme, me dis-je fièrement. Je maintiens ce rythme pendant un an et j'arrive à m'acquitter de mes dettes; puis je me libère de tout ce qui est relié à la drogue.

À cet âge, je suis déjà fermé; je ne sens absolument rien et je néglige les conséquences de mes actes. Seules les réussites financière et professionnelle m'intéressent. Je suis déjà expert dans l'art de me justifier pour libérer ma conscience. Par exemple : si ce n'est pas moi qui fournis la drogue, quelqu'un d'autre le fera! Ou : je ne suis pas responsable des gens dépendants, ils l'étaient avant que j'arrive dans leur vie... Comment pouvais-je croire à ces sornettes? Sauf que, en fait, ces excuses m'ont permis d'éviter ma culpabilité.

MISHAËL s'approche de moi:

— Tu vois tout ce que tu faisais pour éviter de te sentir coupable? Il est vrai que la culpabilité n'est pas utile, car plus l'humain s'accuse de mal agir, plus il répète les mêmes actions. Seulement, il faut être attentif : l'ego s'amuse, par toutes sortes de raisonnements, à nier la culpabilité. Es-tu vraiment assuré que tu ne te sentais pas coupable ou fais-tu comme la plupart des humains, nier ta culpabilité?

— Mais alors, comment savoir si je me sens coupable ou si je me leurre? Quand je regarde tout ce qui concerne le trafic de drogue, par exemple, je suis convaincu de ne pas me sentir coupable.

— Voilà pourquoi la loi du retour existe. Prends l'exemple suivant : tu apprends qu'un trafiquant vend de la drogue à tes enfants ou à la femme que tu aimes, et qu'ils en deviennent dépendants; tu l'accuserais d'être responsable de cette dépendance, non? Et tu serais persuadé que si tes proches n'avaient pas accès à la drogue, ils arriveraient à se libérer de leur dépendance. Est-ce que, alors, tu ne ferais pas tout en ton pouvoir pour que le trafiquant se fasse arrêter?

Je rassemble mes arguments et réponds :

— Oui, parce que ça concerne des êtres chers. Ce n'est pas la même chose avec des inconnus.

— Si tu condamnes une personne quand elle agit comme toi, ça signifie que tu te condamnes aussi, même si ton ego essaie de te faire croire le contraire. Ton ego, tu le sais, pense te protéger quand il te raconte des balivernes. Te rends-tu compte que, ce faisant, il t'empêche de voir la réalité, donc de choisir ce qui serait mieux pour toi? Un jour, tous les humains devront arriver à ne plus se sentir coupables. Avant d'atteindre un tel état, ils doivent être conscients de leur degré de culpabilité pour y faire face. Hélas!, ils excellent à ne pas la voir. C'est malheureux, parce qu'ainsi ils tournent dans un cercle vicieux qui les empêche d'être bien.

— Je comprends mieux. Mais si je ne m'étais pas senti coupable dans cette situation, qu'est-ce que j'aurais fait? Comment agit une personne qui n'éprouve aucune culpabilité?

Tout heureux, MISHAËL s'empresse de me répondre :

— J'espérais que tu sois suffisamment ouvert pour me poser cette question. Dans la situation qui nous occupe, ne pas te sentir coupable signifierait que tu acceptes ta responsabilité, que tu assumes les conséquences de tes actes. Lorsque tu récoltes ce que tu as semé, tu en acceptes les conséquences sans en vouloir à qui que ce soit. Dans cette situation, une des conséquences possibles pourrait être la prison. Ne pas te sentir coupable et être responsable veut également dire que lorsque tu rencontres quelqu'un qui agit comme toi, tu ne le juges pas comme un méchant…

… De plus, être responsable veut dire accepter une récolte qui se présente d'une façon inattendue, pas reliée au monde de la drogue, par exemple. L'humain récolte selon son intention et pas nécessairement par le même moyen. Les conséquences ici sont assez simples à prévoir. Tu as soutiré de l'argent à des personnes en perte de contrôle à cause de leur dépendance, alors il se peut que quelqu'un de ton entourage te soustraie de l'argent en profitant d'une de tes faiblesses.

— Quoi…? m'écriai-je, estomaqué.

Surgit alors une scène qui a lieu plusieurs années plus tard. Je travaille à mon compte en tant que spécialiste en import-export. Un jour, je découvre que ma secrétaire et mon comptable me volent. Elle, engagée pour faire ma comptabilité quotidienne, est devenue complice du comptable qui produit mes rapports mensuels. Ensemble, ils m'ont soutiré une grosse somme, impossible à évaluer parce que certaines de mes transactions ne sont pas déclarées, et que ma secrétaire était dans le secret.

J'ai des doutes quand je remarque sa superbe voiture et lui demande si elle a gagné à une loterie. Troublée, elle me répond évasivement quelque chose au sujet du père de son ami qui aurait un garage et qui lui aurait fait un bon prix. Autre indice : depuis quelque temps, j'ai noté un malaise quand je reviens au bureau, où je suis rarement à cause de mes voyages à répétition.

Au moment où je découvre le pot aux roses, je suis emporté par une telle colère que je dénonce les coupables sur-le-champ. Ils paient chèrement leur vol : en plus d'écoper de quelques mois de prison, ils voient leur réputation totalement compromise. J'apprends par la suite qu'ils ont beaucoup de difficulté à se trouver un emploi; ils le méritent, me dis-je, oubliant que la même chose aurait pu m'arriver.

Voilà de quelle façon j'ai récolté! Mon intention, ma faiblesse en somme, était de faire toujours plus d'argent par tous les moyens possibles. C'était ma drogue. Alors mes deux employés ont profité de la situation. Ce faisant, ils ont agi à ma façon, profitant de moi autant que j'ai profité de ceux qui ne pouvaient s'abstenir de drogue. Je n'avais jamais fait le lien.

MISHAËL est demeuré à mes côtés. Aussi, je lui demande :

— Nous récoltons TOUJOURS, MISHAËL?

— Oui, réplique-t-il, toujours. Personne ne sait quand et comment cette récolte se produira. Si ce n'est pas dans une vie, ce sera dans une autre. La récolte continue tant que la situation n'est pas vécue dans l'acceptation de l'autre et de soi-même. C'est de cette façon que les malheurs de certaines personnes, qui se demandent pourquoi Dieu les afflige de tant d'épreuves, peuvent être expliqués. La loi du retour s'applique à toutes les intentions; ce qui veut dire que si tu as de bonnes intentions, tu t'en attireras de la part des gens autour de toi…

… Te rends-tu compte de la chance que tu as de développer ton intelligence? Désormais, tu réfléchiras davantage avant de poser un geste qui peut te valoir des ennuis ou des résultats désagréables. Si tu avais su que tu récolterais en vendant de la drogue, tu aurais essayé de payer tes dus autrement, non? Et peut-être que tu ne te serais pas autant endetté?

— Exact. Tout cela me donne matière à réflexion. J'ignore si j'aurais agi autrement quand j'étais criblé de dettes. Une chose est certaine cependant, si j'avais su, au moment où je me suis fait voler, que la loi du retour était à l'œuvre, j'aurais agi différemment avec mes employés. Hum! Intéressant. Est-ce que je serai désormais capable de réfléchir et de penser à la loi avant d'agir?

— Ne t'inquiète pas. Tous les humains ont la possibilité d'atteindre cet état de conscience et d'intelligence. La seule différence, c'est le nombre de vies qu'il faut à chacun. Tu auras de multiples occasions de te pratiquer au cours de ta prochaine vie.

En prononçant ces paroles, MISHAËL a un ton espiègle. Il sait des choses qu'il ne veut pas me dire maintenant. Aussi, je cesse de lui poser des questions; pour le moment, je continue à préférer ne pas savoir ce qui vient.

— 19 —

La vie professionnelle

Je visionne d'autres scènes de ma vie professionnelle. Quelques semaines avant mon mariage, un des grands patrons m'appelle dans son bureau. Notre agence est située à la Place Ville-Marie, en plein centre-ville de Montréal et elle est tellement prospère qu'elle occupe un étage complet de l'édifice. Naturellement, les grands patrons bénéficient des plus beaux espaces et profitent d'une vue magnifique sur l'île de Montréal. Aller rencontrer ce patron signifie retourner dans un de ces grands bureaux impressionnants. « Un jour, me dis-je, j'en aurai un comme celui-là. »

Habituellement, je fais affaire avec mon directeur des ventes, alors je suis étonné d'être convoqué par ce patron. Sans préambule, il m'apprend qu'un des directeurs a été promu et qu'il m'a choisi pour le remplacer. Il est fier de moi : malgré mes vingt-quatre ans, j'ai fait mes preuves comme vendeur sérieux et efficace. Voilà pourquoi il m'offre la possibilité de diriger une trentaine de vendeurs. Cette promotion implique la gestion des réunions hebdomadaires et la motivation des vendeurs. En guise de compensation, un bon pourcentage de leurs ventes me sera remis, plus un boni si je dépasse les quotas mensuels. Et je peux continuer à faire des ventes personnelles. WOW! Quelle surprise! J'aspirais à ce poste, mais je ne pensais jamais le décrocher si tôt.

Je songeais parfois à partir à mon compte, mais puisque je ne savais pas encore dans quel domaine, j'avais remis ma décision à plus tard. En outre, je me marie dans quelques semaines et le moment est mal choisi pour me mettre en état d'insécurité. Mais un jour, c'est certain, j'aurai ma propre entreprise; en attendant, l'arrangement proposé me convient tout à fait.

Mon cœur bat la chamade. Je ne tiens plus en place. Je m'empresse de téléphoner à Mona pour lui annoncer l'événement.

— Prépare-toi, ma chérie, nous sortons ce soir. Fais-toi belle, je t'emmène manger au Reine Élisabeth où je t'annoncerai une bonne nouvelle.

Je quitte le bureau dès que je peux. Je me change et me rends chez Mona qui demeure toujours chez sa mère avec son frère plus jeune. Mon enthousiasme est contagieux : lorsque j'entre chez elle, elle est tout aussi fébrile que moi. La vie est belle.

Nous sommes bientôt attablés au bar luxueux de ce ravissant hôtel. Nous buvons une coupe de champagne; débordant d'enthousiasme, je lui apprends tout. Nous faisons des projets pour l'avenir, nous décidons d'avoir au moins deux enfants et le plus tôt possible. Fièrement, j'ajoute qu'elle n'aura pas besoin de travailler, puisque nous pourrons nous le permettre. *Ce n'est pas NOUS qui avons décidé qu'elle arrêterait de travailler, mais moi qui le suggère sans même demander son opinion. Comme elle ne me contredit pas, je tiens pour acquis qu'elle est d'accord et heureuse de ma décision.* Nous nageons littéralement dans le bonheur. Avec son sourire radieux, Mona est tellement belle que les clients des tables avoisinantes ne peuvent s'empêcher de nous regarder.

À quel moment cette joie spontanée est-elle disparue de notre vie? C'est triste de constater que les relations de couples changent. Hum! Je dois me rappeler qu'il n'est pas bon de regretter quoi que ce soit. Les scènes du passé ne sont là que pour m'aider à prendre du recul et à prendre de meilleures décisions plus tard. Je ne peux rien changer à ce qui est fait. WOW! Je deviens sage, on dirait!

Mon nouveau poste m'accapare. Comme je suis ambitieux, je rencontre autant de clients qu'avant. Je m'occupe de mes vendeurs et j'en recrute de nouveaux, je les forme et les motive. Mon travail devient un tourbillon qui me prend de plus en plus de temps. Mona commence à me le reprocher. Je lui réplique que je fais cela pour elle et nos futurs enfants. *Je ne veux pas voir qu'en réalité, je ne pense qu'à moi et à faire plus d'argent.*

J'ai même décidé qu'aussitôt que j'ai 200 000 $ d'économies, je pars à mon compte. Naturellement je n'informe pas Mona de cette décision. Mieux vaut lui laisser savoir quand ce sera fait, ainsi elle ne pourra pas me faire changer d'idée. Un plan commence à se dessiner pour ma future entreprise. J'ai rencontré à plusieurs reprises un client qui travaille dans l'import-export et qui m'affirme que je peux faire plus d'argent dans ce genre de travail que dans les assurances. En plus, il m'offre de m'y m'initier.

Ce client se spécialise surtout dans des produits de luxe qui proviennent de la Suisse et d'autres pays d'Europe, comme des montres, des horloges, des toiles, etc. Il me conseille de me concentrer plutôt dans des produits du Moyen Orient, des meubles en bambou, des décorations murales, par exemple, surtout des marchandises abordables. Je ne lui ferai donc pas concurrence : « Nous pourrions nous entraider en échangeant de nouveaux contacts », suggère-t-il. L'idée m'intéresse de plus en plus. Sauf qu'il faudra que je voyage beaucoup, alors je garde mes projets secrets; Mona se plaint déjà suffisamment du fait que je sois peu présent à ses côtés.

De toute façon, je veux éviter de brusquer les choses; j'aime mieux prendre le temps de connaître à fond le marché, comme je l'ai fait pour les assurances. Avec des connaissances adéquates, j'accroîtrai de beaucoup mes chances de réussite. Ce comportement m'a toujours été bénéfique. Je pense aussi à l'investissement requis et suis résolu à ne pas m'endetter, cette fois. Ou si ça s'avère nécessaire, je le ferai de façon à ne pas me mettre en situation d'illégalité.

Ah! Si j'avais appliqué les mêmes critères à ma vie affective, quelle différence ç'aurait fait! Je ne me suis jamais intéressé aux possibilités d'améliorer les relations familiales et intimes. Mona m'a fait part de l'existence de livres et de cours, mais je n'y prêtais pas attention. Quelle ignorance!

Avec les années, je commence également à faire un autre genre de transactions pour mon compte personnel. Tout commence le jour où j'apprends que Georges, un de mes clients, propriétaire d'un magasin de meubles, est menacé de faillite. Il est désemparé, il ne sait comment se débarrasser de son inventaire. Or, un de ses amis lui a offert un partenariat dans une autre entreprise, et il sait qu'en cas de faillite, il ne pourra obtenir de crédit. J'approche deux autres de mes clients, propriétaires de magasins de meubles, leur demande s'ils veulent profiter d'une aubaine et leur donne six mois pour me payer. Ils sont d'accord. Je reprends contact avec Georges et lui fais une offre. Après vérification de ses livres, il m'annonce que son lot de marchandises vaut environ deux millions de dollars. Je lui offre 500 000 $ pour le tout en lui promettant 50 000 $ maintenant et le reste payable dans les six mois.

Ce montant est certainement inférieur au prix payé, mais je fais taire ma conscience en croyant lui faire une faveur. Je peux revendre le tout pour 700 000 $, ce qui me procurera 200 000 $ de profit. Georges est si ébranlé par la tournure des événements qu'il accepte ma proposition. Il consent en outre à rédiger les accords en faisant disparaître la moitié du montant, de sorte que nous puissions l'un et l'autre sauver de l'impôt. Je flambe une partie de mes économies pour faire le premier paiement

J'évite de faire part de cette transaction à mon patron et à mes collègues et j'en glisse un mot à Mona en lui taisant le risque encouru. D'ailleurs, elle me fait totalement confiance. Cet arrangement a lieu après la naissance de notre fils. Elle est si préoccupée à jouer à la maman que ses questions concernant mes affaires se font de plus en plus rares. Cela me réjouit, elle se plaint moins de mes absences.

Dans les années qui suivent, je conclus plusieurs transactions du genre, tellement que je dois louer une grande bâtisse pour entreposer le matériel en transit. Je suis devenu spécialiste en négociations. J'offre de moins en moins d'argent aux malheureux menacés par la faillite, souvent prêts à n'importe quoi pour se sortir du pétrin. *Ici également, je suis insensible au malheur des autres et prompt à trouver des raisons pour ne pas culpabiliser. Après tout, je sors ces gens de leur impasse et ils ne sont pas obligés d'accepter mes termes.*

J'admire l'énergie que je déploie à mon travail. Je continue à effectuer des transactions avec de grosses compagnies et je progresse tellement en tant que directeur des ventes que mes résultats surpassent ceux des autres directeurs. Je reste cependant intègre dans mon travail pour cette compagnie; je trouve la police d'assurance qui convient à chacun de mes clients qui me considèrent comme une personne fiable. Je consacre également plusieurs heures par semaine à motiver et à aider les vendeurs de mon équipe.

En somme, c'est comme si j'avais au moins trois personnalités. Une pour le travail dans l'assurance, une pour les transactions personnelles et une dernière pour ma vie familiale et personnelle. Est-il possible qu'une même personne adopte des comportements aussi différents? Dans le premier cas, je suis considéré comme une personne chaleureuse, fiable, travaillante, toujours prête à aider et à donner des conseils; il est vrai que j'aide mes vendeurs à développer leur confiance et à prospérer. Dans le deuxième, je suis un homme d'affaires sérieux, redoutable, implacable même, et déterminé à avoir le dernier mot; je sais ce que je veux et rien ne m'arrête. Dans le troisième, je passe pour un mari et un père généreux, mais aussi un sans-cœur qui délaisse sa famille et surtout un orgueilleux qui veut toujours avoir raison.

Je n'échappe pas à la réaction de ma belle-famille. Mme Dufour, la mère de Mona, vit seule avec son fils Gary, efféminé et accroché à elle. Il a six ans de moins que Mona, et n'a presque pas connu son père qui est décédé quand il avait 4 ans. Je n'aime pas les visiter, car je trouve anormale la relation entre la mère et le fils, qui se comporte presque comme un époux. Les rares fois où j'accepte d'aller les visiter avec Mona et les enfants, ils se montrent de plus en plus froids avec moi et je m'en fiche, car je leur rends la pareille. S'ils sont incapables d'apprécier le confort que je procure à ma famille, ils ne valent pas la peine que j'essaie de me justifier. Par exemple, quelque temps avant la naissance de Carina, j'ai fait l'acquisition d'une belle grande maison à Laval et ma belle-mère n'a semblé éprouver aucune gratitude, ni aucune admiration à mon endroit.

C'est dans ma vie personnelle que mon ego est le plus fort. Me voilà à critiquer le comportement de ma belle-mère et de mon beau-frère sans jamais avoir pris le temps de vérifier leurs sentiments à mon égard. Je continue à croire que j'ai raison, sans examen. Au moins, je m'en rends compte, ce qui est, selon MISHAËL, une nette amélioration.

À présent, je démarre ma propre entreprise. J'ai trente ans et, en poche, le double du 200 000 $ planifié et personne n'est au courant. Cela ne concerne que moi, me dis-je, militant pour ma cause. *Je sais maintenant pourquoi. J'avais peur que, le sachant, les autres profitent de moi. Mais surtout, je me sentais mal à l'aise d'avoir autant d'argent alors que mes parents en avaient si peu. Si, à cette époque, on m'avait dit que j'avais ce genre de peurs, j'aurais ri... Ah! Quelle surprise! Moi qui croyais que c'était surtout dans ma vie personnelle que je me leurrais!*

Je suis convaincu que mes parents n'ont besoin de rien, surtout pas d'argent. De toute façon, que pourraient-ils en faire à leur âge? me disais-je, pour apaiser ma conscience. Plus je vis dans l'abondance et moins je vois mes parents; je n'ai pas de temps pour leur rendre visite. Je ne pense pas à les inviter, je les imagine trop âgés pour faire le trajet. *Ma capacité de décider pour les autres est vraiment époustouflante! Dans tout ce que j'observe, c'est ce qui semble ressortir. J'ai hâte de savoir comment m'y prendre pour agir autrement.*

Au bureau, mon patron est désolé de me voir partir. Il m'a beaucoup apprécié et a souligné mon potentiel, de sorte que ma décision ne l'étonne pas. « Il est normal que tu veuilles voler de tes propres ailes », commente-t-il. Comme prime de départ et pour me remercier de mes dix ans de service, il m'offre mon pourcentage sur les ventes de mon équipe pendant les six prochains mois. J'en suis touché et reconnaissant. Nos relations ont toujours été bonnes et je sais que je peux revenir travailler pour cette compagnie en tout temps, si besoin est. Cela me rassure.

Quel bonheur de revoir la fête que mes collègues ont préparée en mon honneur la veille de mon départ. Toute mon équipe de vendeurs, plusieurs autres directeurs et mes patrons m'ont fait une surprise. Mon étonnement est au comble lorsque Mona apparaît. Je suis abasourdi par tant d'amitié et de considération. Le champagne coule à flots et chacun a préparé un petit mot pour me remercier de mon aide. Chacun témoigne de ce qu'il a le plus apprécié chez moi, cela va du soutien que j'ai apporté jusqu'aux découvertes que j'ai favorisées. Les patrons, à leur tour, soulignent mes idées innovatrices et surtout mon goût du dépassement. Ils terminent en me présentant, de la part de tous, une magnifique montre en or gravée à mon nom.

Ouf! Tous ces témoignages me rendent très mal à l'aise. J'ai, dans la gorge, une boule qui cherche à éclater ou à m'étouffer! Je veux tellement retenir mon émotion que je gâche ce précieux moment. Les yeux me piquent et je sens les larmes monter. Je cours aux toilettes et m'asperge le visage d'eau froide. Malgré mes efforts, mes yeux restent rougis. Je prends quelques instants de plus et reviens dans la salle. Je redoute ce moment. Personne n'ose laisser paraître quoi que ce soit. La façon dont Mona me regarde témoigne à quel point j'ai l'air ému. Je me dis que je ne peux tout de même pas me mettre à pleurer comme une Madeleine! Je n'ai jamais vu d'homme le faire.

Je dois me contrôler, je n'ai pas le choix. Je remarque cependant que je ne suis pas le seul à être ému. Mon patron, tout comme moi, essaie de se contrôler. *Ah! nous sommes bêtes, nous les hommes. Mona est tellement chanceuse, elle pleure et se mouche sans se préoccuper de ce que les autres pensent.* D'un geste expert, elle sort des papiers mouchoir de son sac et s'éponge les yeux, puis me fait la grâce d'un sourire compatissant. Elle s'approche pour me chuchoter qu'elle est heureuse pour moi, que ça lui fait chaud au cœur de me voir aussi touché. Il est vrai que c'est la première fois qu'elle me voit dans cet état. Même la naissance des enfants ne m'a pas fait vivre d'émotions aussi intenses.

MISHAËL apparaît et me demande de lui exprimer ce qui se passe en moi. Je suis certain qu'il le sait, mais il veut vérifier si je suis capable de l'exprimer. Après quelques secondes, je m'entends lui dire :

— Il m'est de plus en plus facile de discerner les moments où je suis dans mon cœur et ceux où mon ego prend le dessus. Ce n'est pas facile à endosser, mais je comprends l'importance de les différencier si je veux éviter de répéter les mêmes expériences. La pensée d'avoir été si peu conscient m'attriste. Par exemple, toute cette culpabilité, la peur de passer pour un sans-cœur, la peur de me faire agresser par les familles affectées, la peur que ma femme découvre mes manigances professionnelles... Je suis surtout triste à la vue de l'homme que je suis devenu, quelqu'un qui vit beaucoup de solitude, qui s'étourdit pour ne pas sentir la peine... MISHAËL, y a-t-il beaucoup de gens qui vivent cela?

— Oui. Tu serais surpris de constater combien tes attitudes sont celles de millions d'hommes et de femmes d'affaires. Sauf que tu ne dois pas considérer seulement les événements où ton ego prend le dessus. Tu viens de voir une occasion où tu as expérimenté le grand bonheur que tu peux vivre quand tu es dans ton cœur... C'est agréable, non?

— Oui. Mais pourquoi est-ce si difficile de se laisser aller dans ces moments-là? Je me suis sauvé dans les toilettes pour cacher le fait que j'étais touché; cela diminue mon bonheur, en plus de créer un malaise.

Le regard de MISHAËL m'invite à ne pas m'en faire. Il me rappelle que si je veux arriver à exprimer pleinement mon bonheur, j'y arriverai.

— C'est la décision qui fait toute la différence, ajoute-t-il en insistant sur le mot « décision ». Puisque tu exprimes ce désir; tu es déjà plus conscient; auparavant, tu ne savais même pas que tu te coupais de ta joie. Tu n'as qu'à décider que c'est vraiment ce que tu veux. Quand l'humain dit ou pense avec détermination « VOILÀ CE QUE JE VEUX », son énergie créatrice se met en mouvement et attire les événements pour que son souhait se réalise. Comme quelqu'un qui, en auto, décide subitement de changer de chemin; sa décision l'amènera vers une autre destination, n'est-ce pas? Je suis content de ce que tu viens de découvrir, car c'est cela qui t'aidera le plus à modifier ton attitude. Je vais même te fournir l'opportunité d'observer sur

Terre les gens que tu veux; tu te rendras compte que tu es loin d'être le seul à vivre ce que tu as vécu. Tu n'as qu'à formuler un désir.

Immédiatement, je pense à la dernière personne avec qui j'ai conclu une grosse transaction à Hong Kong et je me vois aussitôt là-bas. *C'est merveilleux de savoir ce qui se passe chez les gens uniquement par ce qui se dégage d'eux. Ce n'est pas du tout la même vision que sur la Terre. Tout est tellement plus clair à partir d'ici... J'ai travaillé à plusieurs reprises avec Noy et il m'a toujours semblé très sûr de lui. Maintenant, je vois la tristesse qu'il dégage et combien il a peur de se tromper. MISHAËL a raison. Je ne suis pas le seul à m'illusionner.*

En un éclair, les pays où j'ai conclu des affaires défilent devant mes yeux : l'Inde et son marché d'épices et de caoutchouc, Bangkok et ses tissus, la Libye et son cuir, la Syrie et son métal, Hong Kong et ses produits « grand public » bon marché... Il s'agit d'entreprendre des affaires dans un pays pour que les autres s'ouvrent... C'est du moins ce que j'ai expérimenté.

Mes observations se poursuivent. Je me rends à l'évidence que des personnes de nationalité différente, habitant dans des pays différents, vivent des peurs et des culpabilités imperceptibles dans leur comportement extérieur. *Quelle énergie nous dépensons, surtout dans le monde des affaires, à nous montrer impassibles et sûrs de nous! Si j'en crois MISHAËL, ça prend beaucoup de pouvoir pour se cacher autant d'aspects de nous-même, incluant nos peurs; moi qui avais déjà beaucoup de vitalité, quels projets extraordinaires j'aurais pu réaliser si je n'en avais pas gaspillé une partie à contrôler mes émotions!*

MISHAËL me regarde et répond à mon questionnement :

— Tu auras l'occasion de découvrir ça dans ta prochaine vie si tout se déroule selon ce que je veux te proposer.

— Décidément, je me sens de plus en plus disposé à retourner sur la Terre. Avec tout ce que je viens d'apprendre, je suis mûr pour entendre ta proposition

À force de l'entendre faire des allusions à ce retour sur la Terre, je suis devenu très curieux. En même temps, je me demande si je veux vraiment le savoir.

Autant je suis intéressé, autant je suis angoissé devant ce qui vient.

— 20 —

La proposition de Mishaël

Mishaël me regarde avec douceur et se hâte de me rassurer :

— Une petite voix en toi essaie de t'effrayer, mais ne l'écoute pas, je te dis que tu es prêt. Tu ne sais pas te laisser guider par les autres, n'est-ce pas? Il n'est jamais trop tard pour prendre une bonne habitude, ajoute-t-il en riant. Tu as confiance en moi, alors allons-y! La première étape consiste à rencontrer ta famille d'âmes.

Aussitôt dit, aussitôt fait. Je me retrouve avec MISHAËL dans une autre dimension où plusieurs présences m'attendent. Elles se révèlent à moi peu à peu. D'abord, je vois mes parents qui m'encouragent avec un silence bienveillant. Je distingue aussi plusieurs tantes et oncles ainsi que mes grands-parents. Je ne sais comment je les reconnais parce que je les ai à peine rencontrés de mon vivant. Eux aussi savent qui je suis et me sourient en guise de bienvenue. Mon regard se tourne vers un ami d'enfance qui s'est noyé alors que j'avais huit ans, ce que j'avais complètement oublié. D'autres personnages se joignent au groupe, mais j'ignore d'où, quand et comment. MISHAËL m'informe qu'ils ont endossé l'apparence physique de leur dernière vie, à l'âge qu'ils ont choisi. *Je trouve intéressant que nous puissions choisir notre corps et notre âge une fois rendus ici. Que de choses à apprendre!! Je constate que j'écoute aisément et que j'accepte les nouvelles données, sans essayer de les analyser. Quel bonheur!*

Selon MISHAËL, nous faisons tous partie de la même famille d'âmes et, comme des comédiens qui jouent divers personnages dans une pièce de théâtre, nous revenons sans cesse dans toutes sortes de rôles. Dans chacun, nous apprenons. « Les âmes que tu vois ici, dit-il, t'accompagneront lors de ta prochaine vie. Et beaucoup s'ajouteront, que tu n'as pas besoin de rencontrer maintenant. »

MISHAËL m'encourage à rester en compagnie des âmes de ma famille un certain temps pour échanger sur nos découvertes, nos apprentissages et les problèmes que nous devrons résoudre dans une prochaine vie. « Ainsi, ajoute-t-il, tu découvriras, consciemment ou pas, la raison pour laquelle tu auras besoin de certaines personnes quand tu regagneras la Terre. La vie est façonnée avec grande intelligence, rien n'est laissé au hasard. »

J'observe autour de moi et je me rends compte que, à ce niveau, je n'ai pas accès à la Terre; en revanche, la vie est d'une douceur incroyable. *Je n'ai jamais senti d'aussi exquises odeurs. Quelqu'un qui posséderait la recette de ces fragrances ferait fortune sur Terre. Et là-bas, jamais les couleurs n'ont cette limpidité, cette clarté; on dirait qu'on les voit à travers trois mètres d'eau tellement la différence est grande avec celles-ci. J'aimerais rester dans cet endroit, il est infiniment agréable!*

Maman approche doucement :

— Tu as la réaction que j'ai eue à mon arrivée. Nous sommes sur un niveau très élevé du monde de l'âme. Tu te souviens que ton guide t'a expliqué qu'il comportait plusieurs degrés? Eh bien, tu es au sixième, et c'est le paradis comparé à ceux où tu as séjourné jusqu'à maintenant. Nous ne savons pas encore ce qu'est le septième niveau, nous devons retourner sur Terre mettre nos apprentissages en pratique avant d'y avoir accès. Mais nous sommes privilégiés d'être ici, car nous avons un goût immense d'y revenir. Ton père et moi sommes ravis de faire un bout de chemin avec toi dans ta prochaine vie, même si nous ne connaissons pas encore le rôle qui nous sera attribué.

Décidément, il s'en passe, des choses! Je reste un bon moment à me promener et à dialoguer par télépathie avec toutes ces âmes en apprentissage qui doivent retourner sur Terre. Nous avons tous des histoires différentes, plus ou moins douloureuses. Pourquoi donc les humains se créent-ils tant de problèmes alors qu'ils pourraient se simplifier l'existence? Et combien de vies faudra-t-il à chacun d'entre nous pour atteindre la sagesse de MISHAËL?

Maintenant, je comprends mieux la raison pour laquelle nous avons tous besoin de repartir sur Terre. Certains, incluant moi, sont réticents et angoissés devant cette perspective. D'autres, comme mes parents, sont impatients, car ils conçoivent que c'est l'unique moyen de revenir un jour ici, au paradis.

Au fil des rencontres, je me laisse gagner par l'enthousiasme de ceux qui sont pressés de faire le grand saut. Puisque j'aime les défis, je me sens de plus en plus prêt. C'est pour quand? Je l'ignore, car ici, le jour, la nuit, les semaines, les mois n'existent pas.

Je suis de retour avec MISHAËL, qui est prêt à me faire sa proposition.

— Pour commencer, me dit-il, je veux revenir sur le pouvoir de choisir. Pour ce qui est de regagner la terre, tu n'as pas le choix; au plan spirituel, ton âme a un besoin fondamental de parvenir à l'état de lumière. Tout ce qui vit est attiré vers la lumière. En ce sens, l'exemple des graines que vous mettez en terre, et qui sont attirées obligatoirement par le soleil pour devenir plante, légume, fleur ou autre, est très pertinent. Or, atteindre l'état de lumière n'est possible qu'à travers des expériences terrestres. Cet état s'appelle aussi « christique », nommé d'après JÉSUS, le grand homme qui est allé vous proposer son enseignement à un moment de l'histoire; lui a atteint la transparence totale en mettant en application les lois de l'amour véritable dans le monde matériel…

… Au plan spirituel, donc, les âmes n'ont aucun choix, elles sont attirées de façon magnétique vers ce dont elles ont besoin pour arriver un jour à la lumière…

… Mais, par ailleurs, au plan matériel, tu as vraiment des choix : pour commencer, tu peux choisir tes actions dans le monde physique; ensuite ce que tu sens et ressens dans le monde émotionnel dépend toujours de toi; et dans le monde mental, tu choisis ce que tu veux penser et croire…

… Ensuite, il est vrai que tu n'as pas le choix de repartir sur Terre, mais tu as le choix d'y retourner maintenant ou plus tard…

… Et tu as un autre choix : tu peux faire un peu de progrès à chaque vie - c'est habituel pour la plupart des âmes et ça les oblige à y retourner de nombreuses fois - ou tu peux accepter mon offre, à laquelle seule une minorité d'humains ont accès…

… Comprends-le, et sache que tu disposes du LIBRE ARBITRE. C'est toi qui as le dernier mot sur tout ce que tu vis, car c'est toi qui récolteras tes semences, qui devras assumer les conséquences de tes choix ici et sur Terre. Maintenant, es-tu prêt à entendre ma proposition?

— Toi qui sais ce que je pense et ressens, tu veux vraiment que je te réponde?

— Oui, me dit-il, car cela t'aide à préciser davantage ce que tu vis.

Je me permets un moment d'intériorisation avant de lui dire résolument :

— Je me demande ce que tu me réserves, mais je suis prêt.

— Eh bien, voilà ...

... Tu retourneras sur Terre, attiré automatiquement vers les parents dont tu as besoin. Habituellement, ces parents sont choisis en fonction de ce que tu décides d'aller régler dans ta prochaine vie; mais, pour toi, ce qui est différent, c'est que tu ne décideras rien de précis, car la chance que je te donne est d'aller y régler TOUT, de vivre des centaines de vies dans la même, en somme. Cela implique que tu connaîtras beaucoup d'expériences difficiles, que tu passeras à travers plusieurs vies chaque année. Au départ, ton enfance et ton adolescence seront assez normales, sauf que je te donnerai beaucoup de conseils et d'aide dans l'invisible; parfois tu en seras conscient et parfois pas...

... À l'âge de dix-huit ans, tu découvriras une vérité très importante qui transformera complètement ta vie. Si tu acceptes ma proposition, c'est à cet âge que tu devras t'engager dans une direction précise. Tu recevras des dons particuliers et par moments, tu auras l'impression d'être isolé. Cette solitude ne sera pas facile à vivre…

… Aussi, au fur et à mesure que tu travailleras sur ton ego et sur tes blessures, il te faudra également aider d'autres personnes à évoluer et à cheminer vers l'amour d'eux-mêmes. Autant tu auras des moments merveilleux, autant tu en auras des difficiles lorsque tu chemineras dans le sens contraire à ton plan de vie. Je peux te dire à l'avance que ce sera une existence bien remplie, durant laquelle tu ne connaîtras pas beaucoup de repos.

Je le regarde, ébahi : je ne m'attendais nullement à la teneur de cette proposition. Mille questions se bousculent en moi.

— Je devrai travailler sur mes blessures? Je ne sais toujours pas ce que tu entends par ça. Peux-tu élaborer?

MISHAËL me répond avec son habituelle patience :

— Ces blessures, les humains les subissent à cause de leur ego. Il y en a plusieurs, mais les primaires sont au nombre de cinq. Ou plutôt, toutes les blessures peuvent être regroupées en cinq importantes : le rejet, l'abandon, l'humiliation, l'injustice et la trahison…

... Chaque personne a des blessures particulières qui la font réagir, voilà pourquoi elle vit les situations différemment de toutes les autres. Imagine que tu aies une grosse plaie sur une main : chaque fois que quelqu'un ou quelque chose la touche, c'est normal et légitime que tu sursautes, non?

... Parmi les cinq blessures, as-tu une petite idée de celle dont tu as le plus souffert dans ta dernière vie? Le moyen facile de l'identifier est de regarder ce qui te faisait réagir le plus.

— C'est facile. J'ai eu beaucoup de difficulté à accepter les situations et les personnes injustes. Donc, j'avais la blessure de l'injustice, n'est-ce pas?

— Oui, mais il y en avait une autre importante. Laquelle? Je te répète les quatre autres : le rejet, l'abandon, l'humiliation et la trahison.

— Je ne vois pas; il me semble que c'est surtout l'injustice qui me faisait réagir.

MISHAËL me regarde et, l'air taquin, me répond :

— Ah! les humains ne voient que ce qui fait leur affaire. Tu n'aurais pas, par hasard, trahi plusieurs personnes? Et si quelqu'un te trahissait ou ne respectait pas la parole donnée, cela te faisait réagir?

— Puisque tu attires mon attention sur ce sujet, j'avoue que tu as raison. J'ai souvent menti à ma femme, j'ai triché avec elle et en affaires. Et je me rends compte, puisque tu le soulignes, que j'ai non seulement trahi plusieurs personnes, mais que j'ai souvent été injuste. C'est donc à cause de nos blessures que nous nous leurrons sur la réalité?

— Oui mais grâce à ta prochaine vie, toi et tes proches parviendrez à guérir vos blessures. Je ne rajoute rien sur cette guérison puisque, bientôt, un livre pertinent à ce sujet verra le jour. Il t'intéressera et tu y découvriras des moyens pour t'aider à te soigner.

— Tu m'as dit que j'aurai à régler TOUT dans ma prochaine vie. C'est un vaste programme, non? Que veux-tu dire au juste par là?

— Tu y récolteras tout ce que tu as semé dans tes vies précédentes et tu devras vivre ces expériences sans jugement, dans l'acceptation de l'autre et de toi-même. Par conséquent, tu auras à gérer les cinq blessures. Par exemple, il t'était impossible d'accepter l'obésité? Ce sera une réalité, parmi d'autres, que tu devras admettre.

À cet exemple, mon ventre se serre et mon cœur s'accélère. Je me sens pris au piège. Sans tarder, je lui demande :

— Et si je ne peux pas?

Il éclate de rire et me lance :

— Tu commences à peine à connaître ton programme et déjà, tu crains de ne pas y arriver! Rassure-toi, ta réaction est tout à fait normale. L'obésité sera peut-être malaisée à accepter, mais il y aura plusieurs autres difficultés bien supérieures à celle-là. Mais je ne veux pas te décourager : sache qu'en acceptant mon offre, tu reçois un cadeau merveilleux auquel s'ajoutent des récompenses extraordinaires. Je ne peux pas te garantir ton succès, car toi seul poseras tes choix et en assumeras les conséquences. Toi seul auras le pouvoir de te récompenser ou de te punir, car personne, ni même Dieu, détient ce genre de pouvoir sur quelqu'un d'autre. L'homme s'acquitte très bien de cette tâche lui-même.

— Peux-tu me donner une idée des récompenses? Ça pourrait m'aider à prendre ma décision.

— Ta question est légitime; si j'étais à ta place, je la poserais aussi. *C'est tellement agréable d'être aux côtés de MISHAËL. Tout est si facile. Jamais il ne s'énerve. Jamais il ne semble vivre quelque chose de difficile. Et quelle sérénité! C'est ce qui me plaît le plus.*

Il me regarde et me répond calmement :

— Voilà une des récompenses : vivre dans la paix et la sérénité. Pour ce qui est des autres, tu te souviens de l'endroit où tu étais plus tôt, où tu disais vouloir demeurer toujours? Lorsque tu auras atteint l'harmonie complète en vivant l'ACCEPTATION DANS TOUT, tu reviendras ici, dans une dimension encore plus élevée, une dimension tellement merveilleuse qu'elle est inimaginable. Ou tu pourras suivre mon exemple et choisir d'être présent à la fois dans le monde de l'esprit et dans le monde de l'âme, à aider d'autres humains...

... Cette dimension au-delà du monde de l'âme est celle des êtres qui ont atteint l'état christique. Auparavant, très peu pouvaient l'atteindre. Mais une grande ouverture et une nouvelle énergie se sont manifestées sur Terre depuis le début des années soixante; elles aident les humains à devenir plus conscients de l'intelligence et de l'amour véritable. Tu te souviens, je t'ai déjà parlé de laisser l'intelligence diriger ta vie? Eh bien, tous les humains, en ce moment, reçoivent de plus en plus de moyens, provenant de sources différentes, de se diriger vers cet état d'intelligence. Ils découvrent aussi que les lois de l'amour véritable enseignées par Jésus les aident à vivre. Voilà pourquoi tout s'accélère sur Terre, et tu pourras vivre intensément, au cours de ton âge adulte, ce développement extraordinaire de la conscience et la connaissance.

Satisfait de ces nouvelles informations. Je lui réponds :

— C'est d'accord, je suis prêt. Plus je t'écoute et plus je prends conscience que c'est ce que je veux au plus profond de moi. Je n'ai encore aucune idée dans quoi je m'embarque, mais c'est plus sage, je pense, que je n'en sache pas plus. Le fait de savoir les événements à l'avance m'a souvent procuré des peurs non fondées. Mais je reviens sur ma question : que se passera-t-il si je ne peux pas accepter certaines situations ou certaines personnes? Ça arrivera sûrement!

— Tout ce que je peux te dire, c'est que tu n'auras pas le choix, sinon les conséquences seraient telles que tu refuserais même de les envisager. D'ailleurs, en acceptant mon offre, tu acceptes par le fait même d'assumer totalement chacune des expériences. La différence entre toi et les autres, c'est que dans ton cas tout sera plus rapide…

… Et puisque tu as exprimé le souhait de ne pas en savoir trop, je m'arrête. Par contre, sois assuré que je serai là pour t'aider en toutes circonstances, même si je ne te dis pas de quelle façon je le ferai. Tout te sera dévoilé quand tu auras dix-huit ans.

Ah! quel mystère! J'avoue que ça me fait un peu peur. Et que ça m'excite. C'est à n'y rien comprendre.

Sur ce, je déménage instantanément dans la dimension d'où je puis observer sur Terre.

Mon regard est attiré une fois de plus vers ma famille.

— 21 —

Dernier regard sur la terre

Nous sommes au début de septembre sur Terre. Carina fait les cent pas en attendant Jean-Luc qui devait passer la prendre il y a une quinzaine de minutes. « Moi qui n'aime pas les gens en retard, ça commence mal », soupire-t-elle. Elle a rencontré ce type à une discothèque la semaine dernière lors de l'anniversaire d'une collègue de travail. Dès qu'il a appris qu'elle était agente immobilière, il s'est montré intéressé : il veut faire l'acquisition d'une maison dans le nord de Montréal et, bien sûr, il a tout de suite pensé à requérir ses services.

Elle a été séduite sur le coup, ce qui m'étonne d'elle. Ils se sont parlé à deux reprises au téléphone et ce soir, il l'emmène dans un chic restaurant du Vieux Montréal. Elle est très en beauté dans sa magnifique robe moulante d'un bleu royal intense. Son décolleté est trop prononcé à mon goût.

Comme si elle venait de saisir ma pensée, elle se dirige vers le miroir et essaie de relever son corsage pour recouvrir un peu ses seins. Peine perdue, le vêtement reprend sa forme et ses seins se redécouvrent. « Zut, fait-elle mi-contente, mi-irritée. Il est temps que je me laisse aller un peu! J'ai enfin trouvé quelqu'un avec qui j'ai le goût de porter cette toilette alors je la garde! » Ce n'est qu'aujourd'hui, en effet, qu'elle ose porter cette robe, achetée sur un coup de tête l'an dernier, lors une déprime passagère. Elle s'admire et sourit. *Ah! qu'elle est belle! Comme j'aimerais pouvoir le lui dire.* Elle est tirée de sa rêverie par la sonnerie de la porte.

Jean-Luc arrive, se confondant en excuses. Sa voiture est tombée en panne, raconte-t-il, et il a dû emprunter celle d'un ami. Carina le trouve tellement séduisant qu'elle entend à peine ce qu'il raconte. Il enchaîne en la dévorant des yeux :

— Tu es à ravir! Je t'ai trouvée jolie la semaine dernière, mais ce soir, vraiment ça dépasse tout.

Pour toute réponse, elle rougit. *Aurait-elle honte d'être aussi sexy? Ça ne m'étonnerait pas, car ce n'est pas la Carina que je connais qui agirait ainsi. Mais ce n'est plus une adolescente et je dois m'y habi-*

tuer. Son sourire me laisse croire qu'elle ne regrette pas sa décision.

Pressés d'entamer leur soirée, ils partent sur-le-champ. *Ah! que j'aimerais la prévenir contre cet homme! Il n'est ni vrai ni sincère, et ne cherche que les conquêtes sexuelles. Son excuse d'auto en panne! Ce n'est même pas vrai, sa voiture est tellement vieille qu'il ne veut pas que Carina la voie. Elle ne s'en rend pas compte? C'est pourtant évident! Quand il ment, il évite son regard. J'ai toujours cru qu'elle était perspicace, mais elle semble perdre tous ses moyens… Elle qui racontait à qui veut l'entendre qu'elle en avait assez des hommes! Pour agir ainsi, elle souffre certainement beaucoup de sa solitude.*

Jean-Luc la complimente à l'excès, d'abord au restaurant et, par la suite, dans une boîte de nuit branchée et très huppée. Sur la piste de danse, elle prend plaisir à s'abandonner dans ses bras... Soudain, il la presse contre lui, et d'un mouvement expert, s'incline et l'embrasse délicatement. Ce baiser doux devient peu à peu passionné. Elle en oublie sa danse et l'endroit où elle est. Autour d'eux, les autres ont beau envier ou désapprouver, les deux tourtereaux ne se rendent compte de rien… Ne sont-ils pas seuls au monde? Ce qui importe est le feu de la passion, semble-t-il.

Jean-Luc estime qu'il est temps de partir pour ne pas que ce feu s'éteigne. Il lui souffle à l'oreille : « On va chez toi? J'ai envie de toi. Jamais je n'ai rencontré une fille aussi excitante. » Elle fait un signe de tête et, sans tarder, empoigne son sac à main et son châle et ils se précipitent vers la sortie. Tout au long de la route, il la caresse et l'embrasse... Arrivé chez elle, il poursuit son jeu et l'enlace passionnément... Je cesse de regarder cette scène, je n'en peux plus.

Mon attention se tourne vers l'appartement de Ben; quelques jours ont passé depuis mes observations chez Carina. Justement, cette dernière appelle pour donner des nouvelles. Quand Diane entend sa voix, elle est surprise : « Mais qu'est-ce qui t'arrive? Serais-tu amoureuse par hasard? » Carina, tout animée, lui répond : « Oui! J'ai rencontré un type très bien. On s'est déjà vus trois fois cette semaine. C'est le coup de foudre absolu. Il s'appelle Jean-Luc et il dit qu'il n'a jamais rencontré quelqu'un comme moi! Je suis tellement heureuse! »

Quand elle raconte l'histoire à Ben, Diane commente :

— Je n'en reviens pas! Tomber en amour aussi vite, malgré ce qu'elle racontait à propos des hommes.

Ben hausse les sourcils d'étonnement et lui réplique :

— Carina, un coup de foudre? Impossible! J'espère que le type est honnête, sinon elle ne s'en remettra pas! Tu sais, Diane, ce qui me vient? Il me semble que Carina réagit encore au départ de papa et qu'elle s'est jetée dans les bras du premier venu… Enfin, j'espère que je me trompe.

Il a raison. Et moi qui croyais que c'était Carina la perspicace et l'intuitive; en ce moment, c'est plutôt Ben… C'est merveilleux, ce que j'ai découvert depuis que je suis ici, et incroyable de voir à quel point, lorsque nous sommes sur Terre, nous ne percevons pas la réalité… Je remercie MISHAËL de m'avoir expliqué que notre ego et nos blessures nous masquent la vue.

Il est clair que Carina refuse de voir Jean-Luc tel qu'il est. Elle aurait trop mal d'être encore attirée par un homme faux et, de surcroît, nullement prêt à s'engager. Et si elle apprenait qu'il fait la cour à plusieurs autres femmes et qu'il utilise le même scénario, elle serait dévastée!! Le premier soir, il dépense une somme faramineuse pour conquérir et, par la suite, il s'organise pour que ce soit madame qui prépare de succulents repas à la chandelle, avant de gagner le lit. Sa générosité se limite à une simple bouteille de vin offerte avec galanterie. *MISHAËL m'a expliqué que, sous prétexte de nous protéger, notre ego nous empêche de voir la réalité; celui de Carina ne sait pas que, lorsqu'elle devra affronter la vérité, elle souffrira davantage. J'ai hâte de voir si je me souviendrai de cela à mon retour sur Terre.*

Ben et Diane sont dans l'attente du bébé qui doit naître d'un jour à l'autre :

— Tu sais, mon chéri, confie Diane, c'est vraiment dommage que ton père soit parti avant que vous puissiez faire la paix. Je suis sûre que s'il apprenait que son argent a servi à créer ton studio et à préparer la venue de notre enfant, il en serait heureux. Et je trouve ta mère généreuse de partager son héritage, non seulement avec nous, mais également avec sa mère et son frère. Ils ont dû être surpris, lorsqu'elle leur a annoncé la nouvelle…

… J'ai hâte de la revoir. Elle semble avoir presque aussi hâte que nous de connaître le bébé. C'est toute la différence avec ma propre mère, qui n'aime pas l'idée de devenir grand-maman parce que ça fait vieillir. Quelle idée! Décidément, je ne la comprendrai jamais…

… Au fait, quand ta mère viendra après la naissance, la succession sera réglée; si tu changes d'idée au sujet de l'argent qu'elle veut te léguer, n'hésite pas à m'en parler, termine-t-elle en l'embrassant sur la joue.

Ben la regarde et lui répond d'un ton brusque :

— S'il te plaît, Diane, j'ai déjà fait une concession, ne m'en demande pas plus pour l'instant.

Elle s'empresse de changer de sujet; malgré sa hâte d'être mère, elle s'ennuie quelquefois depuis le début de son congé de maternité. Elle se dit : « Si Ben avait accepté l'héritage, nous aurions pu nous acheter une jolie maison. Au lieu de m'ennuyer dans le moment, je prendrais plaisir à la décorer. Il va peut-être finir par céder. Ce qu'il peut être entêté parfois! »

Je n'en reviens pas : Ben est tellement contre toute manifestation de luxe que la chambre du bébé et le studio qu'il a aménagés sont très sobres! En revanche, lui et Diane sont tellement heureux que, finalement, je suis content pour eux.

Je retourne à Carina. Elle vient à peine de se lever et, même les cheveux ébouriffés, elle est attirante. Son pyjama à culotte courte lui va très bien. Depuis toute jeune, c'est le genre qu'elle a toujours voulu, malgré sa mère qui lui conseillait de porter quelque chose de plus chaud en hiver. Elle s'observe dans le miroir, inquiète. Elle se rapproche et se regarde plus attentivement. Elle cherche ce qu'il y a de différent en elle et ne voit rien. Elle se secoue un peu, fait la moue et disparaît dans la douche.

J'en suis désolé pour elle, elle est enceinte depuis ce premier soir où elle a fait l'amour avec Jean-Luc. Ils étaient tellement pressés que ni l'un ni l'autre n'a songé à se protéger. Carina y a pensé le lendemain, mais s'est rapidement rassurée, se rappelant qu'elle avait eu ses menstruations la semaine précédente. Si elle savait que la nature joue parfois des tours aux femmes et les fait ovuler plus d'une fois par mois…

J'ai appris cela d'une façon fortuite. Une Thaïlandaise, avec qui j'avais une liaison lorsque j'allais à Bangkok par affaires, s'est retrouvée enceinte à la suite de l'une de nos nuits passionnées. Lorsqu'elle me l'annonça, j'ai immédiatement écarté la possibilité que je pouvais être le père de l'enfant, puisque notre rencontre avait eu lieu la veille de ses menstruations. J'ai, par la suite, utilisé toutes sortes d'excuses pour m'éloigner. La jeune femme a réussi à me rejoindre après la naissance de sa fille. Elle comprenait que je puisse nier ma responsabilité pour l'enfant; toutefois, elle insistait pour que je la voie au moins une fois. J'ai accepté. J'ai eu la surprise de ma vie lorsque j'ai aperçu cette fillette. Elle me ressemblait tellement qu'il était impossible que je n'en sois pas le père. C'est à ce moment-là que j'ai appris ce que Carina ne sait pas encore…

Je n'ai pas voulu connaître le nom du bébé, sachant que je ne le reverrais jamais. Par contre, je l'ai supporté financièrement en remettant à sa mère un bon montant d'argent le jour même, et je lui ai procuré un revenu mensuel jusqu'à ses seize ans. Je n'ai plus jamais entendu parler ni de l'une, ni de l'autre. J'avais même oublié cet incident, c'est l'aventure de Carina qui l'a fait ressurgir de ma mémoire. *Jean-Luc ne voudra jamais prendre la responsabilité de cet enfant, j'en suis presque persuadé... Enfin, l'avenir le dira.*

— 22 —

Le retour

Je détourne mon regard de ce qui se passe sur Terre et mes parents, l'air heureux, apparaissent à mes côtés. Ma mère me déclare :

— Ça y est, nous regagnons la Terre sous peu en tant que jumeaux et nous connaissons nos parents. Nous savons aussi que tu t'y prépares; connais-tu les tiens?

— Non. MISHAËL m'a raconté que j'y retourne d'une façon assez spéciale, je ne décide ni de la raison de ce retour, ni de mes parents. Je n'en sais pas plus, mais je lui fais confiance et je me laisse guider.

Aussitôt cette phrase terminée, je me sens attiré à toute vitesse vers la Terre. Je me retrouve dans une chambre où une sage-femme tient un bébé dans ses bras. Elle annonce à Ben et à Diane qu'ils sont les parents d'un beau garçon. Quand elle prononce ces paroles, je suis aspiré dans le corps du bébé. C'est tellement douloureux d'être ainsi emprisonné que je lance un immense cri et que je pleure à pleins poumons. La sage-femme déclare en plaisantant : « WOW! Ce bébé a une bonne voix! Je suis certaine qu'il saura se faire entendre. Préparez-vous à vivre avec un enfant qui a du caractère. »

Hein? Je rêve? Mes parents sont Ben et Diane? MISHAËL, où es-tu? Pourquoi ne m'as-tu pas préparé à ça? Tu m'as joué un sale tour. Je ne vois pas MISHAËL, mais j'ai le sentiment de l'entendre rire aux éclats :

« Ta nouvelle vie commence, félicitations! Tu es exactement là où tu dois être. » Plus sérieusement, il poursuit : **« Tu es en route, et tout ce qui t'arrivera aura un sens pour les besoins de ton âme. Tu es le seul qui puisse décider de te créer une vie facile ou non, heureuse ou non, basée sur l'intelligence et l'amour ou pas. Ce que tu as appris fait partie de toi et je serai à tes côtés, que tu en prennes conscience ou non. »**

Pendant qu'il me parle, j'entends Diane déclarer à Ben en m'examinant :

— Chéri, que dirais-tu si nous l'appelions Ari en souvenir de ton père? Nous avions décidé de l'appeler Michel si c'était un garçon, mais regarde son visage, le nom ne lui convient pas.

Ben réfléchit, remué. Diane est tellement émue et joyeuse à cette idée qu'il acquiesce. Il ne comprend pas pourquoi, car jamais il n'aurait consenti du temps de la grossesse.

Pour ma part, je connais la cause de ce revirement soudain. Durant l'accouchement, j'ai vu aux côtés de Diane une âme qui, en m'apercevant, m'a indiqué : « C'est bon, prends ma place. Tu as un plus grand besoin que moi de revenir ici, alors je me reprendrai plus tard. . »

Je sens la présence de mon guide; il a eu son mot à dire dans cette décision. Impossible désormais de reculer, je ne peux que faire de mon mieux avec ce qui se passe. J'entends la voix de MISHAËL qui s'exclame :

« Bon voyage et à très bientôt Arissiel! »

Index

A

B

C

D

E

F

G

I

L

M

O

P

R

S

T

V

Entrevue avec Lise Bourbeau

Q Mme Bourbeau, vous avez déjà écrit une quinzaine de livres et êtes l'auteure la plus lue dans le domaine du développement personnel au Québec. Que s'est-il passé pour que vous changiez de genre d'écriture?

R *Ça fait déjà quelques années que je mijote le projet d'écrire un roman. J'ai toujours lu une quantité énorme de livres depuis que je suis toute jeune et depuis l'âge d'environ 25 ans, je ne lisais que des livres de connaissance, psychologiques ou spirituels. Depuis environ 5 ans, je me suis aperçue que j'avais aussi besoin de lire des romans quand j'avais besoin de détente. J'ai réalisé à quel point j'admirais l'imagination de plusieurs auteurs de romans et je me suis dit que si je les admire autant, c'est peut-être que moi aussi je pourrais le faire. La théorie du miroir que j'enseigne dans mes autres livres dit que ce que nous admirons est une indication que nous possédons la même qualité, mais nous ne voulons pas le voir par peur de...*

Q Est-ce que cela veut dire que vous n'écrirez plus de livres dans le développement personnel?

R *Non, je n'ai jamais pris la décision d'arrêter ma première passion. Je voulais tout simplement aller jusqu'au bout de ce nouveau défi. J'aime les défis.*

Q Utilisez-vous la même technique pour écrire un roman que pour vos livres de développement personnel?

R *Non, pas du tout. C'est tout à fait différent. Je me suis rendu compte que c'était beaucoup plus difficile d'écrire un roman que mes autres livres. C'est peut-être parce que c'est mon premier roman. Lorsqu'on écrit un roman, on doit utiliser notre imagination sans cesse et les détails sont très importants. J'ai dû recommencer Arissiel à quatre reprises. Tandis que lorsque j'écris un livre d'enseignement, c'est plutôt mes connaissances et mon intuition qui sont à l'œuvre. De plus, je m'imagine en train d'enseigner à un groupe de personnes et les mots me viennent facilement. Mon premier livre Écoute Ton Corps, ton plus grand ami sur la Terre, qui continue à être le plus grand vendeur de tous mes livres après presque 20 ans d'existence, a été écrit en une semaine. C'est-à-dire que je me suis isolée et je me suis enregistrée pendant une semaine sans arrêt.*

Q Croyez-vous que votre roman aura autant de succès que vos autres livres?

R *Je n'ai aucune idée. Rares sont les auteurs qui sont assurés d'un succès d'avance.*

Q Avez-vous l'intention d'écrire d'autres romans? *Arissiel* aura-t-il une suite?

R *Oui, j'ai déjà commencé l'écriture de cette suite. Vous avez lu qu'il renaît à la fin du livre. C'est donc ce qu'il va vivre dans cette prochaine vie qui fera le sujet de mon 2e roman. Plusieurs des mêmes personnages re-*

viendront dans le 2e livre. J'ai décidé d'écrire de cette façon, car les auteurs qui écrivent des séries de trois ou plus avec les mêmes personnages sont mes préférés. J'ai toujours hâte de savoir où sont rendus les personnages que j'ai appris à connaître dans le premier livre. J'espère que mes lecteurs sont du même avis que moi.

Q Pouvez-vous nous dévoiler le nom de ce 2e roman?

R *Oui, il s'intitulera BENANI. C'est le nom du personnage principal.*

Q J'ai remarqué que dans votre roman, il y beaucoup d'enseignement spirituel. Est-ce pour cette raison que vous écrivez « série initiatique » sur la page couverture au lieu de « roman »?

R *Oui. Je trouve ça important d'utiliser tous les moyens possibles pour aider les gens à devenir plus conscients du grand pouvoir de créer qu'ils ont en eux.*

Q Que faites-vous dans vos temps libres, lorsque vous n'écrivez pas?

R *Je m'amuse à voyager le monde pour donner des conférences et ateliers au nom de l'école ECOUTE TON CORPS que j'ai fondée en 1982. Je ne suis pas seule à le faire par contre, j'ai une équipe d'animatrices qui enseignent dans plusieurs pays. Ma fille Monica gère cette école pour moi. Lorsque je n'écris pas ou que je n'enseigne pas, je prends plaisir d'être dans une de mes deux maisons (une au Québec et l'autre au Costa Rica) et je reçois mes amis, je lis de bons livres et je cuisine. Je vis!*

Surveullez la sortie du prochain roman de cette série qui s'intitulera

BENANI

Si vous désirez être informée de la sortie de ce livre (et les suivants), envoyez-nous vos coordonnées …

… par email : info@leseditionsetc.com

… par télécopieur : 450-431-0991

… par courrier :

Les Éditions ETC
1102 Boul. La Salette
St-Jérôme (Québec)
J5L 2J7

Autres livres de la même auteure

Écoute Ton Corps, ton plus grand ami sur la Terre (L-01)

En s'aimant et en s'acceptant, tout devient possible. La philosophie d'amour que transmet Lise Bourbeau à travers ce livre est la base solide d'un nouveau mode de vie. Plus que de simples connaissances, elle vous offre des outils qui, s'ils sont utilisés, vous mèneront à des transformations concrètes et durables dans votre vie. *Plus de 350 000 exemplaires vendus.*
Version française et anglaise: CANADA: 20,28$ (taxe incluse); Extérieur du Canada: 18,95$ (frais de douanes non incluses)
Également disponible en espagnol, italien, allemand, russe, roumain, portugais, polonais et en lithuanien (24,95$ + taxe si applicable).

Écoute Ton Corps, ENCORE! (L-06)

Voici la suite du tout premier livre de Lise Bourbeau. Ce livre regorge de nouveaux renseignements par rapport à l'*avoir*, le *faire* et l'*être*. Il saura vous captiver tout comme le premier!
CANADA: 20,28$ (taxe incluse); Extérieur du Canada: 18,95$ (frais de douanes non incluses)
Également disponible en russe (24,95$ + taxe si applicable)

Qui es-tu? (L-02)

La lecture de ce livre vous apprendra à vous connaître davantage à travers ce que vous dites, pensez, voyez, entendez, ressentez, et ce, par le biais des vêtements que vous portez, l'endroit où vous habitez, les formes de votre corps et les différents malaises ou maladies qui vous affectent aujourd'hui ou qui vous ont déjà affecté.
CANADA: 20,28$ (taxe incluse); Extérieur du Canada: 18,95$ (frais de douanes non incl.)
Également disponible en roumain, russe et en italien (24,95$ + taxe si applicable)

Je suis Dieu, WOW! (L-05)

Dans cette autobiographie au titre audacieux, Lise Bourbeau se révèle entièrement. Pour les curieux, un bilan des différentes étapes de sa vie ainsi que plusieurs photos. Comment une personne peut-elle en arriver à affirmer : «Je suis Dieu, WOW!» ? Vous le découvrirez à travers son récit.
CANADA: 20,28$ (taxe incluse); Extérieur du Canada: 18,95$ (frais de douanes non incluses)

Ton corps dit : «Aime-toi!» (L-07)

Le livre le plus complet sur la métaphysique des malaises et maladies. Il est le résultat de toutes les recherches de Lise Bourbeau sur les maladies depuis quinze ans. Elle explique dans ce volume les blocages physiques, émotionnels, mentals et spirituels de plus de 500 malaises et maladies.
Version française et anglaise: CANADA: 26,70$ (taxe incluse); Extérieur du Canada: 24,95$ (frais de douanes non incluses)
Également disponible en espagnol, allemand, russe, polonais et portugais (24,95$ + taxe si applicable).

Les 5 blessures qui empêchent d'être soi-même (L-08)

Ce livre démontre que tous les problèmes proviennent de cinq blessures importantes : le rejet, l'abandon, l'humiliation, la trahison et l'injustice. Grâce à une description très détaillée des blessures et des masques que vous développez pour ne pas voir, sentir et surtout connaître vos blessures, vous arriverez à identifier la vraie cause d'un problème précis dans votre vie.
Version française et anglaise: CANADA: 20,28$ (taxe incluse); Extérieur du Canada: 18,95$ (frais de douanes non incluses)
Également disponible en allemand, russe, espagnol et italien (24,95$ + taxe si applicable).

Visitez le site de www.leseditionsetc.com pour lire des extraits de chaque livre.

LE livre de référence

Le grand guide de l'ÊTRE (L-10)

Le livre que nous attendions tous paraîtra en août 2003 ! Il présente plus de 400 sujets qui ont tous un point en commun: leur définition relève du domaine de l'*être*. Il suggère des outils concrets qui permettent de mieux gérer nos états d'être, nous conduisant ainsi vers la paix intérieure et le bonheur de vivre en harmonie avec soi et les autres. COUVERTURE RIGIDE. 700 pages.
CANADA: 32,05$ (taxe incluse); Ext. du Canada: 29,95$ (frais de douanes non incl.)

Outil quotidien

Une année de prises de conscience avec Écoute Ton Corps (L-09)

Résolument pratique, cet ouvrage nous invite, jour après jour, à découvrir et dépasser nos blocages sur les plans physique, émotionnel et mental.
CANADA: 20,28$ (taxe incluse); Extérieur du Canada: 18,95$ (frais de douanes non incluses)

Collection Écoute Ton Corps

À travers les livres de cette collection, Lise Bourbeau répond à des centaines de questions de tous genres, regroupées par thèmes différents. Sont disponibles à l'heure actuelle, les sept livres suivants :

(LC-01) Les relations intimes
(LC-02) La responsabilité, l'engagement et la culpabilité
(LC-03) Les peurs et les croyances
(LC-04) Les relations parent - enfant
(LC-05) L'argent et l'abondance
(LC-06) Les émotions, les sentiments et le pardon
(LC-07) La sexualité et la sensualité

CANADA: 10,65$ (taxe incluse); Extérieur du Canada: 9,95$ (frais de douanes non incluses)
Les sept sont également disponibles en russe et italien (11,95$ + taxe si applicable).

Collection Rouma pour les enfants

Dans cette collection, *Rouma* représente le Dieu intérieur qui aide les enfants à trouver des solutions à leurs problèmes.
(ROU-01) La découverte de Rouma
(ROU-02) Janie la petite

CANADA: 13,86$ (taxe incluse)
Extérieur du Canada: 12,95$ (frais de douanes non incluses)

Jeu de cartes

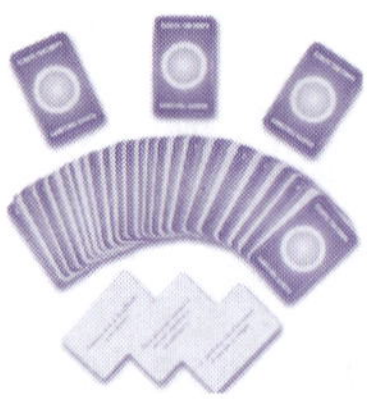

Ce jeu de cartes vous aidera quotidiennement à devenir conscient d'une difficulté faisant obstacle à votre bonheur (carte bleue), à découvrir la croyance non bénéfique qui se cache derrière cette difficulté (carte jaune) et suggérera un moyen concret pour revenir sur la route du bonheur (carte rouge).
LES CARTES ÉCOUTE TON CORPS (J-01)
Québec & Maritimes: 13,75$ (taxes incluses); Autres provinces canadiennes: 12,79$ (taxe incluse); Extérieur du Canada: 11,95$ (frais de douanes non incl.)
Ce jeu est également disponible en allemand (18,95$), italien et espagnol (14,95$) + taxe si applicable.

Bon de commande

# PRODUIT	QTÉ	TOTAL	POIDS (g)
SOUS-TOTAL			
FRAIS DE MANUTENTION			
TOTAL			

POIDS DES PRODUITS
Livre Le grand guide de l'être (830g/ch)
Livres Collection Écoute Ton Corps (200g/ch)
Livres Collection Rouma (300g/ch)
Autres livres (450g/ch)
Jeu de cartes et CD (140g/ch)

Calculez le poids de chaque produit commandé, faites le total et référez-vous au tableau ci-bas pour les frais de manutention.

FRAIS DE MANUTENTION

	Service normal (1 à 2 semaines)
Canada:	$ 8.50
États-Unis:	$ 9.50

AUTRES PAYS

		surface 6-8 sem.	**avion** 1-2 sem.
0 à 250g	=	$ 8.50	$10.00
251 à 500g	=	$ 8.50	$16.50
501 à 1000g	=	$12.50	$29.00
1001 à 2000g	=	$17.50	$44.00
2001g à 2500g	=	$36.00*	$65.00*
2501 à 3000g	=	$39.50*	$73.00*
3001g et plus	=	téléphonez-nous	

* Prix valide seulement pour l'**Europe**

Paiement par chèque ou mandat-poste à l'ordre de:

ÉCOUTE TON CORPS, 1102 boul. La Sallette, Saint-Jérôme, Québec, Canada. J5L 2J7.

CANADA: Chèque personnel, mandat ou carte de crédit.

EXTÉRIEUR DU CANADA: Mandat international en devises canadiennes ou carte de crédit.

☐ VISA Numéro: ____________________ Exp.: ___ / ___ (mois / année)

☐ MasterCard Nom du titulaire: ____________________

Signature: ____________________

☐ **CHÈQUE / MANDAT-POSTE**

Nom: ____________________

Adresse: ____________________

Ville: ____________________ Code postal: __________

Tél. résidence: (   ) __________ Tél. travail: (   ) __________

N.B. Tous les prix sont sujets à des changements sans préavis.